JN071929

ザ・原発所長(上)

黒木 亮

幻冬舎文庫

ザ・原発所長（上）

目次

下巻目次

奥羽第一原発主要施設配置図

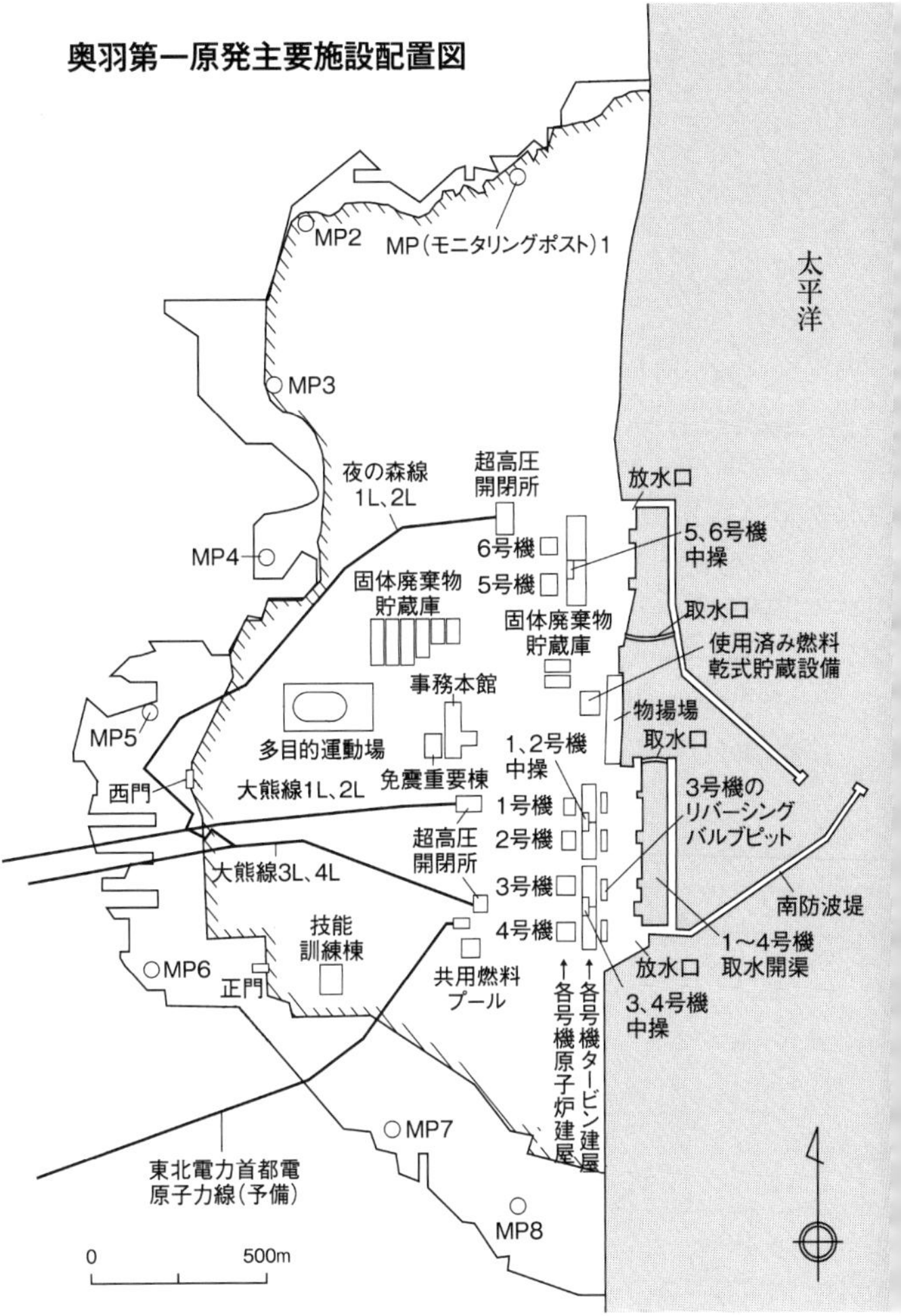

出所:東京電力資料、福島原発事故記録チーム編『東電テレビ会議 49時間の記録』等から作成

主要登場人物

富士祥夫……大阪・瓦屋町の小学生、のち首都電力社員
長田俊明……富士の小中高の同級生、のち大学教員（津波工学）
一ノ瀬京助…東工大講師（破壊力学）

〈首都電力関係者〉
宮田匠………富士のゼミの先輩（12歳上）
八木英司……奥羽第一原発運転員、富士と同い年、高専卒
二神照夫……富士と同期入社、大卒事務系
古閑年春……富士より4歳上、東大工学部卒
長野真………富士より3歳下、名古屋大学大学院卒
石垣茂利……富士より12歳上、早大大学院卒
赤羽修三……原子力発電部長、富士より20歳上、東工大卒
小野優子……奥羽第二原発看護師

プロローグ

　のちに東日本大震災と呼ばれる大地震と大津波が東北地方に未曽有の死者・行方不明者と壊滅的打撃をもたらした四日後の平成二十三年三月十五日火曜日の早朝、首都電力の原子力技術者・長野真《ながのまこと》は、新木場の東京ヘリポートで離陸準備中の十五人乗りの大型ヘリコプターの座席で、カチャリ、パチンと音を立て、両肩と腰を固定するシートベルトを装着した。

　南東の方角では、LPGタンクが倒壊し、火災と爆発が起きたコスモ石油千葉製油所（千葉県市原市）から噴き上げられる黒煙が、空を禍々《まがまが》しい黒色に染めていた。

「……エイヴィオニクス（航空用電子機器）、マスタースイッチ・オン」

「はい。マスタースイッチ・オン」

「フライトインストゥルメンツ（航行用機器）・チェック」

　騒音避けヘッドセットに内蔵されたスピーカーから、前方に並んですわった操縦士と整備士のやり取りが聞こえていた。

頭上で大きな羽根が直径一四メートルの円を描き、明け方の冷気を激しく切り始めた。

「トーキョー・ヘリポート・インフォメーション……」

雑音交じりの交信の中に、男性管制官の声が入ってくる。

操縦士の手元の、丸い計器類、緑の数字を映し出すモニター画面、赤・緑・黄色のインジケーターなどが、エンジンのトルク（回転力）、ローター（羽根）回転数、タービンの燃焼温度など、様々な情報を示していた。

「アドヴァイズ・ユー・テンペラチュア・ワン・ゼロ・セルシアス（現在の気温は摂氏十度）。デパーチュア・フロム・ザ・ランウェイ（滑走路からの離陸は）……」

素人には耳慣れない英語でのやり取りがしばらく続いたあと、操縦士が後ろを振り返った。

「皆さん、離陸準備よろしいですね？」

機内には、電気の専門家である長野、地元対策と広報の専門家で原発の「裏街道」を知悉《ちしつ》する二神照夫《ふたがみてるお》、原子炉のベテラン運転員の三人が乗っていた。三日前に一号機が、前日に三号機が水素爆発を起こし、二号機も格納容器が破損した可能性がある奥羽《おうう》第一原発で陣頭指揮を執る富士祥夫《ふじさちお》に呼ばれ、それぞれの部門の要となるべく福島に向うところだった。

後ろの席には、首都電病院の医師一人と看護師三人も乗っていた。彼らは奥羽第一原発の南約二〇キロメートルにあるJヴィレッジで降り、そこの医療棟で怪我人や病人の看護に当ることになっている。事故現場の真っただ中に飛び込んで行く長野ら三人に比べればましだが、それでも奥羽第一原発の今後が予断を許さない状況なので、皆、一様に暗い顔をしている。

「それじゃ、離陸します」

全長約一七メートルのオレンジ色のヘリコプターは、磁力に押されでもしたかのように、ふわりと空中に舞い上がった。軽く左右に機体を揺らせながら上昇していく機内にいると、まるで江戸時代の駕籠《かご》にでも乗っているようだった。

東の低空の雲間から昇り始めたばかりの太陽が投げかけてくる白っぽい光を浴びながら、ベル式412EPヘリコプターは、金網で囲まれた矩形のヘリポートの敷地上空で旋回し、北西の方角に向きを変える。風景を斜めに切り取る窓の向こうに、葛西臨海公園の観覧車が見えた。

東日本は今も混乱と不安の渦中にある。前日から首都電力が、茨城、千葉、静岡などで計画停電を実施し、ガソリンスタンドには長蛇の車列ができ、食料品など生活物資の買占めが起きていた。

朝刊の一面は各紙とも奥羽第一原発の危機を報じ、「奥羽第一制御困難」、「2号機炉心溶融」、「放射能大量飛散の恐れ」といった生々しい見出しが並んでいた。

（富士さんは……）

ようやく目覚め始めた薄青色の東京の街を見下ろしながら、長野は、長身の富士祥夫の日焼けした顔を思い出した。

（彼は今、生と死の瀬戸際にいる。数時間後には、自分も……）

不安や恐怖心は、昨日からずっと胸中で燻《くすぶ》っている。しかし、自分たちの仕事で社会に迷惑をかけたくないという思いは圧倒的に強く、自分を育んでくれたプラントのことで会社が困難の渦中にあり、自分の専門である電気関係が問題であるのなら、指名にしたがって現地に赴くという選択に疑問の余地はなかった。並んですわった二神とベテラン運転員も思いは同じようで、やや青ざめてはいたが、淡々とヘリに身を任せていた。

間もなくヘリは、皇居のそばを通過し、高度約六〇〇メートルの上空から無際限に広がるレゴランドのような東京の街を見下ろしながら、荒川と並走するように時速約二〇〇キロメートルで一直線に飛び続けた。新潟県の柏崎越後原発で防護服を受け取ってから、福島に向う予定である。

離陸十分後、埼玉県川口市の上空に達すると、前方に広がる地平線を東京外環自動車道が白蛇のように這い、ＪＲの上越・東北新幹線の線路と十字に交わっていた。

同じ頃――

奥羽第一原発の免震重要棟二階にある緊急時対策本部では、六百人を超える職員たちが一時退避するためにごった返していた。

午前六時すぎに、二号機の原子炉の圧力抑制室《サプレッション・チェンバー》の圧力がゼロになり、その直後に爆発音も聞こえ、格納容器が壊れた可能性があるため、緊急時対策本部長（平常時は所長）の富士祥夫が、必要最小限の人員を残して、一時退避の命令を発したのだった。

「……八木《やぎ》さん、頑張って下さい。本当に、何ていったらいいか……」

若い男性社員が、第一復旧班長の八木英司《えいじ》に別れの挨拶をしていた。着ている白の防護服は、床に寝たり、外で作業をしたために、まだら模様に汚れていた。

「分かった。早く行け。あとはちゃんとやるから」

元サッカー選手らしい均整のとれた身体にグレーのスウェットシャツと青い作業ズボンを着けた八木が微笑した。この四日間ほとんど寝ていないため、汗と埃で汚れた顔の両目は充血し、こけた頬に無精髯が生え、山の中から出てきたばかりの猟師のような風貌だった。

「なるべく早く戻って来ます。また一緒に頑張りましょう」

八木は小さくうなずいたが、心の底ではそうは思っていない頑《かたく》なな気配が表情に漂っていた。壊れた格納容器から大量の放射性物質が撒き散らされ、ここで死ぬことになるだろうと覚悟をしている顔だった。

「装備を終えた人から、退避して下さーい」

退避する社員が雪崩を打って降りて行く階段のほうから、退避用の六台のバスを手配した総務班副班長の女性社員が叫んでいた。奥羽《おうう》第一原発の敷地内は、爆発した一号機と三号機のコンクリート片や瓦礫、津波で流されてきたゴミや船、ひっくり返った重油缶や自動車などが散乱し、辛うじてバスが通る道や、注水用のホースを引くための道が、応急措置で造られていた。

「ちょっと今、雨がぱらついてきて、線量が上がってきてまーす。早急に退避をお願いしまーす」

退避する社員たちは、床で寝ているところを叩き起こされて寝ぼけ眼の者、マスクがなくてハンカチで口を押えている者、親しい上司や先輩を置き去りにしていく寂しさで涙を流している者など、様々である。女性社員たちはすっかり化粧が落ち、汗と埃《ほこり》で煤《すす》けた顔をしている。

「すいません。行きます。……くれぐれも気を付けて下さい」

若い男性社員は涙目でいい、八木が「ほら、もう行け」と軽く肩を叩く。

周囲では「自分は残る」と申し出たが、「命を粗末にするな」と諭《さと》される若手社員もいれば、「家族がいるので退避させてほしい」と願い出て、「復旧には現場に精通しているお前が必要なんだ。俺たちには、後始末をする責任があるだろう？」と説得されている中年社員もいた。

残るのは、原子炉への注水の継続と監視に必要な、復旧班、発電班、保安班、技術班などの熟練社員たち約七十人で、彼らの名前がホワイトボードに書き込まれているところだった。

（ワシントンのベトナム戦争戦没者慰霊碑みたいやな……）

円卓中央の本部長席にすわった富士祥夫は、マジックペンでホワイトボードに名前を書き出している副本部長の一人（平常時はユニット所長）の後ろ姿を眺めながら、いつかテレビ番組で見た、戦没者名が彫り込まれた黒御影石の碑を思い出した。

体力の限界はとうの昔に超え、気力だけで身体を引っ張っている状態だった。

（これが、俺と一緒に死んでくれる奴らの名前か……）

愛《いと》しさと悲壮感が入り交じった激情が胸に込み上げてきたが、必死でそれを抑え、どっしりと腕組みをして、ホワイトボードを見詰めた。親分が動揺しては、全体の士気に影響する。

思考は緻密で心根は繊細だが、明るく豪放磊落《ごうほうらいらく》にふるまうのが、大阪・瓦屋町《かわらやまち》の小学生時代から変わらぬ富士祥夫の流儀だった。

第一章　金甌《きんおう》の子

1

〽難波《なにわ》の栄《さかえ》　松屋町
商業さらに　隆々と
いだく希望も　はてしなく
学びにはげむ　われらが金甌《きんおう》
（金甌小学校校歌）

大阪市南区（現・中央区南部）瓦屋町は、卸・小売りの商家が多い商業地区である。大坂三町人の一人で天王寺村の御用瓦師・寺島惣左衛門（瓦屋惣左衛門と称した）が、大坂の陣において大坂城内の様子を徳川家康に報じた功により、元和元年（一六一五年）に、四千六百坪の土地を拝領して瓦製造を始めたことに由来する。東西三〇〇メートル強、南北六〇〇メートルほどの矩《く》形《けい》の地区は、一番町から五番町（現在は一丁目から三丁目）に分かれ、色とりどりの幟《のぼり》がはためく問屋街・松屋町筋が南北に貫いている。

　瓦屋町の小学生は、三番町（現・二丁目）にある金甌《きんおう》小学校（現・大阪市立中央小学校）に通う。明治五年八月の学制発布を受け、同六年五月に開校された由緒ある学校で、旧常陸《ひたちの》国《くに》（現・茨城県の大部分）土浦藩主・土屋相模守の蔵屋敷跡に建てられた。当初は、南大組第二小区四番小学校と称したが、金色の甕《かめ》が校庭で発掘され、これを瑞祥であるとして、昭和十九年六月に金甌小学校に改称された（金甌は黄金の甕の意味）。昭和四年十一月に建てられた校舎は、鉄筋コンクリート造りの三階建てで、ロマネスク風の校門、アーチ形の窓、高い天井とシャンデリアの大講堂などを有する洋風建築。児童数は、昭和三十八年の時点で、男子百三十六人、女子百四十二人の合計二百七十八人で、比較的小ぢんまりとした学校である。


　昭和三十八年三月――

「……ほんなら、今日はこれで終わりにします」

　金甌小学校二年生のクラスで、教壇に立った男性教諭がいった。

「起立！　礼っ！」

　級長の富士祥夫の号令で、四十人ほどの生徒たちは起立して一礼する。

　終業を告げる鐘の音とともに、児童たちは一斉に校門を出て、各人の家に帰宅する。金甌小学校は瓦屋町のちょうど真ん中にあり、生徒たちは四方八方へと散って行く。

「富士くん、あとで高津宮《こうづぐう》でなー」

　ランドセルを背負った二、三人の男子生徒がいった。

　金甌小学校から一丁南にある高津宮は、仁徳天皇を本座に祀る古い神社で、境内が広く、起伏にも富んでいて、子供たちの格好の遊び場になっている。三月の大相撲大阪場所の開催中は、そばの高津公園に佐渡ヶ嶽部屋が土俵を造り、稽古をする様子を見物することができる。

「うん、そやな」

　左の襟に校章が付いた黒い制服姿の富士がいった。

　坊主頭で、丸みのある顔は浅黒く、背は高いが、身体つきはほっそりしている。黒の牛革のランドセルは高級品で、艶やかな光沢を放っている。

　富士の自宅は、金甌小学校と道を一本隔てた「オートセンタービル」の公団住宅である。鉄筋コンクリート造り・地上九階・地下一階で、建物正面が松屋町筋に面しており、三年前に竣工したときは、「松屋町筋《まっちゃまちすじ》にこんな巨大ビルができるとは！」と住民たちが目を丸くした。一階に大阪銀行の支店があり、三階までが商事会社などのオフィスになっている。四階から九階が日本住宅公団の賃貸アパートで、四階は真ん中が屋根のない吹き抜けのパティオ（中庭）になっていて、ジャングルジムやタコの滑り台がある。総戸数百八戸のアパートは、パティオを四方から取り囲む衝立のように建つ、新しい時代を象徴する庶民の憧れの住居だ。

「……いつも祥夫がお世話になってまして」

エレベーターで九階に上がり、四階のパティオを見下ろす柵の付いた四角い回廊状の通路を歩いて自宅アパート前まで来ると、玄関で、富士の母親が同級生の母親と話をしていた。

母親は、穏やかで、優しい性格の女性であった。

「あの子は一人っ子で、我がまま放題で育ってますよって、お宅のお子さんらと遊んでもろうて、躾《しつけ》もしてもろて、ほんまに有難いことと思うております。これからもよろしゅうお願いします」

富士の母親は、一人っ子の祥夫が寂しがらないように、同級生たちやその親に「祥夫と遊んでやって下さい」と頼み、贈り物などもしていた。

「いえいえ、こちらこそ。せんだっては、うっとこの娘をお相撲に連れてってもろて、ほんまおおきに」

同級生の母親で米屋の女将《おかみ》さんが頭を下げた。先日、富士の父親が、同級生の姉を大相撲の大阪場所の見物に連れて行ったお礼に、菓子を持って来たのだった。

「ただいまー。おばちゃん、いつもお世話になってます」

富士はきちんと頭を下げ、玄関に入って行った。

富士に限らず、瓦屋町地区の児童は、商家の厳しい躾を身に着けており、年齢の割には如才なく、勉強もできる。

家の間取りは3DKで、玄関を入るとダイニング・キッチンで、左手に風呂とトイレ、右手に富士の部屋の四畳半の和室、奥に六畳と四畳半の和室がある。

富士は自分の部屋で着替えると、ランドセルを置いて、駆け出すように家を出た。

高津神社の境内で同級生たちと、かくれんぼや手つなぎ鬼をやる約束だ。この日は、放課後のそろばん塾や習字塾もなく、大学生の家庭教師も来ない日である。クラスで家庭教師を付けているのは富士だけで、両親は一人息子の教育に一方ならぬ力の入れようだった。


夕方——

「……祥夫ちゃん、お帰り。ちょっと市場《いちば》にお使いに行ってくれへん？」

富士が遊びから戻って来ると、台所で夕餉《ゆうげ》の支度をしていた母親がいった。

市場というのは空堀《からほり》商店街のことで、富士の住む公団住宅からは歩いて五、六分である。

「ええよ。何買《こ》うて来《く》んの？」

「豚のバラ肉三〇〇グラム買うてきて」

母親は財布から板垣退助の百円札を二枚抜き出して、富士に渡した。

「今日はお好み焼き？」

富士が目を輝かせる。

大阪人の例に漏れず、お好み焼き、タコ焼き、イカ焼きなどの「粉もん」は大好物だ。

「そうや。あんたの大好きなお好み焼きや」

「うわー、やったー！」

富士はエレベーターで地上に降りると、夕暮れの道を北の方角へと急ぐ。金甌小学校は戦災を免れたが、瓦屋町一帯は、米軍の爆撃でかなりの家が焼失した。空堀商店街に行く途中の路地には、大阪大空襲（昭和二十年三〜八月）の戦火を免れた戦前からの家や、終戦直後の焼け跡時代に建てられた掘立小屋のような家も多く、今も戦争の影を引きずっている。

付近の道端には地蔵が多く、富士はそばをとおるたびに、丁寧に手を合わせた。地蔵菩薩は子どもの守り神として信仰され、毎年八月二十三、二十四日に「地蔵盆」が催される。当日は、地蔵尊を祀る祠《ほこら》が色とりどりの提灯で飾られ、大人たちが鈴を鳴らしながら地蔵和讃（御詠歌の一種）を詠唱し、子供たちにお菓子が配られる。

空堀商店街は、松屋町筋から五〇メートルほど東に入ったところから東西に延びる、アーケードの商店街である。名前は、豊臣秀吉が大坂城を築いた際に、水を入れない空の堀があったことに由来する。江戸時代は町人町として栄え、大正時代に延命地蔵の縁日の夜店が繁盛したのを契機に、商店街になった。坂道の両側に様々な食料品店、日用雑貨店、食べ物屋などが軒を連ね、地元の人々の生活に密着している。

(うわー、相変わらず、ええ匂いや!)

精肉店の店頭で、富士少年は鼻をひくひくさせた。

店先にある油鍋で、精肉店の女将《おかみ》さんがメンチカツを揚げていた。

「おっちゃん、鶏のささ身、二〇〇グラム!　早《はよ》うして!」

「うちは牛筋や。ええとこ選《よ》ってや!」

肉のガラスケースの前で、買い物籠を下げたサンダルばきの主婦たちが、てんでに大声で叫び、白いショップコート姿の店主がてんてこ舞いでそれに応じていた。

(くそーっ、今日は負けへんで!)

富士は目の前に屏風のように立ちはだかる主婦たちの背中を睨みながら、気合を入れる。

前回お使いに来たときは、主婦たちの勢いに負けて注文を後回しにされ、悔しい思いをした。

「おっちゃーん、豚バラ三〇〇ーっ!　子ども優先にしてやー!」

百円札を握りしめた手を突き上げ、力一杯の大声を出した。

九月――

父親の転勤で、東京から大阪に引っ越して来た小学三年生の長田《おさだ》俊明《としあき》にとって、大阪は初めて接する異文化だった。市内を淀川、堂島川、木津川などが豊かな水を湛《たた》えて流れ、まさに「八百八橋」の水の都だった。父親に連れられて行った新世界には、通天閣というやぼったいタワーが聳《そび》え、その下の商店街に、串カツ屋、立ち飲み屋、芝居小屋、将棋の道場などがひしめき、昼間から村田英雄の『王将』をがなっている酔っぱらいなどもいて、妙な熱気が渦巻いていた。

長田が初めて転校先の金甌小学校に登校したのは、夏休み明け初日の九月二日だった。残暑が厳しく、市内の木々の梢ではクマゼミがしゃわしゃわと盛んに鳴いていた。

雛人形や鯉のぼり、玩具、菓子、紙器などの問屋や小売店が軒を連ねる松屋町筋には、まだ開いている店はなく、背広姿のサラリーマンや、肩掛け鞄にズック靴の中学生などが通りを歩いていた。空堀商店街では、八百屋が店先の露台にトマトや鶏卵を並べ、鮮魚店が魚介類の入った木箱を開け、花屋は銀色の筒型の容器に切り花を移し、一日が始まるところだった。

始業時刻が午前八時四十分だったので、長田は三十分ほど早めに登校し、校舎の二階にある三年生の教室に行った。大阪市のドーナツ化現象で、児童数が年々減っている小さな小学校なので、三年生は一学級だけである。

(あれ、早く来過ぎたのかなあ……?)

がらんとした教室の前で、半ズボンにランドセル姿でぼんやり佇んでいると、廊下の向こうからサンダルばきの男がやって来た。

「きみ、何してるんや?」

出席簿と教科書を持った男性教師は、長田を見下ろして訊いた。

「あのー、今日転校してきた長田俊明ですが……」

坊ちゃん刈りの気の弱そうな顔で、相手を見上げる。

「ああ、転校生か。まだみんなグランドで遊んでるでえ」

「え、グランドで……?」

世田谷区の小学校では始業前に遊ぶ習慣がなかったので、怪訝な顔で校庭に向った。

(そういえば、何か、わーわー声が聞こえてたなあ)

四角い校庭は、北側と西側に校舎が建ち、東側に鉄棒と桜並木、南側にブランコなどがあり、大勢の子どもたちがにぎやかに、鬼ごっこ、ベーゴマ、ドッジボール、ビー玉遊びなどに興じ、スカートをはいた女の子が鉄棒に摑まって、パンツ丸出しでくるくる回っていた。

「あのー、い、入れて……」

長田は、同い年くらいと思しいグループに近づいて行った。

彼らがやっていた遊びは「三角ベース」だった。狭い場所でできる変則野球で、打者は軟式テニス用のボールを片手で打ち、手前でワンバウンドさせて一塁に向って走る。

「なんや知らん奴がおるで！」

おかっぱ頭の女の子が、長田を指差す。

「こいつ、『入れて』ゆうとるで！」

坊主頭の男の子が甲高い声で叫ぶ。

（なんで？　何か間違ってる？）

背筋に冷や汗が流れる。

「よしてっていうんや。ゆうてみー」

大阪では「入れて」ではなく、「寄して」というらしい。

「よ、よ、よ……」

「こいつ、喋れんようになったで！」

子どもたちがどっと笑う。男の子も女の子も日焼けして、元気一杯である。

「よしたったらええやん」

少し離れた場所でボールを持った、背がひょろりと高い男の子がいった。

「みんなで仲良うやろやー」

色黒の少年は、四十七年後に、奥羽第一原発の所長になる富士祥夫だった。

長田は、この少年がリーダーだと直感した。勉強ができそうな聡明な目つきで、浅黒い顔には芯の強そうな雰囲気が漂い、周りの児童たちも一目置いている様子が見てとれた。

なんとか仲間に入れてもらい、始業前に二十分ほど遊んで、長田は三年生の教室にすわった。

「えー、今日から新しい学期が始まります。みんな、元気で勉強しましょう」

三十代半ばと思しいサンダルばきの男性教師が教壇に立っていった。

「先生、今日は知らん奴が一人おるで」

実家が包装材料店の男の子がいい、教室内の視線が一斉に長田に注がれる。

「そうやった。今日は転校生がおるんや」

「転校生？　カッコええなあ！」

「ちゃう。前の学校でなんかやらかしたんや」

子どもたちは、勝手に感想や憶測を述べる。

「えー、長田俊明君や。仲ようしたってや」

教師が長田の名前をチョークで黒板に書いて紹介した。

「『おさだ』やて、気取っとんなあ！」

「『ながた』ちゃうのん？」

長田の紹介が終わると、一時限目の国語の授業が始まった。

「前の学期、どこまでやったかなあ？」

教師が教科書を見ながらいった。「……あ、ここや、ここや。思い出したわ」

「先生、印付けとかな、忘れるで」

砂糖問屋の息子がいった。

「そないにゆうんなら、お前、読んでみい」

「何ゆうてんねん。今日は東京がおるで」

「そや、東京弁、聞いてみたいなあ」

「東京弁で教科書読んでほしいなあ」

教師と児童たちが応酬するのを後ろのほうの席で、富士祥夫はにこにこしながら聞いていた。年齢のわりに大物感があり、リーダーらしい格の違いを感じさせる。

「ほんなら長田君、読んでみい」

教師に促され、長田は緊張した面持ちで教科書を朗読する。

読み終えて教師に意味を質問され、「……です」と答えると、また一斉に「こいつ、おもろい喋り方するわぁ」、「やっぱり東京もんは気取っとるなあ！」と囃《はや》された。

授業が終わって休み時間になると、子どもたちはまたわーっと校庭に駆け出し、次の授業が始まるまで、ぎらぎら照りつける太陽の光とセミの声の中で熱心に遊んだ。


晩秋――

福島県東部・通称「浜通り」の海岸近くの原野に、太平洋からの風が強く吹き付けていた。

雪の少ない地方だが、風は滅法強く、底冷えがする。

日が傾く時刻で、あたりは薄暗くなり始めていた。

「……このパイプは、海水を汲み上げてたやつかなあ」

潮気《しおけ》まじりの寒風の中で、ヘルメットに作業服、長靴姿の年輩の男が、地中から突き出た古いパイプを見てつぶやいた。

波が荒々しく岸に打ち寄せる潮騒が間近に聞こえていた。

「塩田用のパイプですか？」

若い男が、五千分の一の地図を手に、背丈の低い篠竹や雑草を長靴で踏みつけながらやって来た。

「おっ、そこ気を付けろよ。マムシがいるかもしれんぞ」

「えっ⁉　ええっ！」

若い男は立ちすくみ、慌てて足元を見回す。

「まだ血清もないから、咬まれんように気を付けんとな」

血清は福島県立大野病院に依頼しているが、まだ入手できていない。

「しかし、ここに陸軍の飛行場があったなんて、信じられませんよね」

一帯は、見渡す限りの荒漠たる原野だった。東の海側は、海に通じる沢を除いて三五メートル程度の高さの断崖絶壁。北の方角には、高さ三、四メートルのアカマツが群生しているが、強い海風ですべて陸側に傾いている。南にはマムシ谷が続く。西は、大熊町の彼方に標高一〇〇〇メートル級の阿武隈高地が横たわっている。

「ここの部隊では、海岸沿いの崖に沿って隠れて飛ぶのが高等技術習得の証しだったらしいなあ」

第二次大戦中は、「赤とんぼ」と呼ばれる練習用プロペラ機約六十機と二百人ほどの少年飛行兵がいたという。しかし、昭和二十年八月九、十日に米軍艦載機の爆撃を受けて全滅。戦後は、西武グループの創業者・堤康次郎の国土計画興業（のちのコクド）が用地の一部払い下げを受け、昭和二十四年頃まで製塩業を行なっていた。

「そろそろ帰りますかー?」

年輩のほうの男が、軍手をした手でメガホンを作り、少し離れた場所にいた別の男に呼びかけた。案内係の福島県開発部の職員だった。

赤々とした夕焼けが、阿武隈高地のシルエットを黒く映し出していた。

「それ、何ですか?」

灌木や篠竹をよけながら、二人の男が県の職員のところまで戻ると、相手は何やら新聞紙の包みを持っていた。

「キノコです」

ジャンパーに長靴姿の県職員が朴訥とした福島訛りでいった。

「このあたりは、松茸、しめじ、網茸なんかが豊富に採れるんです」


その晩——

奥羽原子力発電所(のち奥羽第一原子力発電所)建設用地の測量にやってきた首都電力株式会社建設部の社員三人は、宿泊先の旅館で夕食をとった。

旅館といっても民宿に毛が生えた程度のもので、囲炉裏のある居間が食堂代わりだ。

「……しかし、あんなところに、原子力発電所を造るんですかねえ。ちょっと想像つきませんねえ」

囲炉裏端にあぐらをかいて夕食をとりながら、首都電力の若い社員がいった。

自在鉤に吊るされた鍋の中で、サトイモ、こんにゃく、ニンジン、竹輪などの煮しめが、食欲を刺激する香りを立て、竹串に刺された山鳥の肉が、炭火でじりじりと焼かれていた。

「あんなところだから造れるんだろ」

コップの日本酒を口に運びながら、年輩の社員がいった。

「首都圏だと土地が高いし、地権者も多いからな。消費地に近くて、海際で、広くて平坦な土地が安く買えるとしたら、茨城か福島しかないだろ」

首都電力が目を付けたのは、福島県双葉町と大熊町にまたがる約三五〇万平方メートルの海岸段丘で、戦時中、磐城陸軍飛行場だった場所である。

「しかし、こんなど田舎じゃ、生活も大変ですよね」

ご飯茶碗と箸を手に、あぐらをかいた別の若手社員がいった。

木枯らしの音が壁を通して聞こえ、すきま風が吹き込んできていた。

「常磐線ではるばる東京から大野駅に着いて、改札口に裸電球が一つだけぶら下がっているのを見た瞬間、ああ、東北に来たんだなあって実感しましたよ」

駅前商店街も古びた建物が多く、人通りも少なく寂れていた。街灯がないので夜は真っ暗になる。

「だからこそ原発を誘致したいんだろ。……県内じゃこのあたり一帯を『海のチベット』って呼んでるらしいなあ」

首都電力の現社長（四代目）は、福島県伊達郡梁川町《やながわまち》（現・伊達市）出身で、出稼ぎに頼らざるを得ない浜通りの貧しさを肌で知っており、原発で地元を少しでも豊かにしたいと考えている。

「おっ、だいぶ焼けてきたな。どうだ、食ってみろ、蒲焼き」

年輩の社員が、囲炉裏の灰に刺さっていた肉の竹串の一つを抜き、そばの若い社員に差し出した。

「いや、僕は、ちょっと……」

若い社員は顔をしかめる。

肉は、海岸段丘の原野で獲ってきた縞蛇《シマヘビ》だった。

「そうか？　精がつくぞ」

年輩の男は、美味そうに肉を齧《かじ》り、コップの日本酒を口に運ぶ。

測量のために、マムシや縞蛇を退治しなくてはならず、一部は蒲焼きにしたりマムシ酒を造ったりしていた。マムシは焼酎に漬けても、しばらく生きていた。

「蛇退治も大事ですけど、爆撃された元飛行場だから、不発弾なんかも出そうですね」

若い社員の言葉に年輩の男がうなずいたとき、障子が開いて、初老の男が姿を現わした。

「皆さん、どうもご苦労さんです。今日は陣中見舞いに伺いました」

半白の頭髪をオールバックにし、太い黒縁眼鏡をかけた壮年の男は、地元・大熊町の町長だった。

「これで英気を養って下さい」

一緒についてきた地元の男二人が、日本酒の四斗樽を居間に運び込む。

菰《こも》を解き、木の蓋を開けると、新鮮な日本酒の香りが室内に満ちた。

「ささ、どうぞ」

町長が手ずから木の柄杓で日本酒を枡に掬《すく》い、首都電力建設部の三人に手渡す。

「どんなもんだべ、調査のほうは？」

枡酒を手に、仲間に加わった町長が訊いた。

「今、測量の基準点の座標を出すための作業をしているところです。今日は午前中に役場のほうにもご挨拶して、測量の作業員も紹介して頂けることになりました」

年輩の男がいった。

「そうですか。……わたしは、御社の原子力発電所に町の発展さ懸けて、命がけで誘致しとります」

旧相馬藩の在郷給人（農業を営む下級武士）の出で、前年十二月に就任した町長は、引き締まった身体に粘り強そうな雰囲気を漂わせていた。

「首都電力は、本当に発電所を造ってくれるんだべか？」

「もちろん、造ります。我々土木屋が来たのが何よりの証拠です」

年輩の社員の言葉に、町長は何度もうなずく。

「原発建設は国策です。首都電力は電力業界のリーダーですから、国策にはいの一番に協力します」

二年前、政府の原子力委員会が「原子力開発利用長期計画」を正式決定し、昭和四十五年までに一〇〇〇万キロワット程度の原子力発電所を建設することになった。日本が未曽有の高度成長期に突入し、電力の需要がものすごい勢いで伸びているためだ。首都電力もこれに呼応し、初の原子力発電所を建設することになり、同社の翌年度の電力長期計画に原子力発電が登場した。

「ご存じんとおり、こん地方にゃ、産業らしい産業がありません。雨が少ねぐてため池が多くて、耕地面積が十分に取れねえです。給料取りは役場、農協、郵便局だけで、若《わけ》えもんたちは都会さ出て働くしかありません」

切々と訴える町長の言葉に、首都電力の三人はじっと耳を傾ける。

「首都電力さんが原子力発電所を造ってくれたら、我々の生活は救われます」

そのあとも、町長は一緒に食事をしながら、「発電所さ本当に建設してくれますか？」と何度も訊き、食事を終えると、「測量には足が必要だべ。わたしの車さ自由に使って下さい」といって帰って行った。

翌朝、三人が宿を出ると、ぴかぴかの新車のセダンが待機していた。


同じ頃――

金甌小学校三年生の長田俊明は、「オートセンタービル」九階の富士祥夫の家に遊びに行った。

「……はい、長田君、どうぞ」

ダイニング・キッチンでテレビを観ていると、品のよいセーターに膝丈スカート姿の富士の母親が、二人分の紅茶とケーキを持ってきて食卓の上に置いた。

「有難うございます」

坊ちゃん刈りの長田は頭を下げる。

富士の父親は、金甌小学校から東側に道を二本隔てた場所に事務所を構え、新商品や営業のアイデアを提供する企画会社を経営している。女性社員が多く、のちに六甲山の水を使った飲料水のプロデュースなどをする会社の経営は順調で、家は裕福である。三十代半ばの両親は、遊びにやって来る息子の友人を大切にもてなした。

長田は富士の家で、生まれて初めて紅茶というものを出され、「クリープ」（森永乳業の粉末クリーム）と砂糖を入れて飲んでみたところ、世の中にこんなに美味い物があるのかと驚いた。

「そろそろ始まるで」

チョコレートのショートケーキを頰張って、富士がテレビのチャンネルを切り替える。

来年秋に開催される東京五輪を観るために購入したという大型画面のカラーテレビは、特製のサイドボードに収められていた。

〽空をこえて　ラララ　星のかなた
ゆくぞ　アトム　ジェットの限り
心やさし　ラララ　科学の子
十万馬力だ　鉄腕アトム

少年ロボットの心の優しさを表す歌声が流れ、画面に鉄腕アトムが現れた。原子力によって動き、人と同等の感情を持ったロボットだ。妹がおり、名前は核燃料になる「ウラン」。手塚治虫の原作で、この年一月からフジテレビ系列で放映され、大人気を博しているアニメだ。

「原子力って、すごいもんなんやなあ」

画面を見詰めながら、富士が感じ入ったようにいった。

アトムは、東京・上高田少年合唱団の爽やかな歌声に乗り、雨や風をものともせず高速で空を飛び、大型旅客機を追い越す。摩天楼が聳える未来都市が現れ、アトムは地面に弾丸のように突っ込み、猛烈な勢いで地中を掘って、やがてエベレストのような高山の頂上から光とともに空へ飛びだす。原子力の無限の力と、人類の明るい未来を象徴する歌と映像だった。

「ふーじくーん、遊ぼー」

『鉄腕アトム』が終わって間もなく、玄関に同級生四人が現れた。

この頃の大阪は、家に鍵をかけることもなく、子どもたちはどこの家でも自由に出入りしていた。

「おー、入れやー」

富士が男二人、女二人の同級生たちを招じ入れ、母親がにこにこして迎える。

「レーシングカー、やろかー」

富士は最近父親にレーシングカー・セットを買ってもらっていた。

前年四月に玩具メーカーのバンダイが売り出したもので、電気コードの付いたコントローラーで二台のレーシングカーを操作し、8の字や立体交差に組み立てたサーキットを走らせる。庶民の子どもには手が出ない高嶺の花の玩具である。

「ほんなら、最初は長田と野口がやれや」

レーシングカー・セットが四畳半の中央を独占している自分の部屋に同級生たちを招じ入れると、富士は親分らしく仕切り始めた。

部屋の一角にはきちんと整頓された勉強机があり、書棚には立派な装幀の『少年少女世界文学全集』が並べられていた。富士はそのほとんどを読破し、最近は北杜夫の『どくとるマンボウシリーズ』や児童向けの『徳川家康』、『太閤記』、『宮本武蔵』などのほか、角川文庫や旺文社文庫の大人向けの小説などを読み始めていた。

2

六年後（昭和四十四年）初夏——

大阪市南部・天王寺区にある国鉄寺田町駅では、いつものように高架の線路を環状線の電車がけたたましい音を立てて走っていた。

駅は北口がメインで、すぐ目の前を片側二車線の国道25号がまっすぐに延びている。大学や高校が多い地区で、喫茶店、安い食べ物屋、アパートを紹介する不動産屋などが軒を連ねている。

大阪教育大学教育学部附属中学校（現・同大学附属天王寺中学校）は、駅の南口側にある、中高一貫教育の国立の学校で、生徒の自主性と自由な発想を育む教育を行っている。一学年は三クラスあり、各クラスは約四十五人、男女比率は一・七対一。大阪屈指の名門中学校で、生徒は府内全域のほか京都府、兵庫県、奈良県などから通ってくる。

「……なあ、今度、京都に行ってみいへんか？」

寺田町駅を出て、ブランコや時計塔などがある小公園の中を校舎のほうに向って歩きながら、生徒の一人がいった。軍隊の士官ふうの紺サージの詰襟の制服の肩に、通学用の紺色のショルダーバッグをかけていた。

「なんか、面白《おもろ》いもんでもあるんか？」

制服姿で運動靴をはいた富士祥夫が訊いた。相変わらず背がひょろりと高く、色黒の顔に眼鏡をかけていた。落語と読書が趣味で、ひょうひょうと明るい中学三年生になっていた。

金甌小学校の卒業生は近くの市立上町中学校に進学する者が多いが、国立や私立の中学校に進学する生徒も少なからずおり、勉強ができる富士は大教大附属中学に進んだ。

「立命館大学の近くに『しあんくれーる』ゆうジャズ喫茶があって、結構ええらしいんや」

「せやけど、今、京都は学生運動が激しいんやろ？　危ないんちゃう？」

色白の細面に眼鏡をかけた長田俊明が不安そうな面持ちで訊いた。富士とともに大教大附属中学校に進み、大阪弁も達者になっていた。

「気ぃつけてたら、大丈夫やろ。……その店はオーナーが、マイルス・デイヴィスやアート・ブレイキーなんかと知り合いで、新譜も直輸入してるそうなんや」

同級生の男はジャズ愛好家で、医院を経営している実家には、レコードのコレクションがある。

この生徒に限らず、大教大附属中学の生徒は裕福な家庭の子女が多く、庄司薫が『赤頭巾ちゃん気をつけて』で描いた知的でスノッブな世界に親近感を持っている。

富士祥夫も裕福な家庭の独り息子だが、お坊ちゃんと見られることに反発し、クラブ活動は剣道部に所属していた。

数日後――

富士ら四人は国鉄で京都に出て、京都御所の東側の河原町通荒神口《こうじんぐち》角にある「しあんくれーる」を目指した。

北に聳える鞍馬山と丹波高地の青い山影に向って延びる河原町通は、銀杏並木の新緑が鮮やかだった。

「……なんや、道がえらい混んでるなあ」

京都御所付近まで来ると、片側二車線の通りはバスや自動車が数珠つなぎで、歩道から溢れ出た人々が蟻の群れのように車道を歩いていた。町の空気もとげとげしく、落ち着かない雰囲気だった。

「あ、あれ、ゲバルト学生やん！」

一人が指差した方向を見ると、ヘルメットをかぶり、ゲバ棒や鉄パイプを握った学生たち十数人がわらわらと駆けて来た。全共闘系の学生たちで、放水を浴びてびしょ濡れの者や、腕や頭に血の滲んだ包帯をしている者もいた。

背後に、鈍い銀色に輝くジュラルミンの盾を持った機動隊員たちが迫っていた。

「機動隊、帰れ！」

「ふうさー（封鎖）解除！」

を現わす。

「武藤をたおせー！」

武藤守一《むとうしゅいち》は就任したばかりの立命館大学の総長事務取扱だ（この翌年に総長に就任）。

千人以上の野次馬が見守る中、小競り合いが始まり、なかなか進まないバスにしびれを切らした乗客たちが乗降口から飛び降りて車道を歩き出す。赤ん坊を抱えた婦人が小走りで近くの路地に避難し、人垣の中から、顔にべっとり血糊が付いた学生が、仲間に背負われて姿を現わす。

学生たちが機動隊に投石を始めた。

「あかん、やばい！　逃げよ！」

富士らは、慌てて河原町通を立命館大学とは反対側の南の方角に走り始めた。

この日、二月下旬以来、全共闘の学生が立てこもっていた立命館大学の建物・恒心館に、京都府警が約四百人の機動隊員とともに突入した。警察は、放火、暴力行為などの容疑で同館を捜索し、火炎瓶百七十一本、鉄パイプ二百二十三本などを押収した。館内にいた学生百七十二人は排除され、うち九人が不退去罪で逮捕された。

全共闘の学生の一人で、のちに日記が『二十歳《にじゅっさい》の原点』として出版されて大ベストセラーとなる立命館大学文学部三回生・高野悦子も、機動隊に投石して捕まったが、帰宅を許された。

〈八時頃、機動隊が西門から入ってきた。一メートルほどの距離にジュラの盾をもった機動隊に対して、私はスクラムを組んで「カエレ！」のシュプレヒコールを叫んだ。（中略）しかし次第に私達はおされて後退した。後ろでノホホンと叫んでいるわけにはいかない。私は先頭に出て力一杯に帰れ！　と叫んだのだ。私を取巻く常識や風潮や政府の欺瞞性を「帰れ！」の一語にこめて叫んだ。

高野悦子『二十歳の原点』〉

東京の東大、早稲田、慶応などで始まった過激な学生運動が、燎原の火のごとく全国に広がっていた。関西では、京都市内の大学がその中心地で、京都大学、同志社大学、立命館大学、京都府立医科大学、京都府立大学などで建物が占拠ないしは封鎖された。特に激しかったのが京都大学で、全共闘、ブント（共産主義者同盟）、中核派、解放派、ノンセクト・グループなど、様々な勢力が入り乱れて闘争し、一部はのちに浅間山荘事件やテルアビブ空港乱射事件を引き起こした。

約二ヶ月後（七月二十一日）――

大阪教育大学教育学部附属中学校の校舎は、同附属高校と同じ建物で、中学校三年生の各教室は、正門を入って右側の北館四階にある。各教室の窓は広く、明るく開放的な雰囲気である。

夏休み二日目で、クラブ活動や秋の学校行事の準備のために登校していた生徒や教職員たちが視聴覚教室に集まり、テレビに視線を釘付けにしていた。

白黒の質の悪い画面に米国ヒューストンにあるＮＡＳＡ（米航空宇宙局）の管制センターの映像が映し出され、〈東京⇕ヒューストン、衛星中継〉という白い文字が現れた。

マイクを通した雑音まじりの男性のアメリカ英語が聞こえ、「今、あー、ハッチが開きましたのは、あー、十時八分五秒であります」という日本人男性通訳の声に続き、「インストラクション・ワン・オー・ナイン・オー・セブン……」という英語の声が流れてくる。

「こちらのほうの、テレビのスイッチを入れました」という通訳の声に続いて、ピーッ、ピーッという音がして、管制センターの大きなスクリーンに宇宙船の船影のような映像が映し出された。

富士祥夫ら白い夏服の中学生たちは、固唾を呑んで画面を見詰める。生徒たちはみな聡明で素直そうな顔つきをしている。

次の瞬間、着陸船イーグルの脚部と思しい部分に映像が変わり、宇宙飛行士が梯子を伝って降りてきた。

「ザッツ・ワン・スモール・ステップ・フォー・マン、ワン・ジャイアント・リープ・フォー・マンカインド（これは一人の人間にとっては小さな一歩だが、人類にとっては偉大な飛躍である）」

人類として初めて月面に降り立ったアポロ十一号のニール・アームストロング船長の声が、はっきりと聞き取れた。

やがて映像は鮮明になり、月面に着陸したイーグルと、その前で星条旗を広げるアームストロングとエドウィン・オルドリン操縦士の姿が映し出される。星条旗を月面に立てると、オルドリン飛行士は、月面でぴょんぴょん飛び跳ねるように歩き始めた。

この日、かつて神の領域だった月に人間が足跡をしるしたことで、世界中の人々が、科学の力の偉大さを印象付けられた。

同じ頃――

米国イリノイ州のカンカキー川とデスプレインズ川が合流する地点の河畔に建設中の発電所内部で、青い丸に「ＧＥ」の文字が白抜きされたヘルメットに作業服姿の日本人二十人あまりが、二〇メートルくらいの高さがある巨大な円筒形の原子炉格納容器の前に立っていた。

周囲は頑丈なコンクリート製の壁の建屋で、天井を見上げると、高さで目がくらみそうになる。

「……ザット・パイプ・イズ・ア・パート・オブ・ザ・レジデュアル・ヒート・リムーバル・システム（あのパイプは残留熱除去系で）……」

ヘルメット姿のGE（ゼネラル・エレクトリック社）の米国人インストラクターが、格納容器の周囲に蛇のように絡み合った無数のパイプの一つを指差していう。残留熱除去系は、原子炉の熱を海水に逃がすシステムだ。

「アンド・ジ・アザー・リーズ・トゥ・ザ・クリーン・アップ・システム（そしてあっちが、浄化系に接続しています）」

浄化系は原子炉内を循環する水から鉄分やコバルト60等の放射性物質を除去するシステムである。

二十人あまりの日本人は、懸命にメモを取る。主に奥羽原発（のち奥羽第一原発）の運転や保守管理を担当する予定の首都電力の技術者たちで、去る一月から約五ヶ月間の予定で米国研修を受けていた。

奥羽原発一号機は二年前（昭和四十二年）の一月に着工され、前年（昭和四十三年）六月に原子炉格納容器の組み立てを完成。去る五月には、総重量四四〇トンの原子炉圧力容器の据え付けも終わり、二年後に運転開始を予定している。

米国に派遣された研修員たちは、全員が米国の公的資格である運転操作員免許を取得することが義務付けられ、将来、主任や当直長になる予定の者は、上級操作員の資格も取得しなくてはならない。筆記試験はそれぞれ十一～十三時間に及ぶ膨大なものだ。

彼らは、最初の二ヶ月間をカリフォルニア州サンノゼにあるGEの原子力事業本部の研修所で過ごした。BWR（沸騰水型原子炉）の基礎理論に始まり、GEがターンキー契約で建設を請け負った奥羽原発の構造、炉心、補機、安全解析、核計装などについて学んだ。GEがBWR型原発の建設を手がけているスペインのニュークレノール社やスイスからも研修生が来ており、月曜から木曜まで英語で講義を受け、毎週金曜日の午前中は論述式の試験が行われた。

現在は、イリノイ州北東部にGEが建設中のドレスデン原子力発電所二号機（BWR）と、そのすぐそばのモーリスという場所にある運転シミュレーターで研修を受けている。

「ナウ、アイル・ショウ・ユー・インサイド・ザ・ヴェッセル（では、次に、格納容器の内部を見ることにします）」

インストラクターの米国人が歩き始め、首都電力の社員たちはその後ろをついて歩く。

「宮田、書いちゃえ、書いちゃえ」

グループの後ろのほうにいた入社三年目の宮田匠《みやたたくみ》は、先輩社員の言葉にうなずき、ポケットからチョークを取り出し、そばの配管に素早く「残留熱除去系」、「浄化系」と漢字で書く。先輩社員はそれを見て、親指を突き立ててにっこりした。

研修の最後に行われる口頭試験では、それぞれの機器の機能や設置場所を覚えていないと合格できない。しかし、ドレスデン二号機は建設中のため、機器の名称がまだ表示されていない上、それぞれの部屋がコンクリート壁で仕切られていて、場所を覚えること自体容易ではない。窮余の策として、覚えづらい一部の機器に、チョークで名前を書くことにした。


夕方――

宮田匠は、その日の研修を終え、宿泊先であるウェスト・パインズ・ホテルに戻った。

ドレスデン原発からデスプレインズ川を北東に約二〇キロメートルあまり遡った場所に位置するジョリエット（joliet）市にある煉瓦造り・十階建ての古いホテルだ。

デスプレインズ川を挟んで羽を伸ばした鳥のように東西に広がるジョリエットは、高層ビルのない典型的な米国中部の地方都市だ。白人の定住が始まったのは一八三四年で、一八六九年に製鉄所が建てられ、ワイヤー、ストーブ、ボイラー、缶、蹄鉄、煉瓦製造など、製鉄関連産業が発展した。人口は約八万人である。

「……はー、疲れるよなあ。もう脳の格納容器が爆発しそうだ」

相部屋の三十歳すぎの先輩社員がベッドの上にどさりと寝転がって、ため息をついた。

部屋の窓の向こうには、デスプレインズ川とその先のシカゴ郊外に続く大平原が見え、米国のとてつもない大きさが実感される。

「宮田君はいいよなあ。大学で原子力を専攻してるし、英語もできるから。……俺なんか、もう両方ともさっぱりだから、人事を恨むよ」

先輩社員は、地方の中学を卒業したあと、首都電学園高等部で技術者としての訓練を受け、入社後は、神奈川県内の火力発電所で運転員を務めていた。

首都電学園は、東京都日野市にある首都電力が運営する職業訓練校で、大学部、専門部、技能専修部、高等部がある。高等部は全寮制で、生徒は給料をもらい、ネクタイ・背広姿で授業を受ける。授業は、普通の高校と同じ科目のほか、電力に関する実務教育が行われ、後者は、事務、配電、発変電、送電、地中線、火力のコースに分かれ、卒業後は全員が首都電力に採用される。来年度からは原子力のコースも開設される予定である。

「いやあ、そんなことないですよ。英語もそんなに得意じゃないですし」

一冊の厚さが九・五センチで六巻からなる研修用テキストや辞書が積み上げられたライティング・デスクの前で宮田はいった。実家は神奈川県相模原市で建築設計事務所を営んでいるが、資源に乏しい日本のために新たなエネルギー源を開発するという志を抱き、東京工業大学の大学院で原子核工学（修士）を専攻した。

首都電力はかつて「電気屋に頭でっかちは要らない」と、大学院卒の定期採用はしていなかった。しかし、原子力部門を創設する必要に迫られ、宮田の代から採用に踏み切った。

「あーあ、早く金曜日が来ないかなあ」

土曜日は半ドンの日本と違って、米国は週休二日制なので、研修員たちは金曜日まで必死に勉強したあと、土曜日に羽を伸ばしていた。サンノゼにいた時は、みんなでグランドキャニオンやロサンゼルス郊外のディズニーランドに足を延ばしたりした。

ジョリエットには、教会、劇場、野球場、公園などはあるが、外国人にとっては退屈な田舎町なので、休みの日には車で一時間ほどのシカゴやミシガン湖まで出かける。ただし、月曜からまた猛烈な研修が始まるので、日曜日の昼までにはホテルに戻って予習をしなくてはならない。

その年（昭和四十四年）は、国内外情勢が揺れに揺れた。

関西地区の学生運動は、九月二十一日と二十二日に京都府警が、警視庁と大阪、兵庫、愛知の各府県警からの応援も含め約二千人の制服警官と機動隊を京大構内に出動させた。火炎瓶と催涙弾が飛び交う中、時計台や六学部計十二の建物の封鎖を強制解除し、学生など六十四人を逮捕して、正常化へ向けて舵が切られた。

十月十五日には、米国全土でベトナム戦争の中止を求める反戦デーの集会が開かれた。ワシントン、ニューヨーク、ロサンゼルスなど、ほとんどの大都市で集会やデモ行進が行われ、黒い喪章と反戦バッジを着けた市民が参加し、参加者数は一千万人以上という空前の規模になった。

十一月二十一日、ワシントンでニクソン米大統領と佐藤栄作首相が三日間にわたって会談し、三年後（昭和四十七年）に沖縄が本土に復帰することや日米安保条約を堅持することなどを内容とする共同声明を発表した。

日本経済は高度成長を続け、六月十日には、前年度のＧＮＰ（国民総生産）が五十兆円の大台に乗り、西ドイツを抜いて、米国に次ぐ世界第二位になったと発表された。同年度の実質経済成長率は一四・四パーセントだった。

その二日後には、日本初の原子力船「むつ」の進水式が、皇太子夫妻を迎えて、東京・豊洲の石川島播磨重工業（現・ＩＨＩ）の工場で賑々《にぎにぎ》しく挙行された。

3

翌年（昭和四十五年）三月十四日――

福井県の敦賀半島の突端に位置する日本原電（日本原子力発電株式会社）の敦賀発電所で、吉岡俊男技術担当常務や建設の主契約者であるＧＥのジャック・ファーガソン敦賀建設事務所長ら十二人が中央操作室に詰めかけ、この日の午前十一時に、大阪で開幕する日本万国博覧会会場に送電するための作業を見守っていた。

時刻はまだ午前三時台で、発電所の周囲は漆黒の闇と敦賀湾に打ち寄せる浪の音に包まれていた。

蛍光灯の明かりの下で、ヘルメットに作業服姿の運転員たちが、無数のスイッチやランプが天井付近まで取り付けられた淡い青磁色の操作パネルの計器を見詰めたり、数字を読み上げたりしながら最終調整に取り組んでいた。

同社は、戦後発足した電力会社各社が自力で原子力発電所を建設する力がなかった時代に、日本の原子力発電は民間主体で行うべきだとする正力松太郎（読売新聞・日本テレビ社長、科学技術庁長官）と、政府が主導して国策会社・電源開発にやらせるべきだとする河野一郎

（経済企画庁長官）の妥協策として、首都電力など九の電力会社と電源開発などが主要株主となって昭和三十二年に設立された。四年前に日本初の商業用原子炉である東海発電所（茨城県東海村、ガス冷却型、出力一六万六〇〇〇キロワット）の営業運転を開始し、二つ目の原発として総工費三百五十八億円を投じ、敦賀発電所を建設した。

同発電所は、前年十月三日に臨界（原子核分裂の連鎖反応が一定割合で安定的に継続する状態）に達し、以後、出力上昇試験が続けられ、四日前の午前零時から最後の連続百時間全出力（三二万二〇〇〇キロワット）試験に入った。

前年四月には、同発電所や関西電力美浜（原子力）発電所（建設中）からの〝原子の灯〟を万博会場に送るために、関西電力の五〇万ボルトの超高圧送電線「若狭幹線」（全長一一五キロメートル、総工費百億円超）も完成し、送電を待つばかりの状態になっている。

中央操作室の一角で、ヘルメットに作業服姿の吉岡常務が腕時計に視線を落とすと、針がちょうど午前四時を指すところだった。

「連続百時間全出力運転、達成しました！」

当直長（運転責任者）の声が響き渡ると、室内から拍手が湧き起った。

「ナウ、アイ・ハンド・オーバー・ザ・キー・トゥ・ユー（では、鍵をお渡しします）」

ＧＥのファーガソン建設事務所長が立ち上がり、全工事完了を象徴する木製の鍵を吉岡常務に差し出した。

吉岡はそれを受け取り、カメラのフラッシュを浴びながら、ファーガソンと固く握手を交わす。

「それでは、送電を開始します」

当直長の言葉を合図に、吉岡常務が操作パネルの前に歩み出る。

吉岡は、送電操作用の黒いスイッチにかぶせられていたプラスチック・カバーを外し、運転員に送電を指示した。

室内の全員が見守る中、運転員は黒いつまみをひねったり、ボタンを押したりする。

まもなく送電を示すランプが点灯し、再び大きな拍手が湧いた。


約七時間後——

大阪市の中心部から一五キロメートルほど北の千里丘陵にある日本万国博覧会会場が敦賀発電所からの原子の灯で照明され、高さ七〇メートルの太陽の塔の下の「お祭り広場」に世界七十七ヶ国から一万人近い人々が詰めかけた。

「世界各国の協力を得て、人類の進歩と調和をテーマとする日本万国博覧会が開催されることは、まことに喜びに堪えません。ここに開会を祝い、その成功を祈ります」

コート姿の天皇陛下が、太陽の塔のすぐ下の会場正面中央に設けられた階段状のロイヤルボックスで読み上げる開会の言葉が、曇り空の下に響き渡った。

ファンファーレが鳴り渡り、ドーン、ドーンと五発の祝砲が打ち上げられる。皇太子殿下がスイッチを押すと、大きなくす玉が割れて、二万羽の折り鶴が吹雪のように舞い、噴水が噴き上がり、花火が打ち上げられた。

同月――

富士祥夫は長田俊明らとともに、大阪教育大学附属中学校を卒業した。

卒業文集に、富士は「愛国心について」という約九百五十文字の作文を寄せた。

〈日米安全保障条約、沖縄問題、北方領土問題などがさかんに議論されている。反対の人々も賛成の人々も「愛国心のゆえ」だと主張する。愛国心とは、いったい何なのだろう。愛国心があれば、他者に対して暴力をふるうことが許されるのだろうか。〉

〈僕はこの問題を考えるために、いろいろ本を読んでみた。トルストイやドストエフスキーや日本の文学を読んだ。結論は、暴力が伴うようなものは、真の愛国心ではないということだ。〉

〈ならば、真の愛国心とは何か。それはキリスト教の隣人愛のようなもので、一人一人の心の問題だと思う。突きつめていえば、国家の一大事のときに、身を挺して国を守れるか、守ろうと努力できるかということではないだろうか。〉

富士は、自分は落語が好きで、せっかちで、早とちり気味の、ごく普通の十五歳で、安保条約や沖縄問題を深く議論できる知識はまだ持ち合わせていないが、将来、自分の愛国心が試される時にそなえ、今、学ぶべきことを地道に学び、読むべき本を読んでいこうと思っている、と結んだ。

第二章　ブルーバックス世代

1

昭和四十五年六月——

大阪教育大学教育学部附属高等学校天王寺校舎（略称・附高）の教室の広い窓の外で敷地内の木々がみずみずしい新緑に輝き、初夏の日差しが差し込んでいた。

「……僕もねえ、三島と全共闘の討論はテレビでも観たし、本も買って読んだんやけどねえ」

教壇で世界史の教師が、昨年、東大駒場キャンパスで行われた三島由紀夫と東大全共闘との討論会について雑談をしていた。

「結局あれは、マスコミに出て宣伝したいっちゅう、三島のいつもの商売と、安田講堂が落城してから、ことあるごとに機動隊が出てきて、厭戦気分蔓延の全共闘が馴れ合った結果のもんやね」

京都大学出身の三十歳過ぎの男性教師は、批判精神旺盛なきかん気を留めた風貌である。

「だいたい、ゆうてることがやね、『解放区というものは、一定のものに瞬間的にぶつかったときに、空間に発生するものである』とかやね、よう分からんようなことばっかしで……」

夏用の半袖カッターシャツの制服姿で話を聞いていた富士祥夫の腕を、隣りの席の男子生徒が肘でつついた。

「おい、ほんまに授業やれへんな。……ええんか、こんなんで？」

「ほんまやなあ。この分やと、一年やっても、ギリシャ・ローマ時代も終わらへんで」

色黒の顔にリムの上部が黒い眼鏡をかけた富士も苦笑する。

世界史の教師は、二十分しか授業をやらずに帰ったり、授業自体に出てこないこともしょっちゅうだった。

「先輩らが、世界史だけは受験科目に取るなゆうた理由がよう分かったわ」

同級生の言葉に、富士はにやにやしながらうなずく。

「……それからやねえ、こないだアポロ十三号が故障して還ってきたけど、僕は、アポロ十一号自体、ほんまに月に着陸したんかなぁて思うとるんや……」

呆れる生徒たちを尻目に、世界史の教師は、授業を始める気配を微塵も見せなかった。

附高の教師たちは、世界史の教師に限らず、個性派揃いだった。

生物の教師は、昆虫や植物の標本をよく作っており、どのナイフがどれくらい切れるかをいつも熱心に語っていた。漢文の教師は、短い漢詩を中国語で読んで、それを生徒に日本語で暗誦させた。国語の教師は、教科書はあまり使わず、『明暗』など夏目漱石の一連の作品を読ませて、グループごとに議論させたり、試験で、佐藤春夫の『秋刀魚の歌』について書け、という一問だけを出題したりした。世界史の教師がたまにやる授業は、人民の側から見た歴史がテーマで、一揆の歴史など、教科書に書いていない内容を熱を込めて語った。英語の教師は「どんなことでも自分なりに工夫して自由にやったらええ」、「人間は面白《おもろ》いもんや」といつも生徒を励ました。

附高の教育方針は生徒の個性と自主性を重んじるもので、附高祭、クラス対抗ラグビー、一〇〇キロ徒歩などの行事は、生徒が企画し、実行する。規則らしい規則はなく、持ち物も自由で、教師から叱られることもほとんどない。授業をさぼって喫茶店に行った男子生徒たちが、国語の女性教師がいたので慌てたところ、「あら、あんたらも来たの」とコーヒーを奢ってもらったり、パチンコ屋に行った生徒が、授業を勝手に自習にしてパチンコをやっている世界史の教師に遭遇したりした。試験は生徒を信頼して、試験監督なしで行われる。

同じ関西の名門校・灘高（兵庫県）が高校三年間のカリキュラムを高校二年までに終わら

せ、最後の一年間はひたすら演習問題をやって万全の態勢で大学受験に臨むのに対し、附高は、大学は一浪ぐらいで入ればよいという雰囲気で、修学旅行には勉強道具持参厳禁である。創造性を重視し、テストができても議論ができない人間にはしない教育方針は、のちにノーベル生理学・医学賞を受賞する山中伸弥らを輩出する。

クラブ活動は、陸上競技、サッカー、バスケットボール、卓球、吹奏楽などのほかに、麻雀研究会、園芸同好会、女性問題研究会、金谷教（メンバーの苗字から名前を作った、ただの遊びの会）、新物理研究会など一風変わったものがあった。富士祥夫は、剣道部と数学研究会に入り、民謡同好会と漱石研究会を自分で創った。

八月八日——

富士祥夫は、クラスメートたちと一緒に、万博会場を訪れた。

会場へは大阪駅のある北区梅田から市営地下鉄御堂筋線と北大阪急行の直通列車に乗り、万国博中央口駅まで行く。電車は、最初の中津駅を出ると地上に出て、万博会場まで二十五分で走る。

普段は千里ニュータウンに住む人々が本を読んだり、風景を眺めたりしている車内は、世界中からの観光客で立錐の余地もなく、ラッシュ時並みの最小二分半間隔で運行されていた。

二十分ほどすると進行方向左手に広大な万博会場が姿を現わした。恐竜のようなオーストラリア館や白いドームのフランス館などが見え、駅に到着すると、太陽の塔が金色に輝く顔をこちらに向け、会場までの道に世界各国の国旗が華やかに翻っていた。

「この分やと、入場するまでに、結構時間かかるわね」

富士の同級生の女子生徒が、駅から会場の中央口までびっしりと人の列で埋まっている通路を見て嘆息した。住吉区の弁護士の娘で、キース・ジャレットとチック・コリアのピアノのジャズを聴くのが趣味で、自分でも演奏する。

「ええやん、ええやん。並びながら、パビリオンの場所とか確認しようや」

Tシャツにズボン姿の富士が、縦七三センチ・横一〇三センチの公式ガイドマップを広げる。きれいな色刷りの手描きの絵地図で、各パビリオンの位置や動く歩道、電報電話局、診療所などの場所が記《しる》されていた。

真夏の太陽はじりじりと照り付け、付近の木々の梢でセミが鳴き、行列の頭上で、地方から来た人々を引率するツアーガイドが掲げる目印の旗がいくつも揺れていた。

赤っぽいフレームの眼鏡をかけた女子生徒は列に並んだまま、附高生の間で流行っている福永武彦の『草の花』の文庫本を読み始めた。

富士らが中央口まで来たとき、時刻は午前十一時になっていた。十五歳から二十二歳までの入場料は六百円で、ラーメン一杯が百円くらいの時代ではかなりの値段だ。

入場すると、巨大な屋根に覆われた幅一五〇メートル、長さ一キロメートルのシンボルゾーンが目に飛び込んで来る。岡本太郎が制作した太陽の塔が、丹下健三がデザインした大屋根を突きぬけてそそり立ち、あたり一面で無数の人々が蟻の群れのように蠢《うごめ》いていた。

「ひゃー、こら、大変や」

長田俊明がハンカチで顔の汗を拭う。

「えーと、アメリカ館は左のほうやな……」

富士が、地図を見ながらいいかけたとき、目の前の巨大な横長の黒い電光掲示板にパッとオレンジ色の文字が点灯し、そばにいた人々が「ほおーっ」とため息を漏らして見上げた。

〈本日、関西電力の美浜発電所から、原子力の電気が万国博会場に試送電されてきました〉

「へー、原子力の電気やて。なんや知らんけど、すごいなあ」

男子生徒の一人がいった。

「なんか、ほかよりちょっとは明るいんかなあ?」

一同は、興味深げにオレンジ色の文字を眺める。

「関電は、民間の電力会社の中では、原子力のパイオニアやで」

富士がいった。「確か、原子力部を発足させたのは昭和三十二年やから、もう十三年も前や。そっから『黒四以上の覚悟が必要や』ゆうて、頑張ってきたらしいわ」

黒部川第四発電所は、富山県東部・黒部川上流に昭和三十八年に建設された関西電力の大型ダム式水力発電所で、出力は三三万五〇〇〇キロワット。厳冬や破砕帯からの冷水噴出などで工事は困難を極め、多数の死者を出した。

「今、首都電力が福島県に原発を造ってるけど、あっちは沸騰水型ゆうタイプや。関電のほうは、加圧水型ゆうて、もうちょっと複雑で、もうちょっと進んだやつやねんな」

知識をひけらかす風もなく、ひょうひょうと説明する富士の話を聞きながら、長田ら同級生は感心した。富士はどちらかというとバンカラ・タイプで、特にガリ勉をしているわけでもない。しかし、成績は同学年百八十人あまりの中で二十番くらいで、本もずいぶん読んでいる。お寺の息子の同級生に「お前、般若心経知っとるか？」といって、般若心経を最初から最後まですらすらと諳《そら》んじたり、上杉鷹山の米沢藩の立て直しを引き合いに出して、クラス運営について語ったこともある。

（何の興味もないことを読んだり調べたりはしないだろうから、将来、原子力の方面に進もうと考えているのかな？）

長田は、再び地図に視線を落とした富士を見詰める。数学研究会にも入っている富士は、理数系が得意で、大学も理系志望である。

その日、附高の生徒たちは、アメリカ館に入るために延々並んだ末に、ほんの一瞬、月の石を見たあと、富士の発案で電力館を見に行った。首都電力、関西電力など九の地方電力会社が作る業界団体・電気事業連合会のパビリオンである。場所は会場の西寄りで、三井グループ館、サントリー館、松下館などと一緒に、木曜広場のそばにあった。

全面ガラス張り・直径二二メートルの円筒形の空中劇場が、高さ四三メートルの四本の鉄柱に支えられて宙吊りになっている姿は、東京・蔵前国技館の吊り天井を連想させた。その下に直径三〇メートルのドーナツ型の電力ギャラリーがある。総工費は二十億円で、テーマは「人類とエネルギー」。展示の中心はずばり原子力である。

富士や長田らが、エレクトリック・スパーク・ブルーのワンピース姿のコンパニオンに誘導され、長さ四〇メートルのブリッジを渡り、エレベーターで館内に入ると、五百五人収容の空中劇場になっていた。天井から「天の川」と名付けられた煌びやかな照明の光が降り注ぎ、その下に青白く巨大なスクリーンが五面展開していた。

上映される映画は『太陽の狩人』。

五面合わせて縦八・六メートル、横二二・五メートルのスクリーン一杯に、赤々と燃える太陽が映し出される。

〈人類は火を発見して以来、常に新しいエネルギーを追い求めてきた。それはすべてのエネルギーの根源である太陽への挑戦の歴史だった。〉

黄色い椅子にすわってじっとスクリーンを見詰める附高生らの眼前で、五台のカメラによって太陽を追いかける映像が展開する。オープニングは千葉県九十九里浜の夜明けで、グランドキャニオン、カリフォルニアのオレンジ畑、ニューヨークなどの風景が映し出され、オレンジや麦を収穫する農民、ヨーロッパの朝市の買物客、南仏の海水浴客など、太陽の下で生きる人々の姿が現れる。

そして火山の噴火、砂漠、雪崩など、過酷な自然と、そうした中で造られる原子力発電所の姿。

〈人類は人工の太陽・原子力を自分たちの手に収めることに成功した。この手にとらえた太陽を平和のために……〉

十五分間の映画を観終わったとき、観客たちの表情は感動で少なからず上気していた。

富士らは、空中劇場から階段で階下の電力ギャラリーに下りた。

大きな原子炉の模型があり、高さ三メートルの二重ガラスの容器の中で直径三センチほどの蛍光色のボールが五百から千個飛び交い、核分裂反応のイメージを表していた。直径二・五メートルの井戸に映像が投影される「イドビジョン」では、世界各地の原発の空撮映像が映し出され、見学者は空から世界の原発を見下ろしているような気分になる。最大の呼び物は放電コーナーで、厚さ一センチのアクリル板の表面に七万ボルトから一〇万ボルトの超高圧をかけ、ジジジッという音とともに壮大な火花を走らせていた。

八月の終わり――

長田俊明は、翌週に迫った附高祭の準備をするため学校に行き、蒸し暑い体育館で金槌をふるって、演劇用の大道具を作っていた。

周囲では、演劇に出演する生徒たちがリハーサルをしたり、フォークソングを披露する予定のバンドが歌ったり、クラス対抗競技を運営するグループが車座になって打ち合わせをしたりしていた。

附高祭では、演劇、模擬店、文化クラブの発表、映画の上映、講師を呼んでの講演、クラス対抗競技などが行われ、すべて生徒が自主運営する。

「……富士、どないしたんや⁉　殴られたんか⁉」

長田が、出来上がった大道具を立てようとしていたとき、背後で同級生の驚いた声がした。

振り返ると、Tシャツにズボン姿でスポーツバッグを肩にかけた富士祥夫が立っていた。顔はやや青ざめ、頬に殴られたと思しい赤黒い痣があり、唇が切れていた。

「しょむない連中にからまれたんや。歯ぁ折れたわ」

淡々とした表情で口を開けて見せると、歯が一本なくなっていた。

大阪環状線にはガラの悪い高校の生徒たちも乗っており、育ちがよくて勉強もできる附高生のことを面白く思わず、因縁をつけてくることがある。

「大丈夫か？　病院に行ったほうがええんちゃうか？」

同級生の一人が心配顔でいった。

「明日行くからええよ。今日は民謡の練習もあるよって。……さあ、仕事しよ、仕事」

富士は、逆に級友たちを励ますようにいった。富士は附高祭で民謡同好会のメンバーとして歌も披露することになっている。

（富士らしいな……）

長田は、何事もなかったかのように、大道具作りに加わった富士を見て感心する。

ガラの悪い高校生にからまれたときは逃げるのが普通だ。しかし、富士は曲がったことや逃げることが嫌いな性格だ。教師に対しても、質問にきちんと回答しなかったり、議論をあやふやなままで終わらせようとしたりすると、「そんなんではあきません。最後までちゃんとやってくれませんか」と要求した。

別のクラスの生徒たちは富士をひょうきんで落語好きの面白いだけの男と思っている者も少なくないが、長田ら親しく付き合っている同級生たちは、富士が瓦屋町独特の商家の躾を身に着けた、芯の強さを秘めた人間であることを知っていた。


翌週（九月上旬）――

大阪教育大学教育学部附属高校天王寺校舎のグラウンドで、紅蓮《ぐれん》の炎が夜空を染め上げていた。

「起てよーいざー、青天のもとー、奮えーよやー、白日のもとー……」

井桁に組まれた材木が、ぱちぱちと盛大な音を立てて燃え上がり、周囲で一年から三年までの男子生徒や男性教師たち三百人近くが附高の応援歌を歌っていた。

三日間にわたる附高祭の最後を締めくくるファイヤーストームで、男子生徒だけの行事だ。

「無心に過ぐる、春秋のー、げきりょ（逆旅）に有為の、駒すすむ……」

長田が、同級生や男性教師と肩を組んで歌っていると、向こうの暗闇のほうから、バケツをガンガン叩く音と、「ほらー、しっかり歌わんかー」と叱咤する声が近づいて来た。

「長田ぁー、ちゃんと歌うてるかー？　もっと声出せー」

盛大にバケツを叩きながらやって来たのは、富士祥夫だった。

「ほらー、気合入れぇー」

富士は長田のそばで、応援歌のリズムに合わせ、バケツをガンガン叩く。

目の前の焚火は青春のエネルギーを象徴するかのように大きく燃え上がり、火の粉が夜空に舞い上がる。

「はい、もっと元気よーく」

富士は、歌のリズムに合わせ、絶妙なかけ声をかける。

少し鼻にかかった大きなその声が、四十一年後に、修羅場と化した奥羽第一原発で作業員たちを励まし、テレビ会議で皆を落ち着かせようと、深呼吸の音頭を取ることになるとは、誰も夢想だにしない運命だった。

「われらー、附高ー、けーんじー（健児）、われらー、附高ー、けーんじー」

附高生たちの歌声は、行く夏を惜しむかのように夜空に響き渡った。

2

翌・昭和四十六年夏休み——

「……ほれほれ、長田ぁ！　しっかり打ち込んで来いや！」

藍色の剣道着に防具を着けた富士祥夫が竹刀を構え、面をかぶった顔を軽く振ってうながす。

「メーン！」

長田俊明は、叫ぶように気合を発して踏み込む。

ポーンという音がして、竹刀が富士の面をとらえ、長田は富士の脇を駆け抜ける。

「遅い、遅い！　もっと速《はよ》う！」

長田が振り返ると、高校二年なのに一八〇センチ近い上背のある富士が竹刀を中段に構え、打ち込みを待っていた。

「くそっ……メーン！」

「ウォーッ！」

竹刀と竹刀がぶつかり合い、ピシーンと竹が弾ける音がした。

富士が長田の竹刀を面で受けると同時にそれを打ち返し、小手をはめた手で長田をぐいと押し戻したので、中背で痩身の長田はよろめきそうになった。

周囲で、二十人ほどの附高剣道部員たちが、気合や叫びを盛んに発し、ピシーン、パシーンと竹刀がぶつかり合う音を立て、二人一組でかかり稽古をしていた。

附高剣道部の夏合宿であった。学校に剣道場がないので、稽古場所は体育館の一角である。蒸し暑い館内で、バスケットボール部や卓球部も練習をしていた。

「長田、どないした？　ほれ、打って来い！」

富士が竹刀を構え、叱咤する。

（つ、疲れた……）

長田は息を弾ませる。四八〇グラムしかない竹刀が両手にずっしりと重かった。

富士に「男は体力がないと、やってけんぞ」と誘われて高校から剣道部に入ったものの、元々体力があるほうではない。

一方、富士は、中学時代から剣道をやっていて校内では強いほうだ。しかし、上背を利用した上段からの攻めが得意な反面、胴が甘くなる弱点があった。もちろんPL学園のような府下の強豪校の選手には到底歯が立たず、高校総体は地区予選敗退である。

「富士……ちょっと、休ませてえな」

長田は竹刀を杖のように突き、肩で荒い息をしながらいった。

「もう、暑うて臭うて、しんどいわ」

藍色の剣道着は汗でびっしょりで、面の内側に汗と革の臭いがむっとこもっていた。

「長田ぁ、あかん、そんなことゆうたら」

富士が怒ったようにいい、小手をはめた手で長田の肩をぐいと摑む。

「男は弱音を吐いたら負けや。駄目や思ても最後まで戦う癖をつけんとあかん」

諭すようにいうと、再び長田から離れて竹刀を中段に構え、打って来いと首でうながす。

(なんで俺はいっつも、富士に叱られんとあかんのや……?)

長田は、はあはあと荒い息をしながら、心の中でぼやく。

(ほんまにこいつは、眼鏡をかけた色黒の森田健作やな)

この年二月から、『おれは男だ!』という青春ドラマが日本テレビ系で放映されており、森田健作演じる剣道部員の主人公・小林弘二の、友を励ましながら青春を真っ直ぐに生きる姿が富士そっくりだった。主題歌『さらば涙と言おう』の〈頰をぬらす涙は誰にも見せない〉、〈青春の勲章はくじけない心だと〉、〈恋のため愛のためまっすぐに生きるため〉というあたりは、富士そのものだ。

「おらぁ、来いっ! 休み癖つけたら、あかんぞ」

挫ける寸前の長田を、富士が再び叱咤する。

「くそっ……イヤァーッ!」

長田は身体に残った力を振り絞り、師範のように立ちはだかる富士に向って打ち込んで行った。

練習が終わったあと、剣道部の二年生部員たちは、学校の近くの商店街に立ち寄った。駅の南口から「寺田町駅南商店街」が延びており、細い通りの左右に商店が軒を連ねている。

「……おばちゃーん、俺、これな」

富士祥夫は食料品店の冷凍庫の中から、アイスキャンデーを取り出し、金を払う。

「あー、美味っ！　練習のあとのアイスは最高やなー」

「ほんまやなあ。これのために剣道やってるようなもんやな」

日陰の路地で、七人の部員はアイスキャンデーを舐める。一汗かいたあとの至福の瞬間だ。

「ところで富士、『二十歳《にじゅっさい》の原点』て、読んだか？」

同級生の一人が訊いた。

富士たちが中学三年生だった昭和四十四年六月二十四日未明に、京都で山陰本線の貨物列車に飛び込んで自殺した立命館大学文学部三回生・高野悦子の死の直前の半年間の日記が『二十歳の原点』というタイトルで去る五月に出版されてベストセラーになり、附高生たちも熱心に読んでいた。

「『二十歳の原点』？　ああ、読んだわ」

アイスキャンデーを舐めながら、半袖シャツ姿の富士がいった。

「どない思う？」

「どないってなあ……」

富士は一瞬考える。「俺にはぴんと来んかったなあ」

「なんでや？」

「要は、学問と闘争に生きようとしたけど、恋に憧れ、恋に破れてっちゅう話やろ？」

「まあ、そうやな。自殺の原因は今一つはっきりせんけどな」

「親からもろた命を粗末にしたらあかんやろ。峯岸先生かて、必死で生きてるやん」

峯岸という名の男性の漢文の教師は、最初の授業で自分は白血病を患っているので、いつまで生きられるか分からないと告白し、「玻璃《はり》の瓶子《へいし》」（ガラスの壺）という唐代の中国の短編小説を中国語で読み、それを日本語に訳し、この小説をもとにインスピレーションを膨らませて物語を書くこと、という宿題を出して、生徒たちの心に強い印象を刻み付けた。

「それに二十歳やそこらで、世の中の何が分かるっちゅうねん」

「確かになあ」

長田がうなずく。「あの本の最初に、『独りであること、未熟であること、これが私の二十歳の原点である』って書いてあったけど、彼女は精神的に未熟なまんまで死んだんかもなあ」

「そや。もうちょっと勉強して、働いて、世の中の役に立ってから死んだほうがええやんか。……『二十歳の原点』より、俺は当面、こっちやわ」

富士は、肩にかけたスポーツバッグから新書サイズの本を取り出した。

講談社の「ブルーバックス」シリーズの一冊で、米国の女性ジャーナリスト、コンスタンス・レイドが書いた『ゼロから無限へ』という本だった。0から9までのそれぞれの数とアレフ（無限）、e（自然対数の底）について、性質やその数にまつわる数学理論・数学史・数学者の業績などを縦横無尽かつ一般読者にも分かりやすく書いたものだった。

附高では、浅野という名の地学の教師が「きみたちは、ブルーバックスを読まなあかん」と力説し、生徒たち、とりわけ理系志望者は、競うように『物質とはなにか』、『相対性理論の世界』、『エネルギーの話』といった本を読み、感想を話し合ったりしていた。

「ブルーバックス」創刊について、『物語　講談社の100年』には次のように書かれている（抜粋引用）。

〈昭和三七年四月、藤田実（注・入社十年目の編集者）は野間省一社長から呼ばれ、「本格的な科学技術の時代に備えて、新時代をリードする科学出版の企画を考えよ」と指示を受けた。時代は、社長の言葉にもあったように、科学技術時代の幕開きを迎えていた。昭和三六年には、当時のソ連が開発した有人宇宙船ボストーク号で、ユーリ・ガガーリンが人類最初の宇宙飛行士として地球を一周した。日本では、文部省が理工系大学生の増募計画を発表し、三七年には戦後初の国産旅客機ＹＳ11が初飛行に成功している。新シリーズの名称は、ガガーリンの言葉（注・地球は青かった）から、当時、科学を象徴する知的な色というイメージがあった〝ブルー〟と、米国で流行っていたペーパーバックスの〝バックス〟とを結びつけて、「ブルーバックス」と名づけた。〉

第三章　ローアウト精神

1

昭和四十八年四月――

東京都内南部、東急目蒲線（現・目黒線）と田園都市線（現・大井町線）が交差する大岡山駅の真ん前にある東京工業大学のキャンパスにうららかな春の日差しが降り注いでいた。

同大学は、明治十四年に設立された東京職工学校に源流を遡り、理工系の大学としては国内最高峰に位置する。キャンパスは東急の線路をまたいで南北に広がり、中心である本館は、象牙色の時計塔を持つ四階建ての瀟洒《しょうしゃ》な建築物である。建物の前には、濃緑色の葉を茂らせた大きなヒマラヤスギが並んでいる。

キャンパスの一角にある体育館で入学式が執り行われていた。

「……諸君は本学を志望した四千五百十一名の中から、厳しい入学試験によって選び抜かれた七百五十九名の人々であります」

正面壇上で、角帽をかぶり、ガウンに身を包んだ学長の加藤六美《むつみ》が式辞を述べていた。白髪で尖った顎の六十二歳の建築構造学の専門家である。

「このことは、とりもなおさず、日本の理工学を志す青年の中で、諸君がもっともすぐれた素質を持った人々であることを示しています。しかしながら、それは、諸君が人間として、また未来の理工学者として、ようやく第一の関門を突破したということを示すにすぎないともいえます」

演壇の背後は鮮やかな紫色の緞帳で、紫色の「工」の字の上に燕の形をした金色の「大」の字を配した校章が掲げられ、学生服やスーツ姿で着席した新入生たちを見下ろしていた。

真新しいスーツを身にまとった富士祥夫もその中にいた。富士は現役で第四類（工学部機械系）に合格し、将来は大学院に進んで、原子核工学を専攻するつもりだった。

入学式が終わると、新入生たちは、ソメイヨシノが淡いピンクの花を満開に咲かせるキャンパスに歩み出た。ある者は足早に帰宅の途につき、ある者は父兄と記念撮影をし、別の者はクラブや同好会の新入生勧誘の出店《でみせ》を物珍しげに眺める。

出店は、体育館から大岡山駅前の正門方向に向って延びる緩やかな坂道沿いに並んでいた。舞踏研究部は鮮やかな赤いドレスを翻して黒服の男性と踊る女性を描いた立看板、自動車部は自動車製作中の写真と「合宿やツーリングなど楽しい企画盛りだくさん」という謳い文句、ヨット部は風で帆を一杯に膨らませ、青い海原をセーリングするヨットを描いた立看板を掲げている。

「……おい、あいつ、いい体格してると思わねえ？」

端艇《たんてい》（ボート）部の出店にいた二年生の一人が、剣道部の出店を眺めているスーツ姿の背の高い新入生に目を付けた。

「ほんとだ。ありゃ、一八〇センチはあるぞ」

「まだ細いけど、鍛えれば一〇キロくらいはすぐ増えそうな感じだな。よし、誘ってみろ」

上級生に命じられ、二人の二年生は、色黒で眼鏡をかけたひょろりと背の高い新入生に近づいて行く。

「ねえ、きみ新入生？　出身はどこ？」

二年生の一人が話しかけた。

「あ、ああ、そうです。大阪ですけど」

黒地に白ペンキで「剣道部」という大きな文字と連絡先が書いてある看板を眺めていた富士祥夫は、大阪人らしく物怖じせずに返事をした。

「そうか、大阪かあ！　僕らボート部なんだけど、入学記念に写真を撮ってあげてるんだよ。

あそこで一緒に写真撮ろうよ」

二年生の一人が、すぐそばにある端艇部の出店を指差す。筋骨逞しい漕手が水を切ってボートを漕ぐ立看板を掲げ、長さ三メートル弱のオールをずらりと立てて並べてあった。

「はい、チーズ」

端艇部の学生たちに囲まれ、富士は写真に納まった。何となく変な感じもしたが、大学にはこういう慣習があるのだろうかと思った。

「じゃあ、あとで写真送ってあげるから、ここに住所を書いてくれるかな」

ノートとボールペンを差し出され、少し怪訝そうな面持ちで、富士はアパートの住所を記入した。

アパートは東横線の都立大学駅から歩いて数分の物件で、両親と見て決めたものだった。


二ヶ月後――

富士祥夫は、埼玉県戸田市の戸田ボートコース沿いにある東工大端艇部の合宿所で「メシ炊き」（炊事当番）をしていた。

合格発表のときに部員たちに胴上げされたり、入学式で記念写真を撮って住所を聞き出され、「一度戸田に来て、ボート漕いでみない？　女の子にももてるし、メシも腹一杯食べられるよ」と勧誘された新入生は八十人くらいいた。その中で入部し、最終的に残ったのは富士を含む二十人弱だった。大学でも何か運動をやりたいと思っていた富士にとって、ボートは素人でも一から始められる上、強く逞しい男のイメージがあるのが気に入った。

戸田市のボートコース（戸田公園漕艇場）は、昭和十五年の「幻の東京五輪」のために造られ、昭和三十九年の東京五輪の競技会場として改修・整備されたものだ。全長二四〇〇メートル、幅九〇メートル（六コース）、水深二・五メートルの直線・静水コース。ゴールの先の陸地には、百四十八杯の収容能力を持つ国立の艇庫（ボート倉庫）があり、コースの両岸に、東大、一橋大、東北大、早稲田、慶応、法政、日大、東京外語大、日本医科大、東京海上、三菱養和会などの合宿所が建ち並んでいる。

東京工業大学の合宿所は古い木造建築で、艇庫、食堂、勉強部屋、浴室などがある。寝室は三段ベッドで、エアコンも網戸もなく、夏は蚊が入り放題で、冬は恐ろしく寒い。男ばかり約五十人いる部員の食事は一年生が当番制で作っている。

「おい、富士。このメシ、『三色』になってないじゃないか」

食堂のテーブルで夕食をとっていた三年生が不機嫌そうな声を上げた。

合宿所の食事は、平日は朝食のみ、土曜日は朝食と夕食、日曜日は朝昼晩の三食が出る。昼食と夕食は栄養の観点から「三色」の料理にしなくてはならないという決まりになっていた。

「えっ、そないなこと、ありましたか？」

ジャージー姿の富士が大阪弁でいって、キッチンから出てきた。

「お前、これじゃ、生姜焼とポテトサラダの『二色』じゃないかよ」

着古したトレーナーにジャージー姿の先輩が仏頂面で、目の前の料理の皿を箸で示す。

「いやいや先輩、ここ、よう見て下さい。ほら、ここ」

富士がポテトサラダを指差し、先輩が怪訝そうな顔で覗き込む。

「ほら、この赤いの。ここにちゃーんとニンジンが隠れとりますわ。ちょっと恥ずかしげな感じで。ね、これで茶、白、赤の三色になってますやん」

「赤って、お前……こんな小さいの……」

先輩部員はまだ文句をいいたげだが、富士のひょうひょうとした大阪弁に毒気を抜かれた顔つきである。他の部員たちは、笑いをこらえながらその様子を見ている。

前年まで東工大の端艇部には関西出身者があまりいなかった。しかし、この年、富士ら数人の関西出身の新入生が入ってきて、大阪弁が機関銃のように飛び交うようになった。中でも富士は目立ちたがり屋で話も上手く、独特の存在感を放っていた。下級生たちは、先輩たちにいいづらいことがあるときは富士に頼み、富士は「そらあきませんねえ」、「こういうことは変わらんといかんのとちゃいますか？」と、大阪弁で上手く意思疎通をやってのけた。

2

夏の終わり――

富士祥夫は、東工大ボート部の部員たち十人ほどと一緒に、戸田のボートコース沿いの道をほろ酔い加減で歩いていた。

日中やかましく鳴いていたミンミンゼミやアブラゼミの声は止み、夕闇の中で黒い帯となったコースの水面で両岸の合宿所から漏れてくる光が揺れていた。

「……しかし、どうして勝てんのかなあ」

富士のそばを歩いていた先輩がぼやく。二年生ながらエイト（八人漕ぎ）の一軍の漕手に抜擢され、夏の間猛練習を積んで、この日開催された全日本選手権に臨んだが、惨敗を喫した。優勝したのは同志社大学で、二位は日本大学、三位は北海道大学だった。

「そうですねえ。勝てませんでしたねえ。悔しいですねえ」

Tシャツにジャージー姿の富士は相槌を打つ。まだ道路を走ったり、筋力トレーニングをしたりといった基礎体力作りの段階で、敗因を語るほどの知識は持ち合わせていない。

「お、東北大もやってるな。寄ってこうか」

ビールで顔を赤らめた二年生が、東京教育大学（現・筑波大学）の合宿所の隣にある木造モルタル二階建ての東北大学の合宿所の前で足を止めた。

老朽化した建物の中に室内灯が煌々と点され、オアズマン（漕艇選手）たちの賑やかな声が聞こえていた。大きな大会が終わった晩は、各大学や実業団の合宿所で飲み会が開かれ、所属を超えた交流がもたれる。

「こんちはー。工大（東工大）でーす。失礼しまーす」

東工大の端艇部員たちは、東北大学の合宿所に入って行った。

階段で二階に上がると畳敷きの和室で、折り畳み式の長テーブルの上に、ビールや日本酒やつまみが置かれ、いろいろな大学の部員やOBたちが賑やかに酒を酌み交わしていた。壁際には東北大クルーのスポーツバッグや、交換した他大学のユニフォームが置かれている。

富士がふと視線をやると、あぐらをかいた中年男性が手招きしていた。

(東北大のOBかな？)

頭髪はサラリーマンふうにきちんと整えられているが、汚れたTシャツに半ズボンという野人的な出で立ちで、不思議な威厳がそなわっていた。

「こんちは。どうも」

富士が会釈をすると、両目と顎に力強さを感じさせる中年男性は一升瓶の日本酒を茶碗に注いでくれた。

「東工大は頑張ってるねえ。そのうちきっと強くなるよ」

中年男性はにこにこしながらいい、飛んで来た蚊を片手で追い払う。すぐそばに荒川があり、夜になると光に吸い寄せられた蚊が飛んで来る。

「いえ、まだまだあきません」

茶碗酒を一口飲み、富士はいった。

「一生懸命練習してるんですけど、うちの大学はなかなか結果が出ません。どないしたらええんですかねえ？」

富士も、腕にとまった蚊をパシンと叩く。

東北大学は、エイトの日本代表として昭和三十五年のローマ五輪に出場したこともある名門校だ。五輪後は低迷していたが、今回の全日本選手権で、五年ぶりにエイトで準決勝に進出した。

「ああ、それは、近いうちに、僕の知り合いがきみらのところにコーチで行くから。彼らのいうことを聞いて、ちゃんとやったら大丈夫だよ」

汚れたTシャツの中年男性は、相変わらずにこにこしながらいった。

「えっ、おたくの知り合いがうちのコーチに？」

（この人、いったい誰や？）

「おい、富士。お前、堀内さん知ってるのか？」

少し離れた場所に富士が行くと、東工大の先輩の一人が訊いた。

「えっ、あの人、堀内さんいうんですか？」

「なんだ、知らないで話してたのか。ローマ・オリンピックの監督と東京オリンピックのヘッド・コーチを務めた堀内浩太郎さんだよ」

「げっ、そないに偉い人やったんですか⁉」

秋――

戸田のボートコース左岸（北側）にある東京工業大学の合宿所の食堂に黒板が持ち込まれ、ボート理論の説明が行われていた。

「……艇が一分間に進む距離は、一ストロークの間にブレード（オールに付いている水かき）が水を押す仕事量（W）にピッチ（P）を乗じたもので決まるよね」

黒々としたオールバックの頭髪で、浅黒い顔に眼鏡をかけ、馬力のありそうながっちりした体格の中背の男が、チョークを黒板にカツカツと走らせ、W＝d/dt（Mv）×Lと書く。

新たにコーチに就任した東北大学漕艇部ＯＢの一人だった。

「Ｍは漕手の体重、ｖはブレードの水中速度、Ｌはブレードが水を押している長さ、すなわち『オールの有効長』。そこでＭが一定だとすると、艇速Ｓは……」

再び黒板にチョークを走らせ、$S \propto L \times v \times P$と書く。

ジャージーやヨットパーカー姿の約五十人の部員たちはメモをとりながら、新コーチの話にじっと耳を傾ける。理工系の秀才らしく、整った顔立ちの若者が多い。

「オリンピック代表選考レースを数ヶ月後に控えて、堀内監督がやったのは、このＬを伸ばすことだった。つまり……」

コーチは、一つのリガー（支点）から、それぞれ時計の針の十一時、二時、二時半くらいの位置を指した三本のオールを黒板に描き、A_1、A_2、B_1、B_2と記号をふる。

「腹で膝を割って上体を伸ばし、オールを握った両手の引きの中心位置をA_1からA_2へ二〇センチ程度伸ばすと、水を摑むポイントはB_1からB_2に四七センチ程度伸びる。すなわちブレードの水中移動距離が約一九パーセント増える」

眼鏡のコーチは計算式を黒板に書く。

「ただし、これがすべて艇の推進力になるわけじゃない。ブレードの推進力は、艇の推進方向と艇を横方向に押す力の分力なので、艇速への寄与率は約一一パーセントになる」

東工大にやって来た二人の東北大漕艇部OBは、島田恒夫と佐藤哲夫だった。島田は大学四年生だった昭和三十四年の全日本選手権のエイトでバウ（舳手《じくしゅ》＝艇首の漕手）を務め、その後は堀内浩太郎監督を補佐し、ローマ五輪代表となるチームのサブ・コーチを務めた。佐藤は島田の二学年後輩で、七番手（艇尾から二人目の漕手）としてローマ五輪のエイトに出場した。二人が東工大にやって来たのは、同校ボート部でコーチをしていたOBの一人と堀内が同じ旧制二高の同期生という繋がりからだ。

島田と佐藤は、東京ガスと石川島播磨重工業（現・IHI）に勤務する中堅サラリーマンだったが、土日は合宿所に泊りがけでやって来るなどして、献身的に教え始めた。試合の様子、練習方法、合宿生活などについて調べ、選手たちが漕いでいるときは、土手から見たり、自転車で横を走りながら指導した。

「Lを伸ばす新漕法に取り組んで一ヶ月後に、東北大は、それまで六分十秒前後だったタイムを五分五十五秒に縮めた」

「五分五十五秒……！」

東工大の部員たちの間からため息が漏れる。

エイトのレースは二〇〇〇メートルの距離で争われ、六分が大きな壁である。東北大学は、昭和三十五年四月に練習で、五分五十五秒四と五十五秒六を出し、二度にわたって「六分の壁」を打ち破った。同クルーがローマ五輪代表選考レースの準決勝で出した五分五十九秒六の日本最高記録はこの時点でも破られず、燦然と輝いている。一方、東工大のエイトのタイムは六分四十秒くらいである。

「しかし、艇速が一一パーセント速くなるなら、五分五十五秒どころか、五分二十九秒が出せるはずだ。そうならなかったのはなぜか？　……大きな要因はここだ」

そういって、黒板に書いたS∝L×v×Pという数式のvの文字を指差す。

「Lを伸ばしても、vすなわちブレードの水中速度が落ちれば、艇速への効果は減殺される。では、vを維持・向上させるものは何か？」

東北大OBは、意思の強そうな浅黒い顔で部員たちを見回す。

「それはパワーだ。漕手の脚力、上体のスピード、腕などのパワーだ。それから、脚、ボディ、腕、肩の四つのポイントが最高の効率でパワーをvに換える『同調性』。当時の我々にはまだこれらが足りなかった」

その言葉に、部員たちは固唾を呑む。それまで、技術だけで勝てると考えていた「技術屋」の東工大生たちにとって、新たな世界であった。

「もう一つ不可欠なものは、闘志だ。どこのチームも猛練習をしている。技術もパワーも備えている。彼らに勝つには、相手をねじ伏せ、ローアウトできる精神力がなくてはならない」

ローアウト（row out）はボート用語で、全エネルギーを使い果たすまで漕ぎ、ゴールしたときは気を失うほどになることを意味する。

「勝つためには、どんなに苦しいときでも、やせ我慢をして、カラ元気を振り絞り、笑顔を見せて、何食わぬ顔で弱音を吐く自己と戦う。自分に勝てない人間が、ライバルに勝てるはずがない」

男ばかり約五十人の部員にまじって話を聴きながら、富士祥夫はその言葉を心に焼き付けた。

十二月——

戸田のボートコースと付近の住宅地は、真っ暗な夜の闇に包まれていた。

気温は零下二度。寒風が吹く路上で、枯葉がカサカサと音を立てていた。

午前四時を過ぎた頃、東京工業大学端艇部の合宿所から、追い立てられるように、部員たちが次々と路上に姿を現わした。ウィンドブレーカー姿でぼんやりした顔の者、毛糸の帽子に手袋をしたジャージー姿の者、眠そうな顔で頭を掻いている者……。

「冬の大三角形、だいぶ西に寄ったなあ」

部員の一人が南西の方角の中空を見上げてつぶやく。オリオン座のオレンジ色のベテルギウス、おおいぬ座の明るいシリウス、こいぬ座の白いプロキオンという三つの一等星を結んだ冬の大三角形が、冷たく澄んだ空でダイヤモンドのように瞬《また》いていた。

「それじゃ、行きまーす」

フードの付いた青いヤッケ姿の富士祥夫が号令をかけて屈伸運動を始め、他の部員たちがそれに倣う。それが終わると、上半身を左右に捻りながら、暗い路上でステップを踏む。

ボートコースの両岸に建ち並ぶ大学や実業団の合宿所には煌々と室内灯が点り、「お早うございまーす」、「よぉーっす」、「始めっ」といった声が寒風に乗って闇の向こうから聞こえてくる。艇庫のシャッターが開くガラガラという音がし、暗い人影が、ガタン、ガタンとオールを運ぶ音を立てながらボートを担ぎ出し、外灯の光を筋のように映し出している暗い水面に一艇、二艇と漕ぎ出してゆく。黒と銀色に波立つボートコースで、各艇の舳先《へさき》に点された衝突防止用の赤や白の小さなランプが漁火《いさりび》のように瞬《また》き、一人乗り、二人乗り、四人乗りなど様々な大きさのボートに乗った若者たちが、バシャッ、ザーッとオールで水を切り、西の方角に向かって漕いで行く。

午後に実験や製図の実習がある東工大生にとって、練習の中心は朝である。

午前五時四十分頃になると、地平線付近の空が暗い赤紫色に染まって低空が白み始め、地平線上に街のシルエットが浮き上がった。

陸上でのウォーミングアップを終えた富士祥夫らは、ボートコースと並行に流れる荒川にコックス（舵手）付き四人乗りボートを浮かべた。一人一本のオールを漕ぐスウィープ艇で、黄色に塗装された船体には、「Tokyo Institute of Technology という黒い文字が入っている。

この日は、上流にある秋ヶ瀬鉄橋まで、往復約二〇キロメートルを漕ぐ予定である。

「よっしゃー、張り切っていこう！」

「おーっす！」

色黒の顔に眼鏡をかけ、入部当初に比べ筋肉が付いた長身をヤッケで包んだ富士が声をかけると、全員一年生のクルーが元気よく応じた。

戸田橋の上に昇り始めた朝日を身体の正面に浴びながら、一年生たちはボートを漕ぎ始める。

空気の温度より水温のほうが高いので、川面には、うっすらと朝もやがかかっている。漕ぎ出すと風を切るので一瞬寒さを感じるが、すぐに身体が温まりだす。

早朝の鏡のような水面を最初に切っていくのは爽快だ。オールが水を潜《くぐ》る音もよく聞こえ、自分たちがとおったあとの波紋もよく見える。

「左、杭《くい》あるよ！　注意して」

コックスの声が飛ぶ。

荒川には杭が打ってある箇所があり、ひっかけたりすると百万円以上する艇を壊してしまう。

「ここから、ピッチ二十で二十分行こう！」

漕ぎ出して二十分ほど経った頃、コックスの指示が飛んだ。

ピッチは一分間のストローク（漕ぎ）の回数だ。

「おーっす！」

一年生たちは両手で摑んだオールに力を込め、白いブレードで水をかき、コックスはストップウォッチに似たピッチ計でリズムを確認する。

上空は薄い灰色になり、星もほとんど見えなくなった。岸辺の枯れススキを太陽がオレンジ色に染め、木々の梢で小鳥がさえずり始めた。

「リズムをしっかりキープ！」

富士たちはシートを前にスライドさせ、膝が胸につくほど前傾し、腕を一杯に伸ばし、可能な限り奥で水をキャッチ。脚を強く伸ばして艇に固定された靴を蹴りながら背中を倒し、オールを引く。

「元気出そうやー！」

富士がオールを漕ぎながら、仲間たちに気合を入れる。

「おーっす！」

東工大一年生クルーは降り注ぐオレンジ色の朝日の中で、ピッチ二十を正確に刻み、荒川を進み続けた。

艇が進む北西の方角には、工場や橋が小さく見え、彼方に秩父の山々が黒い影になって連なっている。

「よーし、ここから秋ヶ瀬まで、ピッチ二十四！」

「おっしゃぁーっ！」

クルーたちはオールを漕ぐ両手と両脚に一段と力を込めた。

3

翌年（昭和四十九年）一月――

東京は例年に比べると街の照明は控えめで、車の数も少なく、商店街も活気が乏しかった。原因は、前年秋に発生したオイルショックである。

十月六日にエジプトとシリアがイスラエルと衝突し、第四次中東戦争が勃発した。イスラエルと同国を支持する欧米諸国に反発してアラブ産油国が一方的に原油の値上げと減産を宣言。原油価格は戦争前の一バレル当り三ドルから、年明けには十一ドル六十五セントに跳ね上がった。

原油の九九・七パーセントを輸入に頼る日本への打撃は大きく、昭和二十九年から続いていた高度経済成長時代は終焉を迎えた。大阪市郊外の千里ニュータウンではトイレットペーパー・パニックが発生し、洗剤、砂糖、塩、灯油などの買い占めが全国に広がった。

「おー、よう来たなあ。入れや」

夕方、仙台から上京して来た長田俊明が、東横線都立大学駅から歩いて数分のアパートのドアをノックすると、富士祥夫が色黒の顔をほころばせてドアを開けた。

都立大学は、渋谷から東横線で五駅・十分。隣りの自由が丘と比べると、学生の多い地味な町である。北口を出ると、不動産屋、パチンコ店、書店、ラーメン店などが軒を連ねる中根小通りが延び、その先の目黒通りを横切ると、緩やかな柿の木坂通りの商店街が続いている。坂道を登り切ったところに東京都立大学のキャンパスがあり、付近一帯に学生向けのアパートがある。

「今、すき焼きの用意しとったんや」

富士は、部屋の隅にある小さな流し台から、牛肉、長ネギ、春菊、白菜、豆腐などを盛った皿を持って来て、折り畳み式の小さな卓袱台の上に置いた。

「きれいにしてるやん」

長田はオーバーコートを脱ぎ、本や洗面道具を入れたスポーツバッグと手土産の包みを畳の上に置く。

六畳の部屋には、勉強用の机、書棚、食器棚、小さな冷蔵庫があり、清掃が行き届いていた。机の上には、ソニーの最新型のステレオラジカセCF―2550が鎮座している。落ち着いた黒のボディで、価格は大卒サラリーマンの初任給に匹敵する。

「さあ、作ろかー」

富士が、ガス・ストーブの上にフライパンを置いた。赤く燃えたバーナーがコンロ代わりである。

牛肉の脂をフライパンにこすり付け、肉を軽く焼いたあと、砂糖と醬油を入れ、野菜と豆腐を放り込む。

「お前、ボートやってるんか？」

ビールの栓を抜き、長田が訊いた。

「なんで分かるんや？」

「その胸板見たら誰でも分かるわ。えらいぶ厚うなってるやん」

「へっへっ、トレーニングの成果や」

「あんなスポーツ、面白いんか？　えらいしんどそうに見えるけどなあ」

「しんどいことは、しんどいわ」

「ほんなら、辞めたらええやん」

「いや、でも面白いんや。ボートは肉体を使《つこ》うた科学やで」

菜箸で肉と野菜を整えながら、富士が実感を込めていった。

「たとえばやな、上下に動くガソリンエンジンのピストンで、上端と下端で動きの方向が逆んなるとき、一瞬止まる『デッドポイント』ってあるやろ？」

「うん、あるなあ」

「ボートも同じや。オールが水をキャッチするとき、脚が伸びつつあっても、ボディの前傾が増してると、両方の動きが相殺されて、オールが引けへん」

「ふーん、なるほど……」

「要は、脚のほうはデッドポイントを超えたのに、ボディのほうはこれからデッドポイントを迎えようとしてるわけや」

「それを修正する練習するんか？」

「そや。ボディ、腕、肩、それにシートが伸びきった瞬間に、シャープに脚を蹴る訓練をして、すべてのデッドポイントを合わせるようにするんや」

　富士の両目は生き生きと輝き、ボートに熱中していることが分かる。

「それとなあ、俺がいっちゃん好きなんは、ボートは絶対仲間を騙せへんとこや。ちょっとでも手え抜くと、すぐみんなに伝わる」

　富士は中高時代から、仲間との絆を人一倍大事にする男だ。

「ほんで、みんなが気合入れて、呼吸が合《お》うて、ボートが快走するときの爽快感ゆうたらないわ。……おっ、そろそろ煮えてきたで。遠慮のう食えや」

　富士に勧められ、長田は牛肉を生卵にからめて口に運ぶ。

（ボートなんて、うちの高校出た人間に続くんかなあ……？）

　附高生は家柄がよく、勉強はできるが、ボートのような厳しいスポーツに身を投じる者はほとんどいない。

「練習はどこでしてるんや？」

「普段は埼玉県の戸田で合宿してる。五大学や全日本のあとや、今みたいな学年末試験前は、学校で走ったり、筋トレしたりして、戸田で漕ぐのは土日だけやね」

　毎年四月に開催されるエイト（八人漕ぎ）の五大学レガッタは、東工大、東京外語大、東京教育大（現・筑波大）、東京商船大（現・東京海洋大）、防衛大による二〇〇〇メートルのレースだ。

「ところで、仙台の暮らしはどないやねん？」

座布団の上にあぐらをかき、すき焼きを頬張りながら富士が訊いた。

長田は現役で東北大学工学部に合格し、仙台に住んでいる。

「そら、寒いわ。雪も思いっきり降るしなあ。夏は涼しゅうてええけど」

「何を専攻するねん？」

「土木の構造系をやろか思うてる」

土木工学には、構造・材料系、水工系、地盤系、測量系、計画系、交通系などがある。

「そうか。橋やらビルやらを造るんやな」

「富士はどうするんや？」

「俺はやっぱり原子力やりたいなあ」

「そうか。昔からゆうてたもんなあ」

「日本にとってますます重要なエネルギー源やしなあ。やりがいあると思うわ」

オイルショックに直面した先進各国は、石油依存度を引き下げるため、原子力や天然ガスなど、石油代替エネルギーの開発に本格的に取り組み始め、日本政府は、原子力発電所の増設に拍車をかけていた。

「しかし、相変わらず、ようけ本読んどるなあ」

長田が書棚にぎっしり並んだ本を見て感心する。

大学の教科書や参考書のほか、中国や日本の古典、欧米の文学作品、政治、経済、歴史、宗教、さらに麻雀、競馬、パチンコの本まであった。

「電車乗ってる時間長いから、読書の時間はようけあるよ」

戸田の合宿所から大岡山にある大学までは赤羽までバスで出て、そこから国鉄と東急線を乗り継ぎ、片道一時間半ほどかかる。

「手紙はよう書くんか？」

洋机の上に、便箋と万年筆と国語辞典がきちんと置かれていた。

「親も心配するしなあ。高校んときの友達とも繋がっていたいし」

富士は剣道部の仲間で医学部を目指して浪人している元同級生によく励ましの手紙を書いていた。

「しかし、東京やと、ほんまもんの大阪弁も聞かれへんし、吉本新喜劇も観られへんし、ホームシックになるなあ」

「せやなあ。吉本新喜劇が観られへんのはショックやなあ。てっきり日本中でやってて、日本人はみんな観てる思うてたのに」

吉本新喜劇は、「なんば花月」の舞台で上演される吉本興業の喜劇で、毎週土曜日の昼時に毎日放送でテレビ放映されている。その時刻になると大阪の子どもたちは一斉に帰宅し、タコ焼き、イカ焼き、焼きそばなどの「粉もん」を食べながらテレビを観て、大阪流のボケと突っ込みを覚える。長田は単純に面白い岡八郎が好きだが、富士は、横山エンタツの息子で天才肌の花紀京が好みである。そのほか、「誰がカバやねん！」の原哲男、「アホの坂田」こと坂田利夫、マドンナ役の山田スミ子、のちに「……じゃあーりませんか」のギャグがヒットするチャーリー浜（この頃は浜裕二）など、個性派の喜劇役者が多数出演する。

「来年は、高津宮《こうづぐう》のお祭りか、地蔵盆に合わせて帰りたいなあ」

富士が懐かしそうな眼差しでいい、長田もうなずいた。

金甌小学校のそばにある高津宮の夏祭りは毎年七月十七、十八日で、俗に「氷室祭」と呼ばれ、奉納された氷が本殿入口の両脇に立てられ、参拝者にかちわり氷がふるまわれる。絵馬殿には紅白の幕が張り巡らされ、鉦《かね》と太鼓でにぎやかに奉納されるだんじり囃子に合わせて、鉢巻きに鯉口シャツ姿の男衆が龍踊りを踊る。富士や長田は、子ども時代に両親に連れられて縁日で射的や金魚すくいをしたり、神職に厄除けの御朱印を胸に押してもらったりした。

春——

富士祥夫は、東京工業大学端艇部の合宿所で、いつものように同級生と二人でメシ炊き（炊事当番）をやっていた。

「味噌煮の方、おられますかー？」

セーターにジャージー姿の富士が、テーブルで食事をしている部員たちに訊くと、五本の手が挙がった。

「あと一人足りません。どなたか、お願いしまーす」

合宿所の朝食は、毎日、ご飯、納豆、鯖の缶詰、味噌汁である。蛋白質の供給源として出される鯖の缶詰は、味噌煮と水煮があり、希望者が三人揃うと一缶開ける決まりになっている。

「そんじゃあ、俺もらうわ」

高分子工学の参考書を読んでいた二年生が手を挙げた。合宿所が寒いのでジャンパー姿である。

「有難うございます。水煮ご希望の方はー？」

また何本か手が挙がる。

「しかし、合宿所のメシって、もうちょっと何とかなんねえのかねえ」

黒縁眼鏡の三年生が箸を手にぼやく。

「朝は三百六十五日、判で押したように同じ物だし、昼や夜は、野菜炒めばっかだし」

土曜日の夕食および日曜日の昼食と夕食は、ここのところ、大鍋に怪しげな肉とタマネギ、もやし、ニンジンなどを放り込んで、ぐちゃぐちゃかき混ぜた野菜炒めばかりだった。

「ボートって、理論と科学のスポーツだろ？　なのに、毎度の食事に栄養学が完璧に欠落してるって、おかしくねえ？」

三年生の言葉に、部員たちが苦笑する。

「富士、お前は栄養学は分からんのか？」

「えっ、僕ですか？　すんません。僕は工学部ですんで、角度は何度とか、そうゆうんなら分かりますけど」

ひょうきんな答えに、何人かが噴き出す。

「先輩、タニシ料理くらいやったら作りますけど」

「ば、馬鹿っ！　恐ろしいこというなよ」

京都大学ボート部で、経済学部の四回生マネージャーが部員たちから集めた一日分数千円の食材費をパチンコですってしまい、練習場所である瀬田川のタニシを採ってきて醤油などで適当に煮て出したことがあった。部員たちはそれをおかずにご飯をもりもり食べたが、夕ニシの泥抜きをしていなかったため、全員が頭痛、嘔吐、発熱でのたうち回ったという。

「そうゆうたら、僕の高校の同級生がお茶大（お茶の水女子大学）で栄養学を専攻してますよ。いっぺん、メシ炊きに呼んでみましょか？」

「えっ、そんなこと頼めるのか？」

富士の突然のアイデアに、部員たちは半信半疑の表情になった。

それから間もなく――

合宿所の食堂に、数人の女子大生が、食材を入れたスーパーのビニール袋を手に提げて姿を現わした。

男ばかりのむさくるしい合宿所に、突然、色とりどりの花が咲き、その一角だけがきらきら輝いているようだった。

「皆さん、紹介します。僕の高校の同級生とそのお友だちの皆さんです。栄養学的観点から、合宿所の食事の改善に取り組んでくれることになりました」

「おおっ！」

富士の言葉に部員たちは目を輝かせ、鼻血を出さんばかりになっている者もいた。

女子大生たちのほうも、まんざらでもない様子で、顔を赤らめたりしていた。部員たちは身長一七五センチ以上が大半で、就職率一〇〇パーセントの理系のエリートである。

「そんじゃあ、こっちが台所なんで」

富士が女子大生たちを案内し、まもなく食事を作る鍋や包丁の音とともに、肉や野菜を調理する香ばしい匂いが漂ってきた。

4

初夏——

大岡山の東京工業大学本館に夏の接近を感じさせる明るい日差しが降り注いでいた。アーチ形の五つの門が並ぶ正面出入り口から真っ直ぐに延びるプロムナードでは、昭和二十五年に卒業生有志が植樹したソメイヨシノが瑞々《みずみず》しい若葉をつけていた。

東工大では、二年生になると学科分けが行われる。富士祥夫は機械物理学科に進み、本館内の教室の一つで、材料力学の一分野である破壊力学の講義を受けていた。前年に開講した新しい講座である。

「……破壊力学の『破壊』という語を聞くとね、何かぶっ壊すみたいに思えるんだけど、これは物に何らかの力や影響が加わることで、物の形状や機能や性質なんかが失われることを意味している。もっと分かりやすくいうと、機器の健全性が損なわれること、すなわち損傷ということだ」

三十五人の機械物理学科の学生たちを前に、一ノ瀬京助講師が熱弁をふるっていた。三十代前半で、銀縁眼鏡の細面に口髭を生やしている。

「破壊が生じる原因は、材料や製造の欠陥、腐食、摩耗、疲労亀裂、応力腐食割れなど、様々なものがある」

応力腐食割れは、腐食した金属に力が加わることで起きるひび割れで、やがて富士は首都電力に入って嫌というほど悩まされる問題だが、この時点では、そんな運命を知る由もない。

「色々な機械・機器を継続使用するにあたっては、この破壊ないしは欠陥を発見し、その程度を評価し、将来の進展度合いを予測することが非常に大事なわけだね」

一ノ瀬講師はチョークを手にとり、カツカツと音を立てて背後の黒板に文字を書く。

〈非破壊検査（NDT）　1．浸透探傷試験、2．磁粉探傷試験、3．放射線透過試験、4．超音波探傷試験〉

「機器の欠陥の有無や健全性の程度を調べる際に用いられるのが、この非破壊検査、non destructive testingだ。健全性を調べるために機器を壊すわけにはいかないから、こうした手法が用いられている」

グレーの背広姿の小柄な一ノ瀬講師は、黒板の文字を振り返りながら説明する。

「最初の浸透探傷試験というのは、機器の表面に色の付いた浸透剤を塗り、それを拭き取ったあとに現像剤を塗って、肉眼では識別できない微細なひび割れや孔《こう》に浸透した浸透液を吸い上げて、傷を検出する検査方法だね。それから二番目の、磁粉探傷試験というのは、見て字のごとしの磁粉を用いる検査方法で……」

ほとんど男ばかりの機械物理学科の学生たちは、ノートを取ったりしながら、一ノ瀬の言葉に耳を傾ける。ボートの朝練習をやって来た富士は、徐々に眠気に襲われてきていた。

「さて、この破壊力学が、最も活用されている産業分野というのは、何か知ってる人はいるかな？」

非破壊検査の方法を一通り説明したあとで、一ノ瀬が訊いた。

「はい、じゃあ、そこのきみ」

（えっ、俺⁉）

眠りかけていた富士は、自分が指されたと思って慌てた。

「え、ええと……」

質問自体をちゃんと聞いていなかったので、うろたえる。

「はい。航空機の設計と整備の分野ではないかと思います」

隣りの席の学生が、きびきびした口調で答えた。

（あっ、俺やなかったんか！　はあーっ、助かった）

「そのとおり」

一ノ瀬講師は我が意を得たりという表情で微笑した。

「現在、航空機の設計には、破壊力学にもとづいた『損傷許容設計』が採用されている。これは五年前にアメリカでF－111ジェット戦闘機が、主翼の金具の疲労亀裂が進展して墜落したことをきっかけに導入されたものだ。疲労亀裂を何がなんでも起こさせないという従来の発想じゃなく、亀裂は起こるもので、それを許容した上で、個々の亀裂の進展を解析的に予測して、対処するというやり方だね」

一ノ瀬はチョークで、damage tolerant design（損傷許容設計）と黒板に書く。

「日本の航空会社もすでにこの考え方を導入していて、構造部材に損傷があっても、その部位が与圧部にあるのか、それともそれ以外の場所か、あるいは大きな負荷がかかるかどうかで、修理の持越しができるようにしている」

眠気から覚めた富士は、うなずきながらノートをとる。

「僕はＪＡＬの整備士の人に聞いたんだけど、亀裂が与圧部にある場合は、修理の持越しはできなくて、発見された時点で飛行できないと定められているそうだ。それ以外の場合だと、軽微な亀裂なら、毎到着時に観察をしながら、一週間程度は延ばせる。金属の腐食なんかだと、ものによっては一年くらいまで持ち越せる。構造部材では、無線機なんかの場合は、同じ機能のものを三システム持ってるから、一つが故障しても、五日間または三十飛行時間のどちらかに達するまで持ち越せる。客室の椅子の不具合は、乗客に怪我をさせたりする可能性がある構造部分のものは持越しができないけれど、座席のオーディオや照明の不具合は、安全に支障がないので、長期間の持越しができるそうだ。ただ、乗客に文句をいわれるので、そういうのも早めに直すといってたけどね」

教室内から穏やかな笑い声が起きる。

「こういうふうに、飛行機に限らず、損傷許容設計は、数多くの産業分野で採用されている。どんな構造物や機器でも、損傷の程度と発生場所で破壊に至る時間が違ってくるから、当然のことだよね」

学生たちがうなずく。

「ところが、これを最も必要とする産業分野で、損傷許容設計が認められていないものが一つある。何だと思う？」

一ノ瀬が学生たちを見回す。しかし、手は一つも挙がらない。

「これはね、原発なんだ」

教室内から、ほーっとため息が漏れる。

（ほんまか……⁉）

「原発のように、種類も形状も異なる金属材料が無数に使われている設備で、損傷許容設計の思想を導入していなくて、いまだにすべての機器は新品でなくてはならないと定められているっていうのは、まったく信じられないことだよ」

「先生、それはどういう理由によるものなんでしょうか？」

富士が訊いた。

「いい質問だ。僕が思うに、原発は絶対に安全なんだという、安全神話のいき過ぎだろうね。社会や国民から安全性に疑義を抱かれないようにしようとするあまり、ボタンを掛け違えているとしか思えない」

（安全神話のいき過ぎで、ボタンの掛け違え……うーん）

「原発にも、損傷許容設計の思想を反映した維持規格（運転中の設備・機器の管理規定）を導入しなくちゃならない。アメリカでは一九六〇年代から原発をいかに保守管理して、設備の寿命を延ばすかが検討されて、三年前（一九七一年）に維持規格が定められている。日本でも、これはどうしても必要なことなので、僕も実現に向けて力を尽くしていきたいと思ってるんだ」

一ノ瀬の言葉に深くうなずきながら、富士はノートをとった。しかしこのときは、原発の維持規格の問題に自分が社会人人生の多くを費やすことになるなどとは、想像すらしていなかった。

八月三十一日――

南方海上から四国付近に接近しつつある台風十六号の影響で、戸田のボートコースでは低空に雲が垂れ込め、秒速約五メートルの強風でコースが波立っていた。

コース右岸（荒川寄り）の大学や実業団の合宿所の先にある日本漕艇協会（現・日本ボート協会）の建物では、大会本部の役員たちが、タイムを集計したり、打ち合わせをしたりしていた。その先のコンクリート製の階段型観覧席では、トタン屋根の下で、夏服姿の人々がレースに熱心に視線を注いだり、声援を送ったりしている。

「レースナンバー二十一、一着三レーン、立命館大学……」

女性のアナウンスが、木々の梢で盛んに鳴くセミの声とともに、風に乗って流れる。

モスグリーンの水面を、大学のエイトが五艇、盛んな歓声や叫び声を浴びながらピッチを合わせ、滑るように進んで行く。

「ただ今行われております、第二十四レースの途中経過をお伝えします……」

コース中ほど、一〇〇〇メートル地点のあたりの土手に、学生服姿の各大学の応援団が陣取り、淡青色や紫色の部旗を風に翻《ひるがえ》し、太鼓を叩いたり、応援歌を歌ったりしている。

第一回全日本大学選手権競漕大会（インターカレッジ）と第十四回オックスフォード盾レガッタが、同時開催されていた。ともに男子のみの競技で、インカレは、エイト、シングルスカル、ダブルスカル、舵付きフォアの四種目。オックスフォード盾レガッタはエイトのみで、高校、大学、社会人チームが参加する。後者は、昭和三十四年の全日本選手権にオックスフォード大学が招待参加したのを記念して創設された大会で、「オッ盾《たて》」の通称で呼ばれる。

二つの大会に参加したのは、特別参加のソウル大学（韓国）を含め九十二クルー。東京工業大学からは、インカレのエイトに島田恒夫がコーチを務める一軍の「チャン」（「本チャン」のチャン）、オックスフォード盾レガッタに、佐藤哲夫がコーチを務める三年生と二年生で編成した二軍の「セコ」（セカンド・クルーの略）と、二年生だけの三軍クルーが出場する。

「負けるなーっ！」

「抜かせー！」

歯を食いしばり、筋肉質の全身から汗を噴き出して懸命にオールを漕ぐ東工大の「セコ」クルーの「あけぼの」艇がやって来ると、コースのそばの土手から、声援が飛んだ。

二レーンの「あけぼの」は、五レーンの日本大学の二軍クルーにわずかに遅れて二番手。その後ろに一艇身以上の水をあけられて、三レーンの東北大学医学部クルーなど三艇が続く。

「セコ」クルーは、佐藤の指導によってタイムを六分二十秒台まで縮め、虎視眈々とオックスフォード盾獲得を狙っていた。

「頑張って下さーい！」

「いけーっ！　キャーッ！」

黄色い声援の主は、富士祥夫の高校の同級生のお茶の水女子大学の学生とその友人たちで、ちょくちょく合宿所の「栄養指導」にやって来るようになっていた。また、富士が、東工大の近くの薬科大学の女子学生たちと合コンをしたときにも声をかけたので、そちらのグループも食事を作りにやって来るようになり、合宿所の食事は改善され、雰囲気にも潤いが出てきていた。

一五〇〇メートルに差しかかったあたりで日大クルーのスピードが鈍り、ピッチを上げた東工大の「あけぼの」が抜きにかかる。

「やったー！　勝つよ！」

「すごいー！」

間もなく右手彼方の水上で、「あけぼの」が日大艇を〇・三秒抑え、首位でゴールラインを通過。クルーたちは、安堵したように艇の上で伸びた。


それから間もなく――

富士祥夫ら二年生の三軍クルーがスタート位置についた。乗り込む艇の名前は「燕《つばめ》」で同じ組に優勝候補の新潟大学がいた。

「やったろうぜー！」

日に焼けた長身を青いユニフォームに包み、白い鉢巻をした富士祥夫が、拳を振り上げて叫んだ。シートはボート中央の五番である。

ボートの漕手は、すわる位置で役割が異なる。進行方向最前部の艇首《バウ》にすわる漕手（通称・バウ）は、艇の速度や安定性に大きく影響を与えるため、一ストロークごとに完璧に漕ぐ技術と馬力が求められる。二番と三番の漕手も同様だが、バウほどの完璧さは求められない。四、五、六番は艇のエンジン役で、大柄でパワーのある漕手たち。七番は、艇の中に目配りし、八番が示すタイミングと力加減を正確に感じ取り、四～六番のエンジン役に伝える。実質的に全体をコントロールするのが、コックスと顔を向き合わせてすわる八番の整調《せいちょう》（ストローク）で、コックスが指示する力加減と速度で、メトロノームのように正確にオールを操らなくてはならない。艇尾にすわるコックスは舵を取りながら、司令塔の役割を果たす。

「ローアウトするぞー！」

「おーっす！」

富士の呼びかけに、ほかの七人の漕手とコックスが一斉に声を上げた。

三軍は「セコ」に入れなかった二年生のクルーで、島田や佐藤ではなく、東工大ＯＢの伊藤淳コーチの指導を受けている。つい最近までピッチも揃っていなかったが、大会の一週間前くらいからぐんぐんタイムを伸ばし、「セコ」を脅かすほどになっていた。

「ローッ！」

発艇審判のマイクの声とともに旗が振り下ろされ、富士らはあらん限りの力を振り絞って漕ぎ始めた。伊藤コーチは、最初からハイピッチで飛ばし、新潟大が迫ってきたらそのつどスパートをかけて逃げ切る作戦を授けていた。

「ピッチ三十九！」

小型メガホンをバンドで口に固定したコックスが、舵を操りながら怒鳴る。

艇の左右に伸びた八本のオールが弓のようにしなり、白いブレードがしぶきを上げる。

黄色い艇は、銀色に波立つ水面を滑るように進み、序盤から他の四艇をリードした。

「足蹴りいこう！　さあ、いこう！」

コックスが前かがみの姿勢で、強風をついて怒鳴る。

ボートは上半身よりむしろ下半身を利用し、艇に固定されている靴を蹴ることで推進力を得る。

新潟大学は半艇身くらい遅れた。無名の東工大「燕」クルーにいきなりリードを奪われ、明らかに動揺している。

富士らは、新潟大学クルーの緑のユニフォームと緑のブレードを視界の隅に捉えながら漕ぐ。負けていると相手のオールの泡だけを頼りに漕がなくてはならないが、リードしていると、相手の背中が見えて余裕が出る。

「来たぞ！　足蹴り五本、さあいこう！」

新潟大学が差を詰めてきたので、コックスが気合を入れる。

「燕」の漕手たちは強く靴を蹴り、オールと格闘する。

「いっぽーん！　にほーん！　さんぼーん……」

コックスがピッチ計を握りしめ大声でピッチを伝える。

「燕」の艇首がぐいっと伸び、再び新潟大学との差を広げる。

「おーっ！」

「いけーっ！」

岸辺から盛んに声援が飛び、各大学の応援団が陣取っているあたりに差しかかると、ドンドンドンドンという太鼓の音と、出場各大学の校歌などが聞こえて来る。

「おい、あいつら、やっぱり強いぞ。いったいどうなってんだ？」

予選を突破し、ユニフォーム姿のまま合宿所の艇庫前で双眼鏡を両目に当てた「セコ」の三年生がいった。

「こないだまで全然ダメだったのに……小癪な奴らだなあ」

別の三年生が苦笑する。

「たぶん原因は富士だ」

「富士？」

「うん。あいつは二年生の中でも背が高くて手足が長いから、なかなか漕ぐタイミングが合わなかったんだ。それが合い出して、奴が本来持っているパワーが艇速に結び付いたんだ」

「なるほど……」

先輩たちの視界の中で、「燕」の八人の漕手は規則正しく上半身の前傾と反りを繰り返し、コックスは波風でぶれそうになる艇の向きを巧みに舵で修正していた。

新潟大学が何度か迫って来たが、そのつど「燕」はピッチを上げて突き放す。

「スパートいこう！　さあ、いこう！」

ゴールが近づいたとき、東工大のコックスのメガホンの声が高らかに宣言した。

「燕」の八本のオールが力強く水をキャッチし、富士の視界の中で、新潟大学のクルーの背中に諦めの気配が滲む。

「おい、勝っちゃうよ、ありゃあ」

艇庫前の上級生たちが目を丸くする。

拍手と歓声の中、「燕」は五艇中トップでゴールに飛び込んだ。

「イージー・オール！　（漕ぐのを止め！）」

コックスが叫ぶ。

「うわーっ！」

「やったーっ！」

富士らクルーが拳を高々と突き上げ、喜びを身体一杯に表現した。

その日、オッ盾の予選を通過したのは、東工大の二艇（あけぼの、燕）のほか、東大、一橋大、福島大、北大、立命館大、土浦艇友会、牛久高校、中大など十五チームだった。予想外の番狂わせを喫した新潟大学は意気消沈して、敗者復活戦でも敗れた。

一方、インカレのエイトの予選を通過したのは明大、慶大、東北大、東大、早稲田、日大、同志社大など十三チームで、東工大の「チャン」は敗退した。強い向かい風のために、最高タイムは明大の六分四十一秒八にとどまった。

翌日——

「……こりゃあ、今日は大変やで」

朝、合宿所の窓から空を見上げて、富士祥夫が顔をしかめた。

台風十六号は強い勢力を保ったまま本州に接近を続け、戸田のボートコースに雨混じりの強風を吹き付けていた。

午前中、オックスフォード盾レガッタの準決勝に最初に登場したのは、「セコ」の「あけぼの」クルーだった。敗者復活戦から勝ち上がった日本大学の二軍クルーが、再び同じ組になった。

「頑張れー！」

「とうこうだいー！」

岸辺から盛んな声援を受け、青いユニフォームの八人の漕手は、呼吸を合わせてオールを漕ぐ。

予選同様、「あけぼの」は、前半力を溜めてロー（低い）ピッチで漕ぎ、後半、強い向かい風で日大の艇速が鈍ってくるのを待って勝負する作戦だった。

「ピッチ三十七！」

頭を下げた東工大のコックスがメガホンで指示を飛ばす。

日大クルーが半艇身のリードを保ち、一五〇〇メートルに差しかかる頃には、両クルーの一騎打ちになった。

「あけぼの」の艇尾に近い七番のシートで漕いでいたリーダーの三年生が日大艇を一瞥し、スパートのタイミングを見計らう。

「スパートッ！」

リーダーは、一瞬ためらってからコックスに指示を出した。

「スパートいこう！」

コックスが漕手たちに怒鳴る。

「おうっ！」

クルーが一斉に応じ、「あけぼの」のピッチが上がる。

「詰まってるぞ！　どんどんいこう！」

東工大クルーは歯を食いしばりオールを漕ぐ。

しかし、日大艇のピンクのブレードは着実に水を捉え、艇速は思ったほど落ちない。

二つの艇は、雨混じりの強風が吹きつけるモスグリーンの水面に白い水しぶきを上げ、抜きつ抜かれつで並走する。

「行けーっ！　日大！　行けーっ！」

「東工大！　勝負ーっ！」

二つの艇はピッチを上げ、何とか相手をねじ伏せようとする。

日大艇の予想外の粘りに、東工大クルーの顔に焦りの色が浮かび始めた。

「さあ勝負だ！　ゴールまで足蹴り！」

小柄なコックスが、強風をついて檄を飛ばす。

「いっぽーん！　にほーん！　さんぼーん……」

東工大が追い上げようとすると、磁石が反発しあうように日大が逃げる。

二艇は、僅差のままゴールラインへともつれ込む。

「ああー……」

「わあーっ！」

観衆から、悲鳴と歓声が上がる。

「駄目だ……スパートのタイミングが遅かった……」

土手で応援していた東工大の端艇部員の一人が呻《うめ》いたとき、「あけぼの」艇は、日大クルーに三〇センチの差をつけられてゴールラインを通過し、準決勝で敗退した。


それから間もなく――

富士祥夫ら三軍クルーの「燕」が、スタート位置についた。

雨混じりの風がますます勢いを増す中で、「燕」は左右に八本のオールを伸ばし、波立つ水面に静止した。

各レーンに設置されたコンクリート製のスタート台の上に、ウォーターマンと呼ばれる大学一年生たちが腹這いになり、各艇のテール（艇尾）を両手でつかまえていた。

「バウ、軽くちゃぽって」

「燕」のコックスが指示を出し、バウ（艇首の漕手）がオールで軽く水をかき、艇の向きを進行方向左寄りに微調整する。

「各艇、いいか！」

各艇のトップボール（艇首の丸い部分）がスタートラインに揃ったのを確認した発艇審判

の声がスピーカーから響く。ここで準備ができていない艇は手を挙げる。

「スタート用意！」

手が挙がらないのを確認し、審判が旗を振り上げた。

「燕」の漕手たちはシートを前に進め、前傾してキャッチの姿勢をとる。

「ローッ！」

旗が振り下ろされ、五艇が一斉にスタート。最初は慣性のせいで、どの艇も動きは重たい。

「ピッチ四十っ！」

強風を避けるように身をかがめたコックスの声が飛ぶ。

強豪揃いの準決勝なので、「燕」は捨て身の猛ダッシュ戦法だ。

白い鉢巻をした富士祥夫は、艇中央の五番シートで歯を食いしばってオールを漕ぐ。

雨混じりの強い向かい風に挑むように、「燕」は水面を滑って行く。クルーの息はぴたりと合い、八本のオールが確実に水を捉える。

五〇〇メートル地点を通過したあたりから「燕」がリードし、中間の一〇〇〇メートル地点では完全に首位に立った。

「強《つえ》えー！」

「あいつら、また勝つぞー」

艇庫前や土手で傘をさし、応援している東工大の先輩部員たちが舌を巻く。

「燕」は半艇身のリードを保ったまま、一五〇〇メートル地点を通過。

「粘れ！　粘れっ！　足蹴り十本！」

コックスが叫び、八人の漕手は強く脚を屈伸させ、靴を蹴る。

強い風に逆らいながら、「燕」は一直線に突き進み、堂々の首位でゴールラインを通過した。

「よし、やったー！」

艇尾にすわったコックスが両手で水面を叩き、クルーたちはぐったりと仰向けに倒れたり、前のめりに倒れたりする。

（これが、ローアウトなんやなあ……）

富士祥夫はオールに手をかけたまま、心地よい疲れの中で顔と身体に雨混じりの風を受けた。


約二時間後――

「燕」のクルーたちは、落胆の悲鳴を上げた。

「……ええっ、そんな⁉」

「せっかく優勝狙ってたのに！」

全員が肩を落とし、悲嘆に暮れた。

「中止だなんて……何とかならんのかよー？」

強い雨の影響でスタート地点付近にある荒川につうじる排水路が決壊し、コースに濁流が流れ込んだため、大会主催者の日本漕艇協会が、競技続行は危険と判断し、大会中止の決定をしたのだった。施設の復旧に最低でも数日間は要するため、インカレ、オックスフォード盾レガッタとも決勝は行われないこととなった。

「みんな、元気出そうや」

富士が全員を慰めるようにいった。

「試合は来年もあるんやし。秋の新人戦目指して頑張ろうや」

5

三年後（昭和五十二年初秋）――

東京工業大学キャンパスの大岡山北地区の外れに建ち並ぶ実験棟の一つで、目覚まし時計が鳴った。

室内に置かれた仮眠用のベッドで、セーターにジーンズ姿で寝ていた富士祥夫が顔をしかめ、毛布の中から手を出して、目覚まし時計を止めた。

「もう朝んなりよったか……」

ベッドから下りると、まだ半分眠っている顔で頭を掻きながら、室内の実験装置に歩み寄る。

台の上に巨大な釣鐘を伏せたような形の高さ五・三メートルの装置は、臨界未満の核分裂実験を行うためのもので、愛称は「ＴＩＴＡＮ（タイタン）」（Tokyo Institute of Technology, Assembly, Naught の略）。富士が所属する研究室の青木成文《しげふみ》教授が、助教授時代に設計と建設に携わったもので、小型の炉心を持ち、二〇パーセント濃縮ウランを燃料とする実験装置だ。

「えーと、値は……」

原子核工学専攻修士課程の一年生になった富士は、実験装置に付いている計器の数値をバインダーに挟んだ記録用紙に書き込んでいく。

炉心にウラン燃料板を装荷し、臨界移行期の炉心内中性子の振る舞いを調べ、臨界に必要な燃料の量などのデータを取り、あらかじめ計算により求められた必要燃料量の精度を検証し、適切な燃料板追加枚数を決定する「臨界近接実験」を二日がかりで行っているところだった。

「先輩、先輩、朝んなりましたよ。メシ食べに行きましょ」

富士はデータを記録し終えると、別のベッドで寝ていた修士課程二年の男を揺り起こした。

「あ……もう朝？　眠てぇー」

富士同様、普段着姿で仮眠していた先輩の男は、ベッドの上に上半身を起こすと、顔をしかめて伸びをした。

二人はジャンパーを羽織り、実験棟から出て、大岡山駅前に向かう。

付近には、ここ十年ほどの間に学生寮などを取り壊して次々と建てられた原子力関係の研究棟や実験棟が建ち並んでいる。そばの瓢箪形の池には、原子力に関する秘密資材や廃棄物が沈められているという根拠のない噂があり、近寄らない学生もいる。

実験棟から駅までは三〇〇メートル強の上り坂である。そばの東急線の線路を、通勤客を乗せた電車が、ゴーッ、ガタンガタンと音を立てて朝日の中を走り、坂の途中のテニスコートでは、十人ほどの男子学生が「ファーイトッ、ファイト！」と声を出しながら朝練習をしていた。

「……富士、学会の準備、進んでる？」

駅前商店街の喫茶店で、モーニング・セットのトーストを齧りながら、先輩の男が訊いた。

額の広い技術者ふうの風貌である。

富士は青木教授がメンバーとなっている日本原子力学会や日本機械学会の準備をよく任されている。

「はい。まあまあ順調です。委員と日程が固まって、発表者もほぼ決まりました」

「懇親会場はどうすんの？」

「新宿で、手ごろな和食の店を見つけました」

先輩がうなずき、ホットコーヒーをすする。

「先輩、就職のほうはどうされるんですか？　やっぱり日立ですか？」

茹で卵を齧り、富士が訊いた。

修士の二年生は、そろそろ就職先を決める時期になっていた。

「うん、日立にしようと思ってる。……国鉄の研究所で、超電導の磁気浮上の実験なんかも見せてもらったけど、今一つピンと来んかったし」

超電導は核融合にも使われるので、原子核工学専攻の学生の就職先の一つだ。

「やっぱり原子力やるんなら、日立、東芝、重工（三菱重工）か電力会社じゃないか」

先輩の言葉に富士はうなずき、大学院に進んでから吸い始めたタバコに火を点ける。

「『キャンディーズ』、解散するんだなあ……。俺、結構好きだったんだけど」

朝刊を開いて先輩がぽつりといった。去る七月に「普通の女の子に戻りたい」といって、人気絶頂で引退宣言した女性三人のアイドル歌手グループ「キャンディーズ」の記事が出ていた。

「ところで富士、ボート部はまだ行ってるのか？」

「はあ、ときどき顔出してます」

タバコを美味そうにふかし、富士がうなずく。

富士は大学二年のオックスフォード盾レガッタのあと腰を痛め、選手としてはぱっとしないまま現役生活を終えた。しかし、持ち前の賑やかさと上下を束ねるリーダーシップで存在感を保ち、後輩の指導や相手チームの情報収集などに力を発揮した。「メシ炊き」の女子大生のスカウトも続け、その中で知り合った由梨という名の小柄でしっかり者の薬科大生と交際していた。

「こないだ話してた、新しいボートの名前はどうなった？」

東工大端艇部では、ＯＢの寄付を集めてエイトの新艇を造り、かねてから名前を検討していた。

「あれは僕の案がとおって、『大鵬』という名前になりました」

「『大鵬』？　相撲取りの大鵬幸喜？」

「まあそうですが、もともと大鵬ゆうのは、古代中国の想像上の『鯤《こん》』と呼ばれる北の果ての海に棲む大魚が化した巨鳥で、九万里の上空まで飛び上がって南の果ての海、すなわち天の池へと飛翔したといわれてるんですわ」

「はーっ……お前、何でそんなこと知ってんの？」

「いやあ、『荘子』とか『西遊記』とか『封神演義』とか読んでたら、出てきますよ」

『荘子』は中国の戦国時代の思想家荘子の哲学書、『封神演義』は明代の神怪小説だ。

「へええ……！」

東工大の学生は文系コンプレックスを持っている者が多い。入試の配点は千二百点中、国語が百点で、残りは数学、物理、化学、英語。理系の科目ではパワー全開だが、古典や漢文を読んでもちっとも頭に入らないタイプが多い。


午後——

富士祥夫は、青木成文研究室の輪講《りんこう》に出席した。グループで分担を決め、一冊の英語の本を訳し、内容を議論し合う勉強会である。

東工大の原子炉工学研究所（兼大学院理工学研究科工学系原子核工学専攻）は、実験棟のすぐそばの、鉄筋コンクリート造り・四階建てである。壁の色は黒で、正面にX字形の太い鉄骨が剝き出しになった力強いデザインだ。

一階は事務室、所長室、資料室、男女更衣室、安全指導室兼放射性物質・放射線管理支援室、電気機械室などで、廊下の掲示板に、時間割、講義室使用予定表、博士課程修了予定者論文発表会の日程、求人情報などが張り出されている。

二階から上が研究室と実験室で、灰色のリノリウム張りの廊下を歩くと、薄い壁をとおして議論や講義の声が聞こえてくる。

「……えー、十三章の二、Heat-transfer Coefficients for Forced Convection in Tubes（管の中における強制対流の熱伝達率）ですが……」

三階の西の端にある輪講室にロの字形にテーブルが並べられ、黒板を背にしてすわった富士祥夫が自分の分担箇所の説明を行っていた。

教材の赤いハードカバーの本は、ウィスコンシン大学教授ロバート・バイロン・バードらが著した『Transport Phenomena（移動現象論）』という七百八十ページの英書である。質量保存、運動量保存、エネルギー保存の三つの基礎方程式をもとに、流体力学上の様々な現象を精緻な理論式で解説した名著である。

「ここで最初に述べられていますのは、十章の六にも記述がある次元解析で、これは強制対流の熱伝達率hの相関性を予測するためのものでして……」

富士が手元のメモを見ながら、やや鼻にかかった大きな声で説明し、それを、青木成文研究室修士課程の一年生と二年生七人が聴いていた。原子核工学専攻は、学部の成績が優秀でないと入れないので、院生たちは皆、頭の切れそうな面立ちをしている。

「パイプ（管）の半径がR、長さがLとすると、パイプ壁面における流体への総熱量フローは、三百九十七ページ冒頭の計算式で表されます」

本には次のような数式が記載されていた。

$$Q=\int_0^L\int_0^{2\pi}\left(+k\frac{\partial T}{\partial r}\right)\bigg|_{r=R} R\,d\theta\,dz$$

「この数式は、laminar flow（層流）や turbulent flow（乱流）の場合にも適用できるもので……」

窓の外には、高い銀杏並木と、その下を徒歩や自転車でとおる学生や教職員の姿が見える。銀杏並木の向こうの東急の線路を、時おり電車がゴオーッと音を立てて行き交っていた。

「……えーと、以上がここまでの記述内容ですが、ちょっと基本に立ち返って、これらの原子炉工学への応用についてご説明したいと思います」

一時間ほどかけて自分の担当箇所について説明したあと、富士がいった。

「水を入れたパイプ（管）の外側から熱を加えると、熱で中の水が温められ、自然対流熱伝達が始まります。パイプに圧力などを加えると、中の水に流れが生じて、強制対流熱伝達になり、加熱が促進されます」

ロの字形のテーブルを囲んだ院生たちは、富士の言葉に耳を傾ける。「水が激しく沸騰すると、生成された泡が加熱表面、すなわちパイプの内壁から離れないうちに次の泡が発生し、それらが合体して蒸気膜となって内壁を覆います。こうなると、伝熱面、すなわちパイプの外側からの熱が水の中に入らず、面に蓄積され、パイプ自体の温度が急激に上昇します」

説明する富士を、また何か面白いことをいうのだろうと、期待でにやにやしながら見ている者もいる。

「最後には、伝熱面の融点を超えて面すなわちパイプが融ける焼損という現象が起きます。原子炉の空焚きもこういう状態です」

富士は手元のメモを見ながら、ポーカーフェイスで説明を続ける。

「さらに水と水蒸気が混ざり合ったいわゆる『二相流』がパイプの中を流れるとき、水や蒸気だけが流れるときよりパイプの内壁との摩擦抵抗が大きくなります」

気体か液体どちらかだけの流れを単相流、気体と液体のように二つの相のものが混じった流れを二相流と呼ぶ。

「さらに加熱量によって水蒸気の割合と摩擦抵抗が変化し、流れが振動し、いわゆる『二相流の熱力学的不安定性』が生じると、パイプの損傷にもつながります。原発のアキレス腱である蒸気発生器細管の損傷などです。こうした事態を回避するため、この本に書いてある理論や数式によって、パイプ中の伝熱状態を正しく把握することが大切になります」

富士は、手元のメモから視線を上げた。

「えー、実は、わたくし、以前、飲み過ぎで胃炎になりまして、医者に診てもらったことがあるんですが、そのときお医者さんは何といったか？　今思い返すと、大変印象的な言葉をおっしゃられました」

悪戯っぽい笑みを浮かべた色黒の顔は、ほとんど落語家である。

「富士さん、ビールは胃壁を荒らすから飲むのはお止めなさい。もし飲みたければ、ウィスキーの水割りを飲みなさい、と」

室内から、くすくす笑いが漏れる。

「ビールは二相流、水割りは単相流ですから、これは流体力学的にも的を射ているアドバイスであると、今さらながら深く感心する次第です」

テーブルを囲んだ院生たちは、大笑いした。

一年後（昭和五十三年）――

首都電力に勤務する宮田匠は、東京・千代田区内幸町にある本店で仕事をしていた。入社して十二年目になり、奥羽第一原発に勤務したあと、本店の原子力本部で新潟県柏崎市に建設する原発の計画に携わり、現在は奥羽第一原発の保修・管理の仕事をしている。具体的には、故障等の問題が生じたとき、GE、日立、東芝などと相談し、対策立案や修理をする仕事である。

窓から秋の日差しが差し込む広いフロアーでは、三人の副部長が窓を背にすわり、百人以上の社員が働いていた。

「宮田さん、お客さんがいらしてます」

自席で仕事をしていると、同じ島にすわっている女性社員がいった。

「分かりました」

背広の上着を着て立ち上がり、フロアーの出入り口に行くと、ブレザー姿の若い男が立っていた。

「どうも、初めまして。富士祥夫です」

どことなく申し訳なさそうな笑みを浮かべ、長身の身体を猫背気味にして挨拶した。

（ほう、なかなか礼儀正しい青年だな。……それにしても、背が高い！）

小柄な宮田は、そり返るようにして相手を見上げた。

二人は、首都電力本店から歩いて数分の、新橋駅のSL広場側にある喫茶店に行った。窓の一部がステンドグラスで、椅子の背凭れに白いカバーがかかった、高級感のある店だった。

「どうして僕のところに来たの？」

コーヒーにミルクを入れてかき混ぜながら、宮田が訊いた。眼鏡の顔は技術者らしい知性と実直さを感じさせる。

「青木先生から、首都電力には宮田さんがおられるから、就職を考えているのなら、一度会って話を聞いたらいいって勧められまして」

「へえ。僕が首都電の院卒の定期採用の一期生だったから、先生も印象に残っていたのかな……。それで、どんなことが知りたいの？」

「はい。首都電力の原子力発電の計画は、どんな感じかなと思ってまして」

艶のある木製のテーブルを挟んですわった富士が訊いた。

「えーとね……福島県の奥羽第一原発は、もう全部出来上がって、来年、最後の六号機が営業運転開始だね。奥羽第二は、二号機まで近々着工するところで、二年以内に四号機まで着工する」

宮田らは米国研修で運転技術を習得し、昭和四十六年三月に、奥羽第一原発の営業運転を開始した。当時、富士は高校一年生だった。

「それから、新潟県柏崎市のほうは、将来六号機か七号機まで造ると思うけど、一号機が年内に着工予定だね」

「もし入社したら、どんな仕事をさせて頂けるんでしょうか？」

「仕事は山ほどあるよ」

宮田は、躊躇《ためら》いなくいった。

「今、どんどん建設を進めているけど、GEから輸入した技術といえども問題は色々ある。たとえば、燃料破損の問題とか、社内ではSCCといってるけど、応力腐食割れの問題とか。対策を打ったり、研究したりしなきゃならないことは、ごまんとあるよ」

応力腐食割れ（stress corrosion cracking）は、材料の感受性、環境の腐食性、引張応力の付加という三条件の相乗的関与で起きるひび割れだ。奥羽第一原発の一次冷却系のステンレス配管や制御棒駆動機構部分をはじめとする多くの箇所にこれが発生し、宮田らは対応に追われていた。このトラブルで、前年（昭和五十二年）は一〜三号機が全部止まり、原子力部門は金食い虫だと社内で非難され、肩身の狭い思いをした。

「そういうのは、どうやって解決しているんですか？」

「ＳＣＣの場合、溶接部近くに発生したものであれば溶接法を改善する。そのほか、炭素含有量の低いステンレス配管材に取り換えたり、部品や機器の形状を変えたり、材料を変えたりとか、色々だね」

監督官庁である資源エネルギー庁（通産省の外局）が、不具合発生のつど電子顕微鏡写真を撮り、原因を究明し、対策を説明した上でないと作業を認めないので、停止期間が長期化し、宮田らは頭を悩ませていた。

「そういうのは原発を造ったメーカーの責任ですよね？　損害賠償請求なんかは、しないんですか？」

その言葉に宮田は軽い驚きを覚えた。技術馬鹿の理系人間からは、決して出てこない質問だ。

（この富士という学生、経営的センスも持っているのか？）

「確かにメーカーの責任だけど、損害賠償請求はしてないねえ。むしろ、改善のための資金も出してるくらいだよ」

「へえ、それはどうしてなんですか？」

富士の澄んだ眼差しは、深い知性を感じさせた。

「日立とか東芝とか、国内のメーカーを育てるのもうちの仕事だからだよ。彼らが育てば、日本の原子力産業も育つし、回り回って我々にも恩恵があるからね」

首都電力は、総発電設備・総発電量・売上げなどで国内の三分の一を占める「ガリバー」で、国益を念頭に置いて仕事をする。かつては斜陽の石炭産業を支えるために石炭火力発電を行い、昭和四十八年に石炭使用を打ち切ったあとも、石炭の引取りを続け、東北電力や炭鉱会社と共同で設立した福島県いわき市の石炭火力発電所に譲渡している。

「うちの会社は巨大だから、国に与える影響も大きいんだ。政府が景気浮揚のために、大型の設備投資が必要なときなんかも要請があるよ」

富士がうなずく。

「ところで、きみの実家は何をやってるの？」

「父は大阪市内で企画会社を経営しています。松屋町筋っていう、問屋街の近くです」

（商売人の息子か……。だから経営センスがあって、人付き合いも上手いんだな）

「サークルとか部活はやっていたの？」

「四年間、端艇部でボートを漕いでました」

（なるほど、身体が丈夫そうなわけだ。ボートだから、協調性もあるんだろう）

ボートは、「一艇一心」という言葉に表されるように、クルーが心を一つにしないと戦えないスポーツだ。

その後、卒論や学生時代の話をして、宮田は、富士の人柄やスケールの大きさに感銘を受け、これは滅多にいない人材だと確信した。特に、自分の専攻分野にとどまらず、宗教、哲学、歴史、政治、経済、中国や日本の古典など、ありとあらゆる分野の本を読み、それを自分の血肉にしている姿には舌を巻いた。

「きみ、ほかは、どこを受けてるの？」

冷めかけたコーヒーをすすり、宮田が訊いた。

「通産省です。内定もほぼ貰いました」

「通産省……」

確かに、オイルショックで景気が低迷し、民間より公務員の人気が高いご時世である。

(これは大変だ。こんな優秀でスケールの大きい男が監督官庁に行ったら、間違いなく手強い相手になる)

「宮田先輩、首都電なんか、行くの止《や》めろっていう人もいるんですが」

富士は嫌味なく、さらりと切り出した。

「どうして？」

「組織の図体が大きいから歯車にされるだけだぞといわれまして」

「いや、そんなことはないよ。僕だってこのとおり現場の第一線でばりばり仕事をさせてもらってる」

　宮田の言葉に富士はうなずく。

「富士君、原子力をやるんだったら首都電だよ。うちに来れば原発を造って、運転できる。通産省のように監督するだけじゃない。しかも、ほかの電力会社が一基造る間に、うちなら二基も三基も造れる。日本で原子力の未来を切り拓いていくのは通産省じゃなく、首都電力だよ」

　最初、宮田は、単に大学院生の質問に答えるつもりでいたが、是非とも富士を入社させたいと思うようになった。

「首都電力は面倒見がいい会社だよ。それに業界のリーダーだから、いつも一番最初に壁にぶつかる宿命を背負っている。だからこそ日本の原子力開発をリードできる。きみにとって、最もやりがいを感じられる職場だと思うよ」

6

　半年後（昭和五十四年三月二十九日）――

　朝、宮田匠はいつものように起床し、テレビをつけた。自宅は最近ローンで買った都内のマンションで、妻とまだ幼い娘との三人暮らしである。

「……アメリカ・ペンシルベニア州スリーマイル島の原子力発電所当局者が明らかにしたところによりますと、昨二十八日、同発電所の冷却水ポンプが壊れ、放射性物質を含む蒸気が大気中に漏れたということです」

（ええっ⁉）

宮田は愕然として画面を凝視した。

「同発電所は、州都ハリスバーグの南東約一六キロメートルの川の中に浮かぶ島にあります。ペンシルベニア州は非常事態宣言を……」

（これは大変だ！）

宮田は慌てて身づくろいを始めた。

「もしかすると、今晩、会社に泊ることになるかもしれないから」

ネクタイを結びながら、心配そうな妻に告げ、玄関で革靴を履く。

国鉄新橋駅に近い首都電力の本店に出勤し、エレベーターで六階の原子力本部に上がると、空気がぴんと張りつめていた。いつもより早い時刻にもかかわらず、大勢の社員たちが出勤していた。

「お早うございます。大変なことになりましたね」

宮田は、席についたばかりと思しい副部長に挨拶した。

「おう、宮田君。ちょっとこれ、目をとおしてくれ。ワシントン事務所からの報告だ」

四十代後半で、がっちりした身体つきの副部長が一束の書類を差し出した。

首都電力は主として原子力関係の情報収集のために従来からワシントンに駐在員を一名置いていたが、前年九月に事務所に格上げした。

「今、ざっと読んだけど、二号機がメルトダウン（炉心溶融）したようだな」

「メルトダウン⁉　本当ですか⁉」

炉心溶融は、過去にミシガン州の高速増殖実験炉とスイスの研究用原子炉でも発生しているが、実際に商業運転されている原発のメルトダウンは歴史上初めてだ。しかもスリーマイル島原発の二号機は出力九六万キロワットという大型施設だ。

「原因は……？」

宮田は手にしたファックスに視線を走らせる。日本語、英語、図解がまじった詳細な報告書だった。ワシントン事務所の四十一歳の所長は東大理学部卒で、原子力本部の出身である。

「二次冷却水の圧力ポンプがトリップ（エンスト）して、水蒸気で炉心の圧力が高くなったんでベント（排気）したまではよかったけれど、バルブが開けっ放しのまんまで、炉心の水がなくなったらしい」

「うーん……」

「どういう経緯でそうなったか、まだ詳細は不明だそうだ」

宮田はうなずく。

「いずれにせよ、うちの奥一《おくいち》（奥羽第一原発）も同じ事故が起きないか、緊急点検をやれっていう話になるだろうな」

副部長は悩ましげにいった。

「そうでしょうね」

宮田も浮かない表情。

「まあ、宿命だな。奥一の地元でも、左翼系の原発反対同盟が活動を活発化させてるし、県の原子力対策室も心配するだろうから、しっかり対応するしかないだろう」

第四章　阿武隈の熊

1

昭和五十四年四月中旬――

富士祥夫はボストンバッグを提《さ》げ、上野駅から常磐線の急行列車に乗り込んだ。

四月一日付で首都電力に入社し、約二百名の大卒・大学院卒の新入社員と一緒に東京都日野市にある首都電学園で新入社員研修を受け、配属先の奥羽第一原発（略称・奥一《おくいち》）に向うところだった。

週末の急行列車は、所用で東京に来て、地元に帰る勤め人や主婦などが多く、学生のグループや東北方面に向かう旅行者たちの姿もあった。

走り始めた列車の中で、富士は新聞を広げ、記事に視線を落とした。

〈ＩＪＰＣ国有化の危機〉

産業面の見出しが目に留まった。

五十四年間にわたってイランを統治していたパーレビ王朝が倒れ、フランスに亡命中だったホメイニ師が二月に帰国した。この「イラン革命」で、同国の原油生産が中断し、第二次オイルショックが発生。四月には、イラン・イスラム共和国の樹立が宣言され、同国の国営石油化学会社NPCは、外国との合弁事業を国有化すると表明した。三井物産が中心となって建設中だった同国初の総合石油化学コンプレックス、イラン・ジャパン石油化学（略称IJPC）は、革命のあおりで日本人が追い出され、工事が八五パーセントで中断している。

富士は、駅で買った缶コーヒーのプルトップを引き、一口飲んで別の紙面を開く。

〈首都電力、石油不足に総合対策〉

首都電力が、今般のオイルショックに対処するため、①燃料の効率的調達、②設備・系統の効率的運用による石油系燃料の使用削減、③日常の省エネ運動などを推進するという記事が出ていた。

本来そこに原発の促進も入るはずだったが、スリーマイル島事故後の世論に配慮して、記述はなかった。

　先月二十八日に米国ペンシルベニア州で起きたスリーマイル島原発事故は、炉心溶融が起き、放射性物質が大気中に漏れ出て、周辺住民約一万二千人が避難する騒ぎになった。のちにIAEA（国際原子力機関）などが定めた国際原子力事象評価尺度でレベル5（広範囲に影響する事故）に分類される大きな事故だった。

（スリーマイル島事故のせいで、色々面倒なことがあるんかなあ……？）

　富士は、新聞を読み終えると視線を上げ、車窓の向こうを眺める。

　急行列車は、ガタンガタン、ガタンガタンと規則正しく鉄路を踏み鳴らし、北へと向かっていた。

　目的地の夜ノ森駅までは三時間半以上の長旅だ。

　東京の郊外は桜が満開で、住宅地の間に畑が見え、やがて林や水田も現れ始めた。目の前に広がるのは、イラン革命やエネルギー危機とは無縁ののどかな田園風景だ。

（東北か……）

　大阪出身の自分が、東工大の端艇部で東北大学OBのコーチを受け、今また東北へ向かっている。

　何か目に見えない大きな運命に吸い寄せられているような気がした。

週明け（月曜日）——

富士祥夫は、奥羽第一原発に初出勤した。

鉄筋コンクリート・三階建ての独身寮から毎朝専用バスが出ており、それに乗って六キロメートルほど離れた発電所まで通勤する。バスは地元企業から借り上げた立派なものだった。

奥羽第一原発は、南北二・三キロメートル、東西一・二キロメートルの巨大な施設で、青く広がる太平洋に面している。六基ある原子炉のうち一〜四号機は敷地の南寄りの双葉郡大熊町に、五、六号機は北寄りの同双葉町に位置し、その間に事務本館がある。六号機の原子炉建屋は地上五五メートルで、県内一の高層建築だ。敷地の西寄りには、サッカーや野球ができる多目的運動場やテニスコートがあり、その先に、協力企業（取引先や下請け）の建物や駐車場がある。構内には巡回バスが走り、八百数十人の首都電力の社員と、一万一千人の協力企業の社員と作業員が働いている。GE《ゼネラル・エレクトリック》の白人や黒人の社員たちも闊歩し、原子力の未来を切り拓く夢と活気に満ちていた。

「えー、みんな聞いてくれ。今日から働く富士祥夫君だ」

一号機と二号機のタービン建屋の間に建つコントロール建屋二階の中央操作室で、青色の作業服を着た五十代前半の当直長がいった。作業服は腕の外側の部分が藍色の洒落《しゃれ》たデザインである。

　くの字形の大きな当直長のデスクの前に集まった当直員は九人。二十代から四十代の叩き上げの運転員たちで、高卒、首都電学園卒、高専卒。役職は上から当直長、副長、主任、副主任、主機操作員、補機操作員で、原子炉を運転できるのは主機操作員以上である。

「富士祥夫です。このたび入社して第一保修課に配属になりました。出身は大阪で、学生時代はボートをやっていました。よろしくお願いします」

　染み一つない真新しい作業服姿の富士は、礼儀正しく挨拶した。

　第一保修課は、一号機と二号機の保修や定期検査が仕事で、場所は事務本館の一階にある。富士は、そこで働き始める前に三週間だけ中央操作室の当直業務を経験する。

「富士君には、これから色々お世話になると思うので、みんなも仲良くやってくれ。富士君のほうも何か分からないことがあったら、八木君あたりに訊いてくれ。歳も同じだから、話しやすいだろう。……八木君、よろしくな」

　当直長がいうと、コバルトグリーンの二号機の制御盤の前に立った八木英司が頭を下げた。

　地元の高専卒の運転員で年齢は富士と同じ二十四歳。学生時代はサッカー部で、見るからに精悍な面構えである。

「ちょうど今、二号機を立ち上げているところなんだ。まずそれを見てみなよ」

「はい」

当直長に返事をし、富士は八木のところに歩いてゆく。

「よろしくお願いします」

「こちらこそ」

八木は淡々と富士に挨拶を返し、すぐに制御盤のほうを向いた。

この中央操作室は一号機と二号機を運転しており、当直長のデスクから見て、右側に一号機、左側に二号機の制御盤がある。二号機は六ヶ月間の定期検査が終わったところだった。定期検査は普通三ヶ月程度だが、倍もかかったのは、再循環系の配管が応力腐食割れを起こし、総延長一〇〇メートルに及ぶパイプを取り換える必要があったためだ。新しいパイプは炭素含有量の少ないステンレス製で、溶接個所の内面の肉盛りを厚くする工事も行われた。

「……おい、上げすぎないように、注意しろよ」

制御盤の中央に立った八木が、顔にニキビ痕《あと》がある若い運転員にいった。

横幅二〇メートルくらいの屛風のような制御盤には、様々なスイッチやアナログ式の表示があり、原子炉内の水位、水の循環量、温度、圧力、電気出力、あちらこちらにある弁の開閉状態、再循環ポンプや非常用ディーゼル発電機、蒸気タービンの状態など、無数のデータを示している。弁の開閉状態を示すランプは、一部が白く、一部が赤く点灯している。

二人の目の前にあるモニターの大きな赤い数字が「10％」と表示していた。原子炉の熱出力だ。

定期検査が終わった奥一の二号機は、ゆっくりと起動されているところだった。

「ふむ……いい感じだな」

贅肉の少ない身体を作業服で包んだ八木は、自分の腰のあたりの高さにあるアナログの数字を見つめて、小さくうなずく。「ＳＲＮＭ」(start-up range neutron monitor) と呼ばれる表示で、中性子束の増加量を監視するものだ。

「三本目は浅ロッド、四本目は深ロッドな」

八木が若い運転員に念を押した。

原子炉を起動するときは、急激に中性子束を増やして暴走させないように、中性子束の増加量を見ながら、制御棒をゆっくりと引き抜いていく。

八木は隣り合う四本の制御棒を一組にし、二本は完全に引き抜き、三本目は多めに、四本目は少しだけ引き抜くことで加減を調整していた。

制御盤の後方には副長や主任の席があり、そのさらに後ろに、電話機が五台備えられた当直長の大きなデスクがあるが、皆、八木を信頼しているようで、書類に目をとおしたり、ほかの仕事をしたりしている。

「あっちは、電気出力ですか？」

富士が制御盤の右のほうの「0％」という表示を指さし、そばにいた別の当直員に小声で訊いた。

「うん。まだ蒸気をタービンに送り込んでいないんだよね」

三十代と思しい当直員がいった。

原子力発電は、原子炉で発生させた熱で水（軽水）を沸かし、蒸気を発生させ、それを送り込んで発電タービン（原動機）の羽根車を回転させ、電気を起こす。

「バイパスしてるんですか？」

バイパスとは、本来の経路とは違うところに流すことである。

「そう。蒸気はタービンの手前まで来てるんだけど、バイパスして捨ててるんだよ。もったいないけどね」

当直員は苦笑いした。

「原子炉の熱出力が一五パーセントくらいになってきたら、蒸気を送り込むよ」

間もなく、八木の目の前の熱出力のアナログ表示が「16％」になった。

八木が制御盤の右手に歩み寄り、タービンの状態を確認する。制御盤は中央に原子炉の状態を示す計器類やスイッチがあり、右手のほうにタービンや発電機の状態を示す計器類やスイッチがある。

「……オッケー、じゃあ、入れてくれ」

八木の言葉にうなずき、運転員が手元のスイッチをいくつか操作する。

「今、タービンに蒸気を送り込み始めたね」

富士の傍らの当直員がいい、発電機の出力が「0」から「2」に変わった。

八木がその数字を見て、制御盤の表示ランプや計器類を一通り確認してから、手前のスイッチを手早く操作する。その様子は、複雑な原子炉の構造がすべて頭に刷り込まれ、どこをどう操作すれば、どう動くかが手に取るように分かっているようだった。

原子炉の熱出力の表示が「18%」になった。

「八木ちゃん、立ち上げ速度のギネス記録に挑戦するつもりかな」

当直員が笑った。

富士の視線の先で制御盤を操作する八木英司は、荒馬を乗りこなそうとしているカウボーイのような精気を発していた。

週末——
富士祥夫は、独身寮の仲間たち二十人ほどと、近くにある夜の森公園に花見に出かけた。

戊辰《ぼしん》戦争から三十年あまり後の明治三十三年に、旧相馬藩士の子・半谷清寿《はんがいせいじゅ》が農村開発着手を記念して植えたことに始まる約千五百本の桜が見事に咲き誇っていた。

「ハアァーアー、アァーイヨォー、今年ゃ豊ぉう年ぇんだぁよー」

薄手のセーターにジーンズ姿の富士が『相馬盆唄』を歌う。

「アー、コーリャコリャ」

ビニールシートの上で車座になった独身寮の男たちが手拍子を打ち、合いの手を入れる。

「穂ぉにぃー、えぇ穂ぉーが咲ぁいてよぉー」

富士は声を張り上げ、情感をこめて歌う。

「ハアァーアー、道の小ぉ草にぃもぉー」

「コラショッ」

ライトアップされた桜並木が、薄いピンクの花を満開にした幻想的な姿を夜空に浮かび上がらせ、その下で、大勢の花見客が酒を飲んだり歌を歌ったりしていた。

一帯には紅白の提灯が飾られ、焼きそばや焼き鳥の屋台が出ている。

「……ヤレサァ、あぁ米がぁなるよぉー」

「ア、ヨーイヨーイヨーイトナ」

「有難うございました」

歌い終わって一礼する富士に、盛大な拍手が送られた。

「富士さん、民謡上手いねえ。昔、なんかやってたの?」

隣りにすわった二十代後半の運転員が感心した表情でいった。地元の中学を出て首都電学園に入り、高等部を卒業して入社した男だった。

「高校時代に民謡同好会をやってたんですわ」

ワンカップ大関を手にした富士が笑う。「といっても、学園祭の前にちょっと練習するぐらいですけど。相馬地方の民謡は結構好きで、よう歌ってました」

「貧しい地方の哀愁があるだろ?」

運転員の男は笑みを湛《たた》えて訊く。「相馬藩は財政が苦しい上に天明の大飢饉なんかもあったし。今でもこのあたりは『海のチベット』っていわれるぐらいだから」

「確かに、夜ノ森駅に降りたとき、駅前が暗くて寂しげだったのには、ちょっと面食らいましたね」

富士は苦笑して、タバコをふかす。

少し離れたところで、八木英司が焼き鳥を手に談笑していた。年齢のわりに落ち着いた大人の雰囲気である。

「ところで、こないだ取水口に引っかかってたウニを食べてる人がいましたけど、あんなことよくやってるんですか？」

原発は、原子炉内を循環している冷却水を冷やすため、付近の海水を取り入れている。その取水口にゴミと一緒に引っかかっていたウニを肴にして独身寮の食堂でウィスキーを飲んでいる男がいた。

「そんなの食べて大丈夫ですかって訊いたら、『ウィスキーで消毒してるから大丈夫だ』っていってましたけど」

富士は焼き鳥を齧り、苦笑する。

「そういうこと好きな連中がいるんだよなー」

運転員の男も苦笑する。

「遡上して来た鮭なんかが引っかかることもあるけど……まあ、生きてるやつだったら大丈夫じゃないの、昔と違って」

「昔は危なかったんですか？」

運転員の向こうにすわった二神照夫が訊いた。種子島出身で、背がひょろりと高い総務部の新入社員だった。一浪一留で東京の私大の法学部を出ており、年齢は富士と同じである。二重瞼のぎょろりとした目には、酸いも甘いも知り尽くしたような色が湛《たた》えられ、やがて原発の裏街道を歩くことになる運命の男だった。

「これ、絶対人にいっちゃ駄目だぞ。……昔は、放射性廃棄物を海に捨ててたらしいんだよな」

「ええっ、本当ですか⁉」

富士と二神は愕然となる。

「いや、俺も見たことないけど、人から聞いた」

「ひえぇーっ！」

「ほんとに、ひえぇー、だよなあ」

運転員の男は苦笑する。「わざと海まで何かを持ってって捨ててたんじゃないんだろうと思うけど、一号機に燃料装荷して営業運転開始するまでにスクラム（緊急停止）が二十七回もあったし、燃料破損は七十本くらいあったからなあ」

緊急停止は毎回新聞報道されるような重大事態であり、燃料破損は破損個所から放射能が漏れるので、たとえ一本でも取り扱いは難しい。

「放射化された配管中の錆とか汚染水漏れも半端じゃなかったから、そういう火事場状態の中で、汚染物質が流れてったか何かしたんじゃないの」

「一号機は、相当トラブル続きだったらしいですね」

二神がぎょろりとした目つきで、ワンカップ大関を舐めるようにしながら訊いた。

「少し落ち着いてきたのは、ようやく最近だよ」

東北出身者らしく、土の匂いがするような風貌の運転員の男は「ハイライト」の灰色の煙をくゆらせる。

「被曝量なんか守ってられないから、しょっちゅう線量計外して作業してたし。……そういや、『放射能男騒ぎ』なんてのもあったなあ」

「何ですか、それ？」

二人はきょとんとなる。

「GEの連中が『こんな管理は過剰だ』って、線量の規定を無視して被曝しまくって、外を歩くんで『放射能男、町を歩く』って地元の新聞に書かれて、大騒ぎになったんだ」

GEの社員たちは、発電所のすぐ脇の大熊町夫沢《おっとざわ》の松林に囲まれた場所に十三家族、富岡町夜の森に五家族が住んでいる。各家族は一戸建ての真新しい日本家屋をあてがわれ、休日になるとテニスやバーベキューをしたり、首都電力の社員や地元の人々を招いてパーティーを開いたりして、アメリカ映画の世界が忽然と現れたようである。

「アメリカの線量制限は緩いみたいですねえ」

「らしいね。……あと黒人だ」

「黒人？」

運転員の男はうなずく。

「ＳＣＣ（応力腐食割れ）対策で、配管を取り換えるとき、原子炉の中なんかは線量が高くて誰も入れないから、いったいどうやってやるのかなと思ってたら、ＧＥが黒人の作業員を百人くらい連れて来てやらせたんだよ」

「うーん……」

富士と二神は、重苦しい気分になる。

「日給は三万円で、日本人作業員の六倍だけど、被曝は無制限だ。しかも六倍ったって、ドルに直せば一日百二十ドルとか百五十ドルだから、アメリカじゃ、はした金だよな。それで命と引き換えるんだぜ」

ここ二〜三年、一ドルは二百円から二百四十円くらいである。

「連中と浪江町のスナックで遇《あ》ったこともあるけど、線量のことなんかまったく気にしてなくて、とにかく陽気だったよ」

「……」

「ああ、アメリカって、こういう国なんだなあって思ったよ」

日本は放射線管理が厳格だが、米国では国の規定内で、かつ本人の承諾があれば、かなりの線量を浴びることが可能である。シュラウド（炉心隔壁）やジェットポンプ、スチームドライヤといった原子炉内の機器の交換や修理はＧＥが請け負い、炉内に水を張って作業をする。

「それで放射能男騒ぎは、結局、どうなったんですか？」

「先方の現場責任者に口頭で何度いっても埒が明かないんで、契約書の中に、ＧＥ社員も首都電力が定めた放射線防護のルールに従うって書いてあるのを見つけて、『貴社の誰と誰が契約に違反している』って手紙を書いたら、パタッと違反がなくなったよ。黒人たちのほうは、二週間くらいで帰国したし」

「契約社会のアメリカ企業らしいですね」

「だけど本店は『こんな個人名を挙げて非難するのは前代未聞である』って文句いってきたんだぜ。……勝手だよなあ！」

運転員の男は、憮然とした顔でワンカップ大関を傾けた。

数日後――

朝、富士祥夫は、青色の作業服姿で通勤用のバスに乗り込んだ。

四月下旬だったが、福島県浜通りの朝の風は、冬の名残りを留めていた。西の方角には、頂上付近に白い雪を頂いた阿武隈高地の青い山並みが間近に迫っている。

先に乗っていた八木英司が、新聞を広げて熱心に読んでいた。

「お早うございます」

富士は挨拶をして隣りにすわった。

「あ、お早うございます」

八木は新聞から視線を上げ、挨拶を返す。富士はまだ右も左も分からない新入社員だが、原子核工学の大学院卒でどことなく大物感もあり、皆に一目置かれている。

「何か面白いこと書いてありますか？」

富士が微笑して、八木の新聞を覗き込む。

「これですよ」

八木が示した面には、スリーマイル島原発事故の経緯が書かれていた。

事故の発端は、圧力ポンプの故障で二次冷却水の水位が下がり、一次冷却水が冷やされず、原子炉内の温度と圧力が上昇し始めたことだった。

ＥＣＣＳ（緊急炉心冷却装置）が作動して制御棒が差し込まれ、原子炉は停止し、加圧器の圧力逃がし弁も開き、水蒸気と熱水を放出した。

「この段階までは、よかったんですがね」

陸前浜街道に向けて夜ノ森駅の東側の市街地の外れを走り始めたバスの中で八木がいった。

しかし、原子炉の圧力が所定の百六十気圧に戻ったあと、逃がし弁が閉じないという別の故障が発生して一次冷却水の水位が下がり、ＥＣＣＳが再び作動して水の注入を開始した。

「弁の故障に対しても、ＥＣＣＳはちゃんと作動したわけですよね」

富士も紙面の記述を追う。「だけども、弁の開閉を示す計器の不具合で、『閉』と表示される第三の故障が発生したと」

運転員は誤表示に気づかず、水位過剰による原子炉内の圧力上昇を懸念し、ＥＣＣＳを手動で止めた。その後、一次冷却水のポンプが壊れることを恐れ、ポンプも止めた。これによって逃がし弁から約五〇〇トンの一次冷却水が失われ、炉心上部が蒸気中に剝き出しになり、燃料の四五パーセントに相当する六二トンが溶融した。

「弁のモニターだけに頼ってＥＣＣＳを止めたっていうのも、ひどい話ですよ」

八木は苦々しげな表情。

「他の計器類も見て判断してれば、弁が開いているのは分かったはずですがねえ」

逃がし弁から出た放射性物質を含む水と水蒸気は、格納容器内の附属タンクに送り込まれるが、タンクが小さいため、すぐに安全膜が破れ、格納容器内に流れ出て、底に溜まった。それをポンプで補助ビル内の収水タンクに送り込んだが、タンクが溢れて床にこぼれ、補助ビルの換気装置をとおして、放射性物質が大気中に放出された。

「少なくとも一つの設計ミス、三つの故障、一つの判断ミスがあったってことですね」

富士がいい、八木がうなずく。

「いくら頭のいい人たちが作っても、機械は所詮機械で、必ず故障しますよ。それを事故につなげないようにするのが我々の役目で、必要な技能を磨くように日々努力しないといけないんですが……」

八木はその先はいわず、物思いにふけるような表情で視線を窓の外に向けた。

バスは陸前浜街道を北に向かって走っており、左右に水田や林などが広がっていた。電源三法交付金によって水田はきれいに三〇アールごとに区画整備され、水路はすべてコンクリートで三面舗装されている。首都電力のバスの前後を、請負企業の従業員の通勤バスや自家用車、原発用の資材を積んだトラックなどが数珠つなぎに走っていた。一五〇キロ北の宮城県牡鹿郡女川町では、東北電力が女川原発建設に着工する予定で、ここはみちのくの「原発街道」である。

その日――

富士は白いタイベック（防護服）に身を包み、首にアラームメーター（線量計）を下げ、八木と一緒に一、二号機の原子炉建屋内の巡視に出かけた。

建屋は地上五階・地下一階で、原子炉を収めた格納容器は四階〜地下一階、ＥＣＣＳ系のポンプなどは地下一階に配置されている。内部は外より気圧が低くなっているので、入ると一瞬耳がツーンとする。万一の際に、汚染された気体が外に漏れないようにするためだ。

「……オッケー、異常なし」

建屋地下一階の「キャットウォーク」と呼ばれる作業用通路の上で、プラスチックのゴーグル越しに、格納容器から出ている中くらいの配管の溶接部分を目で確認し、八木がいった。

二人の足元に、高さ二〇メートル、内径四・八メートル、重さ四四〇トンという巨大な圧力容器をすっぽり収めた鋼鉄製の格納容器下部をぐるりと取り囲むドーナツ状の圧力抑制室の赤茶色の表面が見えていた。室温はかなり高く、むっとする。

「ちょっとこれで聴いてみてくれますか？」

八木が「聴音棒」と呼ばれる金属製の棒を富士に差し出した。

富士は受け取り、格納容器から延びているパイプに繋がっているポンプに金属棒の尖った先端をあて、反対側に耳をつける。

金属棒をとおして、規則正しく動いている機械音が聞こえてきた。

「どうです？」

「いや、僕には、特に変な音は聞こえませんが……」

初めてなので、さすがの富士も自信はない。

「うん。問題ないでしょう」

富士から金属棒を受け取って、ポンプ音を確認した八木がいった。

富士は手にしたバインダーのチェックシートに印を付ける。

「それじゃ、上に行きましょう」

八木がマスク越しにくぐもった声でいい、カンカンと足音を立てて、鉄製の階段を上がって行く。

下請け会社の作業員たちが懐中電灯を手に階段を下りてきて、二人とすれ違う。

建屋内には、ときおりスピーカーをとおして中央操作室の声がこだましていた。

「警報テストします。五、四、三、二、一……」

「確認しました」

「スイッチ入れます」

富士と八木は、巡視をしながら建屋内の最上階に出た。

建屋の中で一番天井が高く、使用済み核燃料を運搬する移動式クレーンが備え付けられている。

床のほぼ中央に、厚さ二七ミリの炭素鋼製の格納容器の頭頂部があり、そばに使用済み燃料プールが矩形《くけい》に穿《うが》たれていた。深さは一〇メートルほどで、飛び込み用プールを思わせる。水は照明で幻想的な青色に輝き、中に鉄製の格子の枠が沈められている。枠の中に燃料棒が一本ずつ収められており、上から見ると、海底の植物群のようだ。

燃料棒は千本以上あり、ここで半年から一年かけて冷やされ、その後、プールから取り出されて、再処理工場に送られる。

「不気味でしょう？」

高さ一メートルほどの手すり越しにプールを覗き込みながら、八木がいった。

「ええ、何となく不気味ですね」

使用済み燃料棒は、核分裂生成物を含む高レベル放射性廃棄物である。

「もし水が減って、燃料棒がちょっとでも頭を出したら、僕らは二日後にあの世行きですよ」

八木の言葉に、富士は背筋がぞくっとした。大量に被曝すると、中枢神経に異常をきたし、ショック症状に陥って、あっという間に死に至る。

「まあ、そのときは、全速力で走って逃げますか、ははは」

燃料プールを巡視したあと、二人はエレベーターで再び地下一階に降り、「キャットウォーク」があるのとは別の場所に向かった。

向こう側に格納容器の下部がある分厚いコンクリート壁で囲まれた部屋には、大小様々な配管や、黒と黄色の縞模様の電気ケーブルが延び、ポンプやモーターやバルブに繋がっていた。ポンプやモーターは、制御棒駆動、原子炉冷却、格納容器内除湿などの系統のものだ。

「……ここも異常なしですね」

一通り巡視を終え、八木がいった。

「しかし、八木さんの巡視は、ずいぶん熱心ですねえ」

巡視の間中、八木は一つ一つの計器や機器類にじっと視線を注いでいた。

「そう見えますか？」

八木は富士のほうを見て微笑した。

「ええ。単に異常の有無を確認しているだけではないように見えましたね」

「そうですか……。現場を回るときは、頭の中に図面を思い浮かべて、どこに何があるか、図面と突き合わせてるんですよ」

「へーえ」

「弁の場所、ポンプの場所、配管の場所、計器類の場所、そんなのを図面を見て、瞬時かつ正確に思い出せないと、いざというとき、どうしようもないですからねえ」

(優れた運転員は、ここまで考えて仕事をしているのか……)

「ところで、富士さん」

　八木が話題を変えるようにいって、周囲を視線で示した。

「なんでＥＣＣＳの駆動系とか、大事なものをこんな地下に作ったんですかねえ？　ここに来ると、いつも思うんですよねぇ」

「というと？」

「何らかの理由で水浸しになったりすると、大変なことになるじゃないですか」

「うーん……」

「隣りのタービン建屋も、非常用ＤＧ（ディーゼル発電機）なんかが地下にあるでしょう」

　非常用ディーゼル発電機は、外部電源が失われたときの最後の砦だ。

「確かに奥一の施設の配置は、建築や安全の専門家じゃなくて、原子物理屋が作ったような欠陥建築だって聞いたことがありますけど」

　普通、民間企業が工場などを造るときは、施設の全体配置を決めるために設計図を何十回となく描き直して検討するが、首都電力のやり方は、親方日の丸的だった。

「原発って、ウサギじゃなくて、熊ですからねえ」

　格納容器を覆う分厚いコンクリート壁を見ながら、八木がつぶやくようにいった。

「熊……？」

「ええ。いったん暴走を始めると、人間の手に負えなくなる熊ですよ。我々は熊を飼っているんです」

八木の横顔に、複雑な影が差していた。

「ここだけの話ですけど、去年の十一月に、三号機が臨界事故を起こしてるんですよ」

「げっ、本当ですか……⁉」

臨界事故は、意図せぬ核分裂の連鎖反応が発生・継続する事態で、事実だとすれば、日本で初の大事故だ。

「戻り弁の操作ミスで、制御棒が五本抜け落ちて、七時間半にわたって臨界状態が続いたらしいんです。所内でも秘密にされていますけどね」

戻り弁は制御棒の水圧を調節する弁だ。

「朝出勤してきたベテランの副長が気付いて、ゆっくり時間をかけて修正して、事なきを得たそうですけど。……原発は、恐ろしい施設ですよ」


数日後——

朝、三直《さんちょく》明けの富士祥夫は、当直長に呼ばれた。

三直は、夜十時から翌朝八時までの深夜勤務で、担当区域内を巡視したり、報告書を書いたり、キッチンで当直員全員の夜食を作ったりする。

「富士君ねえ、三直明けでちょっと悪いんだけど、守衛室に行って、様子を見てきてくれないかね」

大きなくの字形のデスクにすわった当直長がいった。がっしりした身体つきで、人生の酸いも甘いも知り尽くした苦労人的風貌である。

「はあ……。何の様子を見てくればいいんでしょうか？」

青い作業服姿でデスクの前に立った富士は、交代で仮眠は取ったものの、若干寝不足だった。

「今日来るはずのエネ庁（資源エネルギー庁）の検査官が、守衛室まで来たけど、帰っちゃったらしいんだ」

スリーマイル島事故を受けて、通産省が原子力発電所に対する特別保安監査を実施することになり、この日の朝、最初の検査官が到着することになっていた。今回は、機器に対する検査だけでなく、中央操作室と他部門との連絡体制や、運転員の事故対応能力も調べられるため、運転員たちは、毎日、訓練を繰り返していた。

「守衛室まで来て、帰った？」

「うん。どうも守衛室の対応がお気に召さなかったようなんだ」

「はあー、そうなんですか」

一八四センチの長身を猫背気味にした富士は驚く。

「今、保全部の古閑《こが》副長が慌てて事情を聞きに行ったらしいんだけど、あの人もわりとカッカくるタイプだから、きみ、ちょっと行って上手くやってくれ」

当直長は、早くも富士の対人折衝能力の高さを見抜いたようだ。

「分かりました」

富士は中央操作室を足早に出ると、コントロール建屋を出て、正門に向って走っていった。

敷地内の南西側にある正門は、一キロメートル以上離れている。

全身から汗を噴き出して、正門脇の守衛室に駆け付けると、中から怒鳴り声が聞こえてきた。

「……検査官に応対したのは、誰だ⁉」

開け放たれたドアの向こうで痩せぎすの身体に背広を着た男が仁王立ちになっていた。富士が所属する保修課がある保全部の古閑年春《としはる》だった。年齢は三十代前半で、副長というのは一番下の役付者である。

「いちいちどちら様ですかなんて訊かなくていいんだ！　検査官は、ただ黙ってとおせばいいんだ！」

「いや、しかし、規則は規則ですので……」

　三人の守衛たちは、恐る恐る反論する。

「おい富士、こりゃ、とりあえず止《と》めるしかないだろ」

　背後で声がしたので振り返ると、二神照夫だった。守衛室から異変を聞いて、駆け付けたらしい。

「そやな。……古閑副長、古閑副長」

　富士が割って入った。

「何だ、お前らは？」

　振り返った古閑は二人を見て、短く濃い眉の下の両目を怪訝そうに凝《こ》らす。

「僕は、保修課の新入社員の富士祥夫です」

「同じく、総務部の二神です」

「新入社員？」

「中操の当直長に、早う検査官を捜して、連れて来《こ》んとあかんていわれまして」

　富士は猫背になって、申し訳なさそうに話す。

「東京へ帰られてしもたら終わりです。早う捜しに行きましょ。守衛さんたちに怒ってはる場合とちゃいますやん」

ボートで鍛えた大きく分厚い手で古閑の腕を掴んで引っ張ると、その様子を守衛たちが恐々《こわごわ》見ていた。

富士は守衛室のそばの駐車場にあった奥羽第一原発の専用車の一つに古閑を乗せ、二神がハンドルを握って、五キロメートルほど西にある国鉄常磐線大野駅に向かって車を発進させた。

「……しかし、何でまた、帰ってしまわはったんですかねえ？」

水田の間に延びる舗装道路を走る車の助手席で、富士がのんびりした口調で訊いた。

「入省して一年くらいの若い検査官だから、なめられたと思ったのかもなあ」

後部座席でタバコをふかしながら古閑がいった。富士の柔らかい対応で、少し気分が落ち着いてきた様子である。

「通産省は、『民間の電力会社をつけ上がらせるな』って態度なんだよな。原子力のげの字も知らんくせに」

古閑は、東大工学部卒で、原子力部門のエリートだ。知識もあり、普段は落ち着いているが、ぎりぎりの状況になると判断能力を失う傾向があるという噂だ。

「その検査官の方は、原子力のこと知らんのですか？」

「最近まで酒類メーカーの監督なんかをやってたらしい」

色白の顔に銀縁眼鏡をかけた古関は軽蔑も露わにいった。

「検査ったって、こっちが手取り足取り教えてやって、やっと報告書を書くような状態なんだぜ」

そういってタバコをふかし、煙を窓の外に吐いた。

間もなく三人の乗った乗用車は、国鉄大野駅前に到着した。あたりには民家が少なく、そばに首都電力の社員がよく行く焼き鳥屋がある。

三人は車を降りると、バタン、バタンと音を立ててドアを閉め、急ぎ足で小さな駅舎へ向かった。

「あ、あの人ですよ、きっと」

富士が駅のベンチにしょんぼりすわっているコート姿の若い男を指差した。

「どちら様ですか」と訊かれて、カッとなり、駅まで引き返したものの、帰るに帰れなくなった様子である。

それから間もなく——
パァーンという甲高い音が室内に響き渡り、床に赤い朱肉がべっとりとつき、あたりにプラスチックの小さな黒い破片が飛び散った。

古閑や富士祥夫ら、首都電力の面々は、顔を凍り付かせて呆然となった。

目の前にすわった通産省の若い検査官が、青ざめた顔をひきつらせていた。

検査官用に特別に設けられた部屋に案内された検査官が、突然、テーブルの上にあった朱肉を摑んで、床に叩きつけたのだった。

（いったい何があかんのや……？）

富士たちは、何が理由なのか皆目分からず、なすすべもなく立ち竦《すく》むだけだった。

重苦しい沈黙が垂れ込め、誰もがどうしていいか分からないまま、壁の時計の針だけが時を刻み続ける。

「あ、あなたがたは、け、検査前に、朱肉を用意しておくのか!?」

青ざめた顔の検査官が強張った表情で口を開き、気まずい沈黙を破った。顔には、自分のとった行動を恥じるバツの悪さも漂っていた。

「こういうことは、承認を強要しているとしか受け取れない。……以後、注意して頂きたい」

「……大変、失礼致しました」

首都電力の男たちは、驚きと嫌悪感を押し殺して頭を下げた。

二日後——

資源エネルギー庁の四人の検査官と、検査対応を担当している保全部の三人の課長が一、二号機の中央操作室に詰めかけ、当直長以下十一人の運転員たちが所定の位置についていた。事故対応の実地検査が行われるところだった。

研修生扱いの富士祥夫は、部屋の隅で様子を眺める。

「では、あなた、これをお願いします」

中年の検査官が、運転員の一人に声をかけ、茶色い封筒を差し出した。

中に想定事故のシナリオが入っていた。誰に渡されるか事前には知らされておらず、受け取った人間が事故発見者となり、運転員たちの対応ぶりを見る検査だった。

青い作業服姿の三十代前半の運転員は封筒を受け取り、中からＡ４サイズの紙を取り出す。紙を開いて読み始めようとしたとき、突然、ファンファンファンファンというアラーム音が中操内に鳴り響いた。

全員、虚を衝《つ》かれた表情になり、室内を見回したり、制御盤に視線をやったりする。

(これ訓練？　それとも本当の事故？)

富士も咄嗟に、制御盤の上のほうにずらりと十六個並んだ長方形の系統別一括警報に視線をやった。縦四〇センチ、横八〇センチほどの表示板は、板チョコレートのように五、六十の細かい区画に分かれており、その一つが赤く点灯し、ＣＵＷという黒い文字が浮き上がっていた。

（浄化系？）

表示板は、冷却材である循環水の浄化系統で何かが起きたことを示していた。浄化系統(clean-up water system)は、循環している水の中から鉄分やコバルト60などの放射性物質を除去するシステムだ。

運転員が大きな声で、発生した異常について、読み上げるように説明を始めた。

原子炉の出力も下がってきた。

「そっち閉じろ！」

青い作業服姿の八木英司が立ち上がり、運転員に指示を飛ばす。

「了解しました！」

運転員が素早く反応する。

関連している弁のいくつかを閉じて、トラブルの拡大を防ごうとしているようだが、富士には何をしようとしているのか細部までは分からない。

予想外の出来事に、検査官たちも立ち尽くし、ただ様子を眺める。

八木は、制御盤の左右を足早に行き来し、それぞれの数値や、弁、ポンプ、発電機、電気系統の開閉や状態を示すランプに視線を走らせる。

「八木君、なんだ?」

中操後方の大きなデスクに陣取った当直長が訊いた。

高卒の五十歳過ぎのベテランで、声が大きい。一般に、声が大きく、対人コミュニケーション能力が高いことが、当直長の重要な資質である。

「PLRP(再循環ポンプ)ですね」

八木が振り返っていった。

Primary loop recirculation pumpは、タービンを回転させた蒸気が冷やされてできた水を再び炉心に送り込むためのポンプだ。

「たぶん、ただのトリップ(エンスト)だと思います」

八木の言葉に、当直長はうなずく。

「そこ、点くぞ。それから、そっちもだ」

八木が左右にいた二人の運転員に、異常を示すランプが点灯することを予言者のようにいった。

(ほんまかいな……?)

富士が、半信半疑で眺めていると、すぐに八木のいったランプが点灯した。

（うへー、こりゃすごいわ！）

八木の頭には、発電所の機器や配管や電気系統の隅々までが刷り込まれ、それぞれがどのように作用し合うかを、計器類が示す数値をもとに、コンピューターのように弾き出していた。

「現場確認！」

八木の声が矢のように飛び、後方にいた運転員の一人が弾かれたように電話の受話器を取り上げた。

「中操です。今、ＣＵＷが……」

電話の相手は、現場にいる担当者である。

中操では、現場は一切見えないので、昼間であれば常駐しているメーカーの社員や保修担当者に依頼し、夜間であれば自分たちで現場に赴き、計器類の数値や、熱や煙が発生していないか、機器などが振動していないかなどを目で確かめる。

「異常ありません！」

現場に電話をかけた運転員が大きな声でいった。

「オーケー、再起動」

八木が指示を出し、運転員が制御盤のスイッチを操作する。

間もなく中操内にポーン、ポーン、ポーンという軽やかな音が響き渡った。システムが復旧したことを示す音である。

さっきまで点灯していたＣＵＷのランプなどが、何事もなかったかのように消え、室内にほっとした空気が流れた。

当直長も、三人の課長も、エネ庁の検査官たちも、八木の鮮やかな手際に感心した表情である。

「こりゃあ、検査は要らないかもしれませんなあ」

検査官の一人が微笑を浮かべていい、他の検査官たちもうなずいた。

2

三年後（昭和五十七年夏）――

東北の短い夏の夜風に乗って、青森市街に太鼓や笛の音、人々のかけ声が賑やかに響き渡っていった。

ドンッド・ドンドンドン、ドンッド・ドンドンドン……

ピーヒョロロー、ピーヒョロ、ピーヒョロ、ピーヒョロロー……

「おおーっ！」

「うわあーっ！」

何十万人もの見物客が歓声を上げ、盛大な拍手が湧き起こる。

ジンジキ・ジンジンジンッ、ジンジキ・ジンジンジンッ……

法被《はっぴ》姿の小中学生の女の子たちが、銀色の鉦《かね》を太鼓の音に合わせて打ち鳴らす。

「ラッセー・ラッセーラー、ラッセー・ラッセー・ラッセーラー……」

花笠をかぶり、赤や黄色の襷《たすき》を浴衣の背中で結んだ跳人《はねと》たちが、飛び跳ねるように踊りながら威勢よくかけ声をかける。

「おお、こらすごい！『水滸伝』の『鉄牛の門破り』か」

一八四センチの長身に浴衣を着て、下駄をはいた富士祥夫が、通りの向こうから近づいて来るねぶたを見て感嘆の声を漏らした。

横幅九メートルほどの台の上に、二本の角がついた水色と黒の縞模様の兜をかぶり、敵を見据えて太い腕で板斧を抜こうとしている中国の男のねぶただった。内部から煌々と電気で照らされ、真っ暗な夜空に極彩色の勇壮な姿を浮き上がらせていた。

「鉄牛の門破りって？」

藍色に鮮やかなピンクの花を染め抜いた浴衣を着て、団扇を持った小柄な由梨が、かたわらの富士を見上げる。数年来の富士の交際相手で、東工大近くの薬科大学を卒業し、今は、東京の大手製薬メーカーに勤務している。小さな顔は知的で、いかにもしっかり者である。

　二人は夏休みを取って、青森のねぶた祭にやって来ていた。

「鉄牛ゆうのは、『水滸伝』に出てくる梁山泊の一員の山賊や。確かこれ、俺もよう憶えてないけど、開封（河南省）の町で大暴れして、皇帝が住んでる城の門を鉄牛が板斧で叩き壊したときの場面ちゃうかなあ」

「へえ……」

　由梨は、富士の相変わらずの博識ぶりに感心する。

　二人は、大学時代に合コンで知り合って以来の付き合いだ。

「鉄牛って、どんな人なの？」

　極彩色の光の塊となって、目の前で歌舞伎役者が見得を切るように回転する「鉄牛の門破り」のねぶたを見ながら、由梨が訊いた。

「性格はねえ、幼児がそのまま大きくなったみたいな無邪気な男で、仲間意識が強くて、自分と同じ無頼漢タイプと仲がいいって感じかな」

「じゃあ、あなたそっくりじゃない」

　由梨にいわれ、富士は頭を掻く。

　富士は休暇で東京の由梨のアパートにやって来ると、大きな身体でごろごろして、食事を作ってもらったり、服を繕ってもらったりしていた。外では仲間を大事にして豪放磊落にふるまっているが、根は繊細で、両親に大切に育てられた良家の一人息子である。

「うぉーい！」

「おおーっ！」

　パチパチと湧き起こる拍手とともに、歓声が上がり、高張り提灯や小田原提灯を掲げた人々に先導され、別のねぶたが上下に揺れながらやって来た。

「うわぁ、これもすごいわね！」

　由梨が思わず歓声を上げた。

　眉が濃く、赤い顔をした武士が鎧に身を固め、両手で剣を捧げ持っている勇壮なねぶただった。青森木材青壮年会のもので、題は「草薙《くさなぎ》の剣」。

　草薙の剣は、八岐大蛇《やまたのおろち》の尾から出てきたと伝えられ、皇位継承者の証《あかし》である「三種の神器」の一つである。のちに日本武尊《やまとたける》が東国に出征したとき、叔母の倭姫命《やまとひめのみこと》から授けられ、困難を脱したといわれる。

「うーん、これは目力《めぢから》があるなあ」

　浴衣姿で腕組みした富士も、感じ入った表情で「草薙の剣」のねぶたを見上げる。

ダンッダ・ダンダンダン、ジキチン、ジキチンと太鼓と鉦の音に包まれながら、金色に輝く草薙の剣で賊を征伐する日本武尊のねぶたが、二人の目の前をとおりすぎる。

「あ、丸いのがあった！」

由梨がかがんで、道に落ちている鈴を拾った。跳人の鈴を拾うと幸せになれるといわれるが、大勢の人に踏まれて変形しているものが多い。

「しかし、俺ももう、東北にどっぷりだよ」

富士が鈴を手にした由梨を見ていった。

去る四月に、奥羽第一原発での三年間の勤務を終え、今は奥羽第二原発に勤務していた。同原発は、今年、一号機（沸騰水型・一一〇万キロワット）が営業運転を開始し、二～四号機が建設中である。

「あら、東北もいいじゃない。こーんなすごいお祭りなんて、日本にほかにないわよ。東北、いいなあ！」

「ほんまにそう思う？」

「そう思うわよ。なんで？」

「じゃあ、東北で暮らしてみない？　……こんなん買《こ》うてみたんやけど」

富士が浴衣の袖《そで》から小さな箱を取り出した。

由梨ははっとして、ビロードを張った小箱を両手で受け取る。

どきどきしながら小箱を開けると、きらきら輝くダイヤモンドのエンゲージリングが姿を現わした。

由梨が頬を染めてかたわらの富士を見上げると、大きな身体を猫背気味にして、照れくさそうに後頭部を掻いていた。

第五章　コストカット推進

1

昭和五十七年十月――

千代田区内幸町にある首都電力の役員会議室で常務会が開かれていた。

大きな窓の向こうには、暮れなずむ日比谷方面のビル街が見えていた。

「……夏の集中豪雨の恩恵で、八月の出水率が一一九・三パーセント、九月が一二〇・四パーセントと急増しましたので、この分が収益に寄与しております」

艶やかなマホガニー材の会議用テーブルの下座にすわった企画部長の声が、室内に響いていた。

出水率は水力発電所の稼働率を示す指標で、過去三十七年間の平均出水量（川の水量）を一〇〇として表す。この年四〜七月は異常渇水で八七・六パーセントに留まり、史上二番目の悪い数字だった。

「もう一点、期末の数字の底上げに寄与しましたのは、原子力発電所の稼働率で、こちらは期初見通しの七〇パーセントに対し、七八・八パーセントという数字になっております」

　原子力発電は水力発電と並ぶ低コストの電力源で、稼働率が一パーセント上昇すると、首都電力の半期決算が約三十億円改善する。

「そのほか、年初来行なって参りました修繕費の圧縮効果などもありまして、九月期中間決算では、四百五十億円の経常利益を確保できました」

　前年同期比三割減だが、当初見通しよりはかなり改善した数字だ。

「下期につきましては、円安の進行によって、燃料コストのさらなる増加が見込まれますが、引き続き経費削減などで対処し、上期並みの利益を確保した上で、年五十円の一割配当を堅持したいという方針を立てております。……決算の概況につきましては、以上でございます」

　テーブルを囲んだ常務以上の役員たち十五人ほどがうなずく。いずれも五十代後半から六十代の身なりのよい紳士である。

「まあ、今年度は、円安との戦いだな。これぱっかりは、我々の手の届かないところにあるから、どうしようもない」

　企画部長の発言を引き取るように、テーブル中央にすわった白髪で染みの浮き出た老人がいった。

六年前から首都電力の第六代社長を務めている六十八歳の男で、太平洋戦争末期のニューギニア戦線で九死に一生を得て復員した。現在、業界団体である電気事業連合会の会長を務め、財界の重鎮として人望のある人物である。

円の為替レートは、前年、一ドル当たり二百二十円前後だったが、年初からじりじり下落を始め、十月には一ドル二百七十円を突破する大幅な円安になった。このため電力各社では、大半を輸入に頼る火力発電の燃料コスト増に頭を悩ませている。

「こういう不況のご時世だから、おいそれとコストを料金に転嫁するわけにもいかん」

今期の経営が苦しいのは、円安だけでなく、不況や異常気象による需要減も大きな要因である。

「とにかく今は忍の一字で、一にも二にもコスト削減だ。値上げにばかり頼っていては、国鉄の二の舞だ」

社長の言葉に役員たちはうなずく。

首都電力では去る六月に、コストダウン方策推進会議を設置し、①原子力とLNG発電所建設費の低減、②原子力発電の稼働率アップ、③磯子、川崎など老朽化火力発電所の休廃止、④修繕費の前年比以下の抑制、等の対策を行っている。来春の新卒採用数も今春より百五十人少ない千人に止《とど》める予定である。


その晩――

首都電力の第六代社長は、東京・新橋の老舗料亭の一室で、自民党商工族の議員を迎えた。

三十畳はある座敷の中央に座卓が置かれ、白いカバーのかかった座椅子が上座に一つ、下座に二つ配されていた。床の間には、寒山拾得の二人の詩僧を描いた水墨画が掛けられている。

「本日は、ご多忙の折り、ご足労をおかけ致し、恐縮に存じます」

白髪の社長は、五十八歳の副社長とともに畳に手をつき、相手を迎えた。

二人はともに東大法学部卒で総務・秘書畑の出身である。首都電力のトップに求められるのは、経営能力や発電技術より、囲碁やゴルフなどの趣味をつうじて政治家・官僚・財界人と上手く付き合う能力だ。そのため、歴代トップは東大法学部卒で総務・秘書畑の人間が多い。

「いやあ、こっツごそ。いつも世話んなって」

黒々とした頭髪の衆議院議員は相好を崩し、地元の東北弁丸出しでいった。

年齢は五十代と若いが、三十代の若さで「ワタスは東北の坂本竜馬ダス」と自称して衆議院議員に当選した自民党商工部会の重鎮で、通産省や産業界に睨みをきかせている。電力業界は、首都電力だけでも年間一兆円を超える設備投資を行い、地元に莫大な金の流れをもたらすので、垂涎の的の利権である。

「さ、まずはおひとつどうぞ」

首都電力の社長が、あぐらをかいた議員に酌をする。

「最近は、ゴルフのほうはいかがですか？」

「まあ、夏休みの間はちょっとはやったんですが、ご存じのとおり、今はアリだがら」

リムの上部が黒い眼鏡をかけた議員は、「アレ」が「アリ」と聞こえる東北訛りでいった。

アレというのは、つい先日、鈴木善幸首相が退陣を表明し、次の首相を選ぶ自民党総裁選が、中曽根康弘、河本敏夫、中川一郎、安倍晋太郎の四人で争われていることだ。

「次はやはり中曽根さんで決まりでしょうか？」

「うむ。よほどのことがない限り、中曽根さんでしょ。田中（角栄）、鈴木（善幸）、中曽根と、三つの派閥が支持してっから」

下座の背後はガラスを嵌め込んだ障子で、廊下の先に石灯籠のある庭が見え、時おり鹿威《ししおど》しが控えめに音を立てていた。

「あんたがたにとっても、中曽根さんなら何かと好都合なんでないの？　彼は日本の原発の生みの親みたいな人だがら」

そういって議員は、鮑《あわび》や鮟肝《あんきも》の煮こごりとともに、朱塗りの八寸に盛られた松茸の焼き物を美味そうに口に運ぶ。

中曽根康弘は、商業用原子炉の日本への導入を強力に推し進めた点で、正力松太郎と双璧をなす人物だ。日本が原子力研究を禁じられていた昭和二十六年に、国民民主党代議士だった中曽根は、対日講和条約の準備のために来日したダレス米大統領特使に面会し、日本の原子力研究禁止規定を講和条約に入れないでほしいと申し入れた。昭和二十九年には初の原子力予算二億六千万円を成立させ、二年後には一挙に三十六億二千万円（国家予算の〇・三四パーセント）まで引き上げた。

第二次大戦を経験した彼らは（中曽根は海軍主計少佐、正力はA級戦犯）、日本が米国に敗れたのは、エネルギー資源と科学技術で劣っていたことが原因だと考え、それを克服して再び一等国となることを夢見て、安全性や廃棄物処理の問題を後回しにして、原発導入を急いだ。

「ところで、アラスカの天然ガス、買ってもらえんかね？　こり、何とかしねど、日米関係がこじれっちまうんだけどなぁ」

ハマグリの潮《うしお》仕立ての椀を一口すすって、議員がいった。

日本との長年の貿易赤字に苛立つ米国では、アラスカ産天然ガスの対日輸出期待が高まっており、政治レベルでの話し合いが始まっていた。

「はあ、それにつきましては、わたしどものほうは、七年先までオーストラリアやインドネシアのガスを輸入する契約をしておりますから……」

「何とかなんねのが？　おだぐぐらいおっきな会社だったら、多少は引き取れんでねぇの？」

「いえ、先生、それはちょっと……。会社の図体は大きいかもしれませんが、ガスを使える発電所の数はまだごく一部ですので」

「ああ、そうか『焚き口』の問題か。電力会社はそりがあんだったなあ」

議員が卓上に用意されていたタバコを咥え、首都電力の副社長がライターで火を点ける。

「おそらくガス会社さんのほうであれば、かなりの対応余力があるのではないかと思いますが」

「ふむ、ガス会社か、なるほど。忘れんように、ちょっど書いとくか……がっはっはっは」

議員はペンを取り出し、献立の書かれた紙片の裏に書きつける。

「ところで先生、電源開発促進税の増税のほうは、ちょっと何とかならないもんでしょうか？」

染みの浮き出た面長の社長が丁重に切り出した。

電源開発促進税は販売された電気に課される税金で、原子力発電所の地元に対する交付金や補助金の財源となる特別会計に使われている。現行一キロワット時当たり三十銭だが、同特別会計が来年度、八百億円程度の資金不足に陥る見通しのため、通産省は二十銭の値上げを政府と自民党に諮る意向である。

「ありはな、ちーと難しいよぉ、きみぃ」

黒々とした頭髪の議員は、タバコをくゆらせながらいった。

「イラン（革命）で痛い目に遭わされたもんで、石油以外の原子力とか、地熱とかの開発を促進するっつうのが政府の大方針だから」

政府の原子力委員会は、去る六月に今後十年間の原子力開発の基本方針である原子力開発利用長期計画を決定した。開発目標達成のためには、一〇〇万キロワット級の原発を毎年三基ずつ新たに運転開始することが必要で、そのほか、高速増殖炉、新型転換炉（高速増殖炉よりプルトニウム増殖能力は劣るが、冷却材にナトリウムでなく、重水という重い水を使うので、技術的リスクは低い）、第二再処理工場、ウラン濃縮工場などの計画も目白押しで、研究開発費だけでも今後十年間で五兆四千億円を投じる。

「まあ、税金の話は、別の機会にでもやんべ。今日はあんまり時間がねぇがら」

議員の言葉に首都電力の二人がうなずき、手を叩くと部屋の一方の襖《ふすま》が開いて、日本髪にあでやかな和服姿で三味線を抱えた三人の芸妓と鼓打ちが姿を現わした。

2

翌年（昭和五十八年）五月二十六日――

大安のその日、福島市内のホテルの大広間で、富士祥夫と由梨の結婚披露宴が開かれた。

正面中央の金屏風を背にした席に、白のタキシード姿の大柄な富士が、すみれ色のドレス姿の由梨と並んですわり、にこにこしながら祝辞に聞き入っていた。

「……えー、わたくしと富士君は、小学校時代からの付き合いでして、大阪のミナミの近くで育った二人の人間が、ともにこうして今、東北の地にいることが何か因縁めいて感じられます」

黒の礼服に白のネクタイを締めた長田俊明が、細面に眼鏡の生真面目そうな顔で、友人代表のスピーチをしていた。

東北大学工学部を卒業した長田は、土木工学の大学院に進み、博士課程を修了して現在は助手を務めている。大学入学当初は構造系の分野に興味を持っていたが、学部四年生で研究室に入るときに水工系の温排水をテーマに選び、現在は火力や原子力発電所の温排水の研究に取り組んでいる。

「富士君とわたしが学んだ大阪教育大学附属中学・高校は天王寺にありまして、付近はいわゆる河内、あの『河内のオッサンの唄』の河内でありまして、結構、言葉が汚い」

新郎新婦の近くの上座のテーブルは、主賓である奥羽第二原発の所長や同発電所の幹部、奥羽第一原発の幹部たちなど、首都電力の関係者が多く、礼服よりも青い作業服が似合っていそうな男たちがずらりと顔を揃えていた。

「ちなみに歌詞でありますが、『おー、よう来たのワレ、まあ上がって行かんかい、ビールでも飲んで行かんかいワレ、久しぶりやんけワレ、何しとったんどワレ、早よ上がらんけオンドレ、何さらしとんど』と、こういう感じであります」

会場に和やかな笑いが湧く。

「富士君はフェミニストですので、こういう恐ろしい言葉は使わないと思いますが、大阪人は一般に口が悪いという欠点があります。由梨さんにおかれては、夫のいうことは適当に聞き流しておくのが、家庭円満の秘訣であるかもしれません」

金屏風を背にすわった富士がにやにやし、傍らで華やかさの中にも清楚さを漂わせる小柄な由梨夫人が微笑していた。両家の両親は下座のテーブルについているが、四人とも落ち着いて品がよく、和気藹々とした雰囲気である。

奥羽第一原発で富士と一緒だった同期の二神照夫も顔を見せていた。現在は本店総務部で、政治家対策や地元対策に従事している。具体的に何をしているのかは社内でもよく知られていない。

「それから食事ですが、富士君の舌はもう、大阪の『粉もん』文化にどっぷりと浸かっています。特にイカ焼きであります」

再び和やかな笑いと、拍手が湧く。

イカ焼きは、細切りにしたイカを小麦粉を水で溶いた生地で挟み、専用の器具で押さえつけて焼いた、大阪人の「ソウルフード」で、ソースやマヨネーズをかけて食べる。

「夫婦円満の秘訣はイカ焼きと吉本新喜劇のビデオ。これに尽きます」

「長田様、有難うございました」

スピーチが終わると、司会者の男がいった。「それでは続きまして、新婦の中学時代からのご友人であられます……」

司会者に紹介され、光沢のあるブルーのドレス姿の女性がテーブル席から立ち上がった。

「由梨さん、祥夫さん、ご結婚おめでとうございます」

既婚と思しい落ち着いた感じの女性は、マイクを手に、新郎新婦に語りかける。

東工大関係者のテーブルで、首都電力の宮田匠がスピーチを聞いていた。現在は、首都電力本店の原子力技術課長で、プルサーマル計画の準備に携わっている。

（そろそろ十二時か……）

宮田が腕時計に視線を落とすと、針が十二時を指すところだった。

突然、室内がぐらぐらと強く揺れた。

「地震だ！」

出席者たちが慌ててテーブルのワイングラスを押さえたり、テーブルの下にもぐり込んだりする。

富士も由梨の腕を取って、テーブルの下にもぐり込んだ。

揺れは間もなく収まった。

「結構大きかったな。震度三くらいかな」

「震源はどこなんだろう？」

「東北は、地震が多いねえ」

出席者たちは驚きが覚めやらぬ表情で言葉を交わす。

「皆様、落ち着いて下さい。ただ今、状況を確認致しますので」

司会者がいい、ホテルの女性スタッフと二言、三言、言葉を交わす。

そのとき、会場後方から、ホテルの男性スタッフが入ってきて、上座のテーブルにすわっていた奥羽第一原発の所長にメモを手渡した。

礼服姿の所長は、メモを開いて視線を走らせると、愕然として目を見開いた。

(何があったんだ……?)

宮田は、嫌な予感がした。

所長がかたわらの副所長にメモを見せると、副所長も驚いた表情になった。副所長が同じテーブルについていた奥一《おくいち》と奥二の幹部たちに何事かを話すと、彼らは慌てた表情で立ち上がり、新郎新婦と両家の出席者のほうに一礼をして、あたふたと会場をあとにした。

奥羽第二原発の所長、副所長、そのほかの首都電力の関係者たちも、緊張した面持ちで立ち上がり、会場をあとにする。

(原発で何か起きたな……)

他の出席者たちが呆気にとられる中、宮田も立ち上がり、会場を出たところの廊下で、奥一の職員の一人を摑まえた。

「何があったの?」

「奥一の三号機がスクラム(緊急停止)したんです」

奥一の技術部に勤務する三十代後半の技術者がいった。

緊急停止は、通産省や地元自治体に詳細な報告書を提出しなくてはならない重大事態で、新聞にも必ず報道される。

「スクラム？　地震で？」

震度三程度の地震では原発はスクラムしないように設計されている。

「いえ、地震とは全然関係ないみたいです。どうも圧力系のキャリブレーションを間違えて、誤信号を発生させてしまったみたいです」

「かーっ、ほんと⁉」

キャリブレーション（calibration）とは、二つ以上の矛盾する計測データがあるとき、原因を特定し、実態を把握する作業だ。

原発の圧力系には何系統かあり、相当神経を使って調整しないと、圧力が高いという誤信号を発生させたりして、原発をいきなり緊急停止させてしまう。

「慣れない運転員が、ドジを踏んだらしいです」

「参っちゃうねえ。計装は原発の神経みたいなもんだから、いじるときはよっぽど注意してやってもらわないと」

「明日はみんなで大目玉ですよ」

宮田は冴えない表情でうなずき、奥一や奥二の職員たちと一緒にホテルの出口へと向かう。

現場に居合わせた以上、技術者として、放っておくわけにはいかない。

「……あいにくと席も疎《まば》らになってしまいましたが、続きまして、祝電の披露を……」

突然、半分近くの出席者が姿を消した披露宴会場で、司会者が戸惑ったような表情でいった。


夏——

富士祥夫は新妻の由梨と一緒に、ギリシャのクレタ島を訪れた。

クレタはエーゲ海最大の島で、東西二六〇キロメートルに及ぶ細長い形をしている。土地は乾いているが日照に恵まれ、太古から農業が盛んである。特産品のオリーブは、全ギリシャの収穫量の半分を占める。

「いやー、さすがに暑いなあ」

ボート部時代から使っているつばのある帽子をかぶり、大きな足に革のサンダルをはいた富士が、抜けるような青空を見上げていった。

一帯は、砂色のアラバスターの遺跡で、半袖シャツに半ズボン姿の欧米の観光客たちが楽しげにお喋りをしながら歩いている。縦横一六〇メートルの宮殿跡は、中庭を中心に千二百以上の部屋があり、迷宮のような構造になっている。

周囲は、小高い丘と畑で、オリーブ、松、糸杉などの常緑樹が植えられ、強い直射日光の下で、虫がジージー鳴いていた。

「こんなところにギリシャ文明より古い文明があったなんて、何か歴史に圧倒されそうな気持ちになるわね」

麦わら帽子にサングラスの由梨が、乾いた風の中で、きれいな顎を上げていった。

「当時の建物をリアルに復元してあるから、まるで三千七百年前にタイムスリップしたような気分になるなあ」

富士が少し離れた場所の、青、赤茶、緑などの極彩色で植物と牡牛《おうし》の壁画や柱、壁などを復元した宮殿跡に視線をやる。

二人が歩いていた遺跡は、クノッソス宮殿跡であった。紀元前二〇〇〇年頃から同一四〇〇年頃までこの地で栄えたミノア文明の遺跡である。

「うわぁ、これはきれいね！」

敷地の東南寄りに復元された女王の間に入り、壁の絵を見て由梨が歓声を上げた。

ベージュの背景に色鮮やかな青やオレンジ色で、楽しげに泳ぐ大きな五頭のイルカと三十匹あまりの魚たちを描いたフレスコ画だった。

「この絵を見ると、当時はすごく平和で、人々が海を大切にしながら暮らしていたことが分かるねえ」

　ペットボトルの水を喉に流し込んで、富士がいった。

「でもこの宮殿は、ミノタウロスっていう半獣半人の怪物を閉じ込めるために、こんなに複雑に造ったって伝説があるんでしょ？」

　ミノタウロスは、ミノス王の妻パシパエが生んだといわれる頭が牛で身体が人間という怪物だ。

「あれは、アイスキュロスとかソフォクレスっちゅう、ギリシャの悲劇詩人たちが、大衆受けするように創作した話なんや。もっと前のホメロスは、ミノス王の治世は相当安定してて、地中海一の繁栄やったって伝えてるそうや」

　アイスキュロスやソフォクレスは、紀元前五、六世紀の人物で、ミノア文明の崩壊後、九百年から千年くらい経ってから現れた。一方、ホメロスは、それより前の紀元前八世紀末の吟遊詩人である。

「その頃の話は文字に書かれてないの？」

「一応、象形文字とか線文字があったらしいんやけど、エーゲ海の文明に関しては、ほとんどが伝承で、それが後世に書き留められたんや」

「『平家物語』みたいなものね」

「うん。それを信じたイギリス人の富豪の考古学者アーサー・エバンズが、二十世紀の頭にここを掘ったら、この遺跡が出てきたゆうわけや」

由梨はうなずき、ハンカチで頬や腕の汗を拭う。

「その偉大な文明がどうして滅んだの？」

「諸説あって、ギリシャ本土からアカイア人が侵入してきたとか、森林の乱伐採で環境が変化したとか、近くのサントリーニ島の火山噴火とそれによる巨大津波なんかが原因と考えられてるそうや」

「だから長田さんが調査に来てるのね？」

「そや。……そろそろあいつの仕事場、見に行こか？」

二人は遺跡を出て、入場券売り場の前で客待ちをしていた黄色いタクシーを拾った。

タクシーは「ラウト」という琵琶に似た弦楽器で演奏されるギリシャ音楽をカーステレオから流し、北の方角に向かって走り始める。

畑や丘陵地帯を縫って延びる乾いた道に埃を立てながら二十分ほど走ると、島で最大の都市イラクリオンにさしかかった。アラブ、ヴェネツィア、オスマン・トルコなど様々な民族が支配した街は、数多くの城壁に囲まれ、歴史的建造物が残っている。クノッソス観光の拠点で、通りには土産物屋や貴金属品店が建ち並び、外国人観光客が多い。カフェでは地元の老人たちが「ラキ」と呼ばれる蒸留酒をちびちび飲みながら、バックギャモンに興じていた。

街を抜けると、島の北側の海岸付近に出る。

目の前に青く凪いだエーゲ海が広がった。空は雲一つなく、地中海ブルーに澄み渡っている。

「おお、あそこや」

富士が、海岸近くで、ショベルカーやスコップを使いながら作業をしている十人あまりの人々を指差した。

手にした資料を見ながら何やら指示している学者ふうの人、コア（地中の堆積物の標本資料）を採取するためと思しい鉄の筒を機械で地中に打ち込んでいる作業員たち、ショベルカーが掘ったトレンチ（細長い溝）の断面を観察している調査員ふうの人々などがいた。

「おーい、おさだぁー！」

タクシーから降りた富士が大声で呼ぶと、麦わら帽子をかぶり、首の回りにタオルを巻いた作業服姿の長田俊明が背伸びをするような格好で手を振って応えた。

その晩――
富士と由梨は、イラクリオンのオールド・ハーバー近くのレストランで長田俊明と夕食をとった。

レストランは壁を取り払った開放的な雰囲気で、天井扇が回転し、心地よい風を送ってくる。岸壁の先の港は青い闇の中に沈み、白いクルーザーが何隻か眩《まばゆ》くライトアップされ、船内でパーティーが開かれているのが見える。

「……いやあ、こら美味い！」

汗をかいた地元産の生ビールのグラスを傾けて、富士が大満足の表情でいった。

「もう香りを嗅いだだけで、涎《よだれ》が出るなあ」

半袖シャツ姿の長田が笑う。

「しかし、まさかクレタ島で長田と会うとはなあ」

「前回会うたのは、富士の結婚式やったよな」

「そうそう。あのときは奥一の三号機がスクラムして、披露宴会場からうちの会社の関係者が全員おらんようになって。……一生に一度の披露宴が、前代未聞の状況になってしもた」

「まあ、それも思い出になってよかったんちゃうか。俺なんか、あの地震がきっかけで研究テーマを変更したようなもんやから」

去る五月二十六日の地震は、秋田県能代市西方沖を震源地とするマグニチュード七・七の「日本海中部地震」だった。日本海側の地震としては史上最大級で、一〇メートルを超える津波が発生したため、百四人に上る死者のうち百人は津波によるものだった。流失した船舶は七百六隻、家屋の全半壊は三千四十九棟に達し、秋田県だけでなく、青森県や北海道にも甚大な被害をもたらした。

「あのときの津波、相当ひどかったらしいな」

メカジキのグリルにレモンを搾りながら富士が訊いた。脂の乗った白身の肉に、バジルとミントの葉がまぶしてあった。

「うん、あれはひどかったなあ」

エビ、イカ、小ぶりのカニ、イワシなどの唐揚げの皿を前にした長田が顔をしかめる。

「これは本腰を入れて調査をせなあかんゆうことになって、男鹿半島の北の八森《はちもり》（現・八峰町）ちゅう町を中心に調査したんやけど、まだ遺体の捜索も途中やったし、瓦礫もものすごい量やし、何といっても臭いがすさまじかったわ」

「何の臭いや？　死体のか？」

「いや、ヘドロの臭いや」

メカジキのグリルをフォークで口に運びながら富士がうなずく。

「それで研究テーマを温排水から津波に変えたんか？」

「うん。やっぱり東北で研究者をやるんやったら、津波は避けてとおれん思うてな」

「確かに東北は、昔から津波の多い土地柄みたいやなあ」

古くは貞観十一年（八六九年）の貞観津波に始まり、明治維新以降も明治三陸津波（明治二十九年）、昭和三陸津波（昭和八年）、十勝沖津波（同四十三年）など、数多くの津波に見舞われている。

近くのテーブルでは、イタリア人観光客と思しい老若男女のグループが、カタツムリをオリーブオイルとガーリックで煮込んだ島の名物料理を突《つつ》きながら、賑やかに食事をしていた。

「長田さん、ずいぶん日焼けしましたねえ」

オリーブオイルがたっぷりかかったチュプラという黒鯛に似た魚のグリルを食べながら由梨がいった。比較的淡泊で、鯛と鱸《すずき》の中間のような味である。

「もうこっちに来て二週間近くになりますからねえ。……日焼けと酒焼けですわ」

長田が笑った。

「酒、美味いか？」

「汗を流して作業したあとのギリシャ・ワインは、最高やな」

「ミノア時代から造っとるそうやから、年季は入っとるわな」

「一本いこか？」

長田がテーブルの上にあったワインリストを開き、魚料理に合う白ワインを注文した。

「ところで、今やってる作業は、どんな調査なんや？」

「コアを採って、地中の堆積物を調べてるんや。基本的に陸上は泥のはずなんやけど、海起源の砂があったり、地震による液状化の跡があったりするんや」

長田の言葉に富士と由梨がうなずく。

「貝の化石があったり、珊瑚があったり、木片があったりとかな。それを炭素同位体で年代測定すんねん」

富士がうなずき、運ばれてきたクレタ島産の白ワインを長田と由梨のグラスに注ぐ。黄色みが強く、いかにも日照が豊富な国のワインという感じである。

「やっぱり津波は起きたんか？」

「それは間違いないわ。紀元前一五世紀くらいに、この近くのサントリーニ島で火山噴火と地震が起きたのが原因や」

サントリーニは、クレタ島の北一〇〇キロメートルほどのところに浮かぶ島で、周囲は断崖絶壁である。家々の真っ白な壁と群青色の地中海のコントラストが抜群で、日本人に人気がある。今でも地震が多く、家々では地震を予知するために小鳥を籠《かご》に入れて飼っている。

「何で火山が噴火したって分かるんや？」

「そもそもサントリーニ島は、伊豆大島みたいな火山島やねん。そこにミノア文明が伝播して栄えとったんやが、火山が噴火して一瞬にして滅んでしもた。島の形も変わってしもてるし、行って見たら一目瞭然や」

　サントリーニ島は海底火山の爆発でできたカルデラの外輪山で、飛行機から見るとよく分かる。

「そんときに飛んで来た火山灰や軽石がエーゲ海一帯やクレタ島でも発見されてんねん」

　富士は相槌を打ち、ワイングラスを傾ける。ギリシャ・ワインはバランスがとれた味だが、少量の松脂が入っているので、どこか垢抜けない古めかしさを感じさせる。松脂は、ワインがアンフォラ（壺）に貯蔵されていた時代に、壺口の接着剤として使われていたものだ。

「火山の噴火で、サントリーニ島の中心部に海面下二〇〇メートルくらいのごっつい空洞ができて、そこに海水が流れ込んで津波が発生したらしい。当時のもんと考えられる津波堆積物もこの島で出てくるわ」

「なるほど」

「一応地震のマグニチュードを七・八と仮定して解析してみると、火山の噴火の三十分後に津波の第一波がクレタ島に到達して、そのさらに三十分後に高さ一〇メートルくらいの津波が来たっちゅう感じやな」

「それでミノア文明が滅びたんか？」

富士がタバコを取り出して、火を点ける。銘柄はお気に入りの「パーラメント」である。

「いや、どうもそこまでの影響はなかったらしい。クノッソスとか、主要な宮殿はだいたい海抜二〇メートル以上の高い位置にあるからな」

「そこまでは津波が来《け》えへんかったっちゅうことやな？」

タバコをふかして富士がいった。

「うん。そやけど、港湾施設なんかに打撃を与えて、当時盛んやった地中海交易を衰退させたり、外敵に対する防衛能力を低下させたりしたことは考えられそうやね」

長田の言葉に富士はうなずく。

由梨が富士にチュプラを少し食べるか尋ねた。富士はうなずき、タバコを咥えたまま、自分のメカジキのグリルも由梨の皿に取り分けてやる。その仲睦まじい様子に、長田は微笑した。

「これ、ちょっとかけてみたら」

長田が、黒っぽい液体を入れた小さなプラスチックの瓶を差し出した。

「おお醤油か！　こらええわ！」

富士と由梨は醤油を魚に垂らして食べる。

「うん、美味い！　やっぱり日本人は醤油やなあ」

三人は笑った。

「ところで富士、首都電力の福島の原発って、海抜何メートルのところにあるんや？」

「えっ？　ええとなあ……」

由梨からもらったチュプラを頰張っていた富士は、突然の質問に戸惑った顔になった。

「確か、奥一のほうは、もともと標高三五メートルくらいあった敷地を一〇メートルまで掘り下げて造ったはずや。奥二のほうは、もうちょっと高《たこ》うて一二メートルくらいやったかなあ」

「一〇メートルと、一二メートルか……」

長田は白ワインを一口飲んで、思案顔になった。

3

翌年（昭和五十九年）秋——

二十九歳になった富士祥夫は、奥羽第二原発の野球場から事務本館へ続く坂道を走っていた。

「はっ、はっ、はっ、はっ……」

Tシャツにジャージー姿で、規則正しく呼吸をしながら、白いセンターラインが引かれた舗装道路を一歩一歩踏みしめる。

緩やかな上り坂の左右は松林で、その向こうに円筒形の水や重油のタンクが姿を覗かせ、高さ約五八メートルの一〜三号機の原子炉建屋が大きな白い姿を見せていた。

現在建設中の四号機の周囲には、大きなクレーンが立っている。

「結構きついなー。お、俺も年かなあ……はっ、はっ、はっ……」

色黒の富士は、大きく口を開け、肺一杯に酸素を吸い込む。

「年よりも、タバコじゃないですか……はっ、はっ」

並んで走っていた長野真《まこと》がいった。富士より三歳年下で、名古屋大学の大学院で電気工学を専攻し、入社以来、奥二の建設に携わっている。父親が自動車会社の技術者で、本人は学生時代から弓道を続けていて、年齢のわりに古風で折り目正しい人柄である。

「そ、そうかもなあ……はっ、はっ……だ、だから健康のために走ってんだよ、タバコを止《や》めんでもいいようにさ……はっ、はっ」

「富士さん、わけ分かんないすよ、その理屈っ」

几帳面そうな細面に銀縁眼鏡をかけた長野が屈託なく笑う。

事務本館のほうから、テニスのラケットやボールを持った男女数人が走って来て、二人とすれ違った。昼休みに、野球場の隣りにあるテニスコートでテニスをするグループだ。

「先輩、ラストスパートいきましょ」

長野がスピードを上げ始めた。

「ええっ、おい、ちょっと待てよ……」

慌てて追いかけようとしたが、若さ溢れる後輩の後ろ姿は、坂道の先に遠ざかって行く。

「くっそー、若い奴にゃ、かなわねえなあ！　……はっ、はっ」

富士はぼやきながら、秋の日差しが降り注ぐ坂道を上って行く。

事務本館に到着すると、二人はワイシャツとズボンに着替え、一階にある社員食堂に向った。

昼休みの半分をジョギングに使い、残り半分で食事をするのが、このところの日課だ。

「うーん、今日は刺身が美味そうやなあ」

首都電力と一部の協力企業の社員が昼食をとる食堂は、五百人くらいがすわれる広い空間で、ご飯と梅干は食べ放題である。

「僕は、今日は、カレーライスにでもしましょうかねえ」

二人は盆にご飯、おかず、野菜サラダ、味噌汁などを載せ、会計を済ませて、窓際の席に向った。

「よぉ、お前ら、これから昼飯か？」

食事を終えたばかりと思しい男が太い声で訊いた。目鼻も口も大きく、がっちりした体格で、年齢は四十歳過ぎ。石垣茂利《しげとし》という名の第一発電部副部長で、墨田区本所で生まれ育ち、早稲田大学理工学部機械工学科の大学院を出た技術屋だ。

「はいっ。ちょっと走ってきて、これから飯をかっ込むところです」

富士と長野は、向かいの席にすわった。

「そうか……。俺も運動しなきゃとは思ってるんだけれど、何かと気忙《きぜわ》しくてなあ」

石垣は江戸っ子らしく歯切れよくいって、湯呑の茶をすする。

「ところで富士、天皇賞の予想はどうだ？　ミスターシービー、どう思う？」

富士も石垣も競馬が趣味で、よく馬券を買っている。

ミスターシービーはトウショウボーイを父に持つ五歳の牡馬《ぼば》で、昨年、皐月賞、日本ダービー、菊花賞を制し、昭和三十九年のシンザン以来十九年ぶりのクラシック三冠に輝いた。しかし今年は、蹄の状態が悪く、春のシーズンは全休。十月初旬の毎日王冠でようやく復帰し、二着に入った。

「石垣さん、天皇賞はミスターシービーで決まりですよ」

富士は、よくぞ訊いてくれたという表情で身を乗り出す。

「なんでそう思う？」

石垣はにやりとして訊き返す。本質を鋭く突く富士の眼力を内心高く評価していた。

「こないだ毎日王冠をテレビで観ましたけど、馬体が締まってて、毛もつやつやですよ。しかも上がり三ハロン（最後の六〇〇メートル）が、驚異の三十三秒七ですからねえ。たぶん今、相当な上り調子で、ちょうど天皇賞でピークを迎えるんじゃないすか」

「ふむふむ……」

「しかも今年から秋の天皇賞は二〇〇〇メートルじゃないですか。まさに中距離を得意とするシービー向きですよ」

前年まで秋の天皇賞は春と同じ三二〇〇メートルだった。

「カツラギエースはどうだ？」

「まあ、毎日王冠では何とか勝ちましたけどねえ」

富士は評価していない口調。

「あの馬は、大一番に弱いんです。毎日王冠で勝って、そこまでです。天皇賞は無理です」

箸を片手に、確信に満ちた口調で一刀両断にする富士を、石垣は面白そうに眺め、競馬の趣味はない長野は微笑を浮かべて聞き役にまわる。

「あと対抗馬に考えられるのは、サンオーイですよね」

「まあ、そうだな」

「あの馬は、二歳の春のとき、北海道の牧場内に乱入した鹿の群れに驚いて、柵に激突して腰を痛めてるじゃないですか……」

食堂内はそれほど混み合っていない。昼休みに運動をしたり、発電所の外に食事に行く者もいる。

ひとしきり天皇賞の予想を話し合ったあと、石垣が話題を変えた。

「話は変わるけどなあ、二号機の定期検査のほうは、どんな具合だ？」

前年に営業運転を開始した奥二の二号機が約三ヶ月間の定期点検作業に入っており、富士も担当者の一人として関わっていた。

「先週、除染が終わって、今、超音波で炉心や配管の具合を見てるところです」

刺身を頬張った富士がいった。

定期点検作業は、燃料棒をすべて取り出し、炉心を除染した上で、超音波探傷試験などで、応力腐食割れなどの傷がないか点検する。

「ＳＣＣ（応力腐食割れ）は、ありそうなのか？」

「やっぱり、細かいものが結構あるようです」

「そうか……」

石垣は浮かない表情でうなずく。

「悩ましいですね」

富士も顔をしかめ、味噌汁をすする。

米国やフランスなど諸外国では、原発の機器に関する設計・製造時の合格基準（規格）と、運転開始後の「維持規格」とが分かれており、後者に関しては、検査で傷などが発見されても、その度合いによって、補修をするかそのまま使うかを判断する。

しかし日本では、電気事業法三十九条第一項と通産省（現・経産省）令によって、設計・製造時の（合格）基準と維持規格の区別がない。すなわち、原発の機器は常に新品の状態であることが求められ、傷が発見されると、それがいかなる程度のものでも、直ちに補修するか、新品に交換しなくてはならない。

「二号機はまだ新しいからいいけどよ、古くなって損傷が増えてきたら、対応しきれなくなるぜ、ほんとに」

石垣は、ガマガエルのような大きな口をへの字に結ぶ。

「維持規格が今のままじゃ、どうしようもないですよねえ」

十年前、東工大で一ノ瀬京助講師が指摘した問題は、あれ以来何の改善もない。

「しかも、『コスト削減・稼働率アップ』の掛け声の中で、損傷を発見して補修やら交換が必要だって話をすると、いい顔されないんですよね」

富士の言葉に、長野もうなずく。「何か、嘘でもいいから損傷を発見しなかったことにしろっていわれてるみたいな気分になりますよ」

「だよな……」

首都電力では、相変わらずコスト削減の嵐が吹き荒れている。

新潟県柏崎市に建設中の原発では、原子炉を冷却するための海水の取水口施設の鋼材を減らし、工事費を下げた。具体的には、海水面近くの温度が高い海水を遮断するカーテンウォールを支える支持杭の間隔を、従来の三・五メートルから五メートルに広げ、杭の取り付け方も簡素化することで、三十一億円と見積もられた工事費を二十六億五千万円に減らした。

東芝、日立製作所、三菱重工業の重電機メーカー三社も、原発建設費の圧縮を強く求められ、コストダウンに躍起になっている。東芝は社内にCD（コストダウン）委員会、日立は合理化推進委員会を設置して取り組んでいる。

通産相の諮問機関である総合エネルギー調査会も、プラント標準化の拡大や設計の合理化など、五つの項目からなる原発の建設コスト削減策を提言し、「建設コスト一割削減」は今や国家目標だ。

「そもそもシュラウドなんかは、材料が悪いと思うんですよね」

シュラウドは、圧力容器の中に収められている円筒形のステンレス製構造物で、燃料集合体（炉心）を支え、炉心を流れる冷却水の流路を作る。再循環系の配管とともに、応力腐食割れが最も発生している箇所だ。

「奥一なんかＳＣＣ（応力腐食割れ）の嵐で、パイプのほうはＳＵＳ３０４Ｌ（Ｌはlow〈低い〉の意味）にずいぶん換えましたけど、シュラウドはまだですからねえ」

再循環系の配管については、炭素含有量が〇・〇三パーセントと低いＳＵＳ３０４Ｌというステンレス製のものに換え、応力腐食割れを減らした。ただし、強度が今ひとつで、引張応力のかかる配管には使用できないため、引き続きメーカーに改良を依頼している。

「まあ、とにかくいっぺん現場を見とくか。……富士、あとで付き合えや」

午後――

富士はヘルメット、ゴーグル、マスク、防護服という完全装備で、石垣と一緒に定期検査中の二号機の巡視に出かけた。白い防護服をまとった大柄な身体は弁慶を思わせる。

最初に、十五階建てのビルとほぼ同じ四八メートルの高さを持つ格納容器の下のほうにある、ドライウェル（下部の圧力抑制室《サプレッション・チェンバー》を除いたフラスコ型の部分）の搬入口を見るため、建屋の一階を進んだ。

鋼鉄製の扉を開くと、まるで海底トンネルの工事現場のような光景が目の前に現れた。

ハッチと呼ばれる直径五メートルくらいの搬入口がぽっかりと開《あ》き、その中でオレンジ色の防護服を着た協力企業の作業員たちが、床に敷くゴムや足場のための材料や電気ケーブルを運んでいた。その先に、数多くの銀色のパイプが縦横に延び、パイプに取り付けられたバルブの取っ手が見える。さらにその先に、内径六・四メートルの圧力容器を取り囲む鋼鉄製の遮へい壁が見えた。

搬入口の脇には、小型テレビ大の超音波探傷器などが積み上げられ、完全装備の六、七人の男たちが、メーターの針が示す数字を読み上げたり、スイッチやつまみを操作していた。

あたりは、換気ファンや水圧ポンプの音に満ち、線量が高いため、短時間で交代する作業員たちが頻繁に出入りしており、野戦場のような一種騒然とした雰囲気だ。

「おい、相変わらず暑《あ》っついなあ。大丈夫か？」

石垣がマスク越しに太い声をかけると、計器の前にいた作業員たちが振り返った。

「あ、石垣さん」

「ご苦労さんです」

首都電力社員用の白い防護服姿の、がっちりした体格の男を見ると、すぐに石垣と分かるようだ。中操から定期的に巡視にやって来る運転員を除き、首都電力の社員でわざわざ現場にやって来るのは、石垣ぐらいだった。

「どうだ、調子は？」

「まずまず順調です。ＳＣＣも思っていたより少ないですね」

下請け企業の社員の一人が親しげな口調で答えた。石垣は下請けの社員たちと飲みに行くことも多く、現場での人望はきわめて厚い。

「そうか。……ちょっと、中見せてもらうぞ」

そういって、ドライウェルに続く搬入口へのしのし入って行き、富士が続く。

奥二の二号機の格納容器は日立製作所が建設したマークII改良型と呼ばれるタイプで、上の方がすぼまった巨大な釣鐘状である。

「ふーむ、少なくとも目視できるような異常はないなあ」

圧力容器に沿って縦横に走る給水管、主蒸気管、再循環系配管など、大小様々なパイプ類に視線を走らせて、石垣がいった。

「おい、富士、お前、あれ何のパイプか分かる？」

圧力容器の上の方から出て下のほうに延びている太めのパイプを指差して訊いた。

「ええと、あれは……」

富士が目を凝らす。身体から噴き出す汗と熱気で、ゴーグルが曇ってきていた。

「ＨＰＣＩじゃないすか」

High pressure coolant injection（高圧注水系）は、ＥＣＣＳ（緊急炉心冷却装置）の一部で、炉心内に高圧で水を注入する設備である。

「じゃあ、あっちは？」

石垣が圧力容器のＨＰＣＩとは反対の側からやはり下のほうに延びている配管を指差す。

「えーと……ＲＣＩＣですね」

Reactor core isolation cooling system（原子炉隔離時冷却系）は、格納容器の下部である圧力抑制室《サプレッション・チェンバー》の水をポンプで汲み上げて、圧力容器内に注入する設備だ。炉心の熱（崩壊熱）が発生させる蒸気でポンプ用のタービンを駆動するので、電源が要らない。

「ふむ、一応合格だな」

「どうも」

「大卒や院卒の連中は、事務棟にばっかりいて、ろくに現場に来やしねえから、こういうこと訊いても分かんねえんだよな」

石垣はマスク越しのくぐもった声で嘆く。

「お前なんかもさぁ、社長にはならんかもしらんけど、いずれ奥一か奥二の所長ぐらいにはなるんだから、こういうのちゃんと憶えとけよ、富士」

「はい」

「こういうことが頭に入ってないと、いざってときに、指揮が執れないからなあ」

石垣の言葉に、富士は神妙にうなずく。

「電気系統のほうは、どうだ？　頭に入ってるか？」

「いえ、正直いって、電気のほうはまだ……」

「まあ、お前も俺も機械屋だからなあ。……長野みたいに建設から関わってる電気屋だと、頭の中に発電所の電気系統が刷り込まれてるんだろうけど」

そのとき二人のアラームメーターが鳴り出した。

「チッ、もうタイムアップか。除染してても、やっぱり線量高いなあ。……行こう」

二人は踵《きびす》を返し、ハッチへと向かう。

来た通路をチェックポイントまで戻り、シャワーを浴びて放射性物質を落とした。

そのあとパンツ一つになって腰の高さほどの箱型の線量モニターに両手を入れ、放射能の有無を確認する。東京の下町生まれの石垣は、首に帝釈天のお守りをぶら下げていた。

「ところで、富士……」

がに股でパンツ一つの石垣が、思い出したようにいった。

「トウショウペガサスって、どう思う？」

第六章　二つのジンクス

1

二年後（昭和六十一年）――

日本はバブル経済の入り口に差しかかり、前年の自動車輸出台数が六百八十四万台の史上最高を記録し、年初に一万三一三六円だった日経平均株価は、第1四半期だけで一万六〇〇〇円近くまで上昇した。新年度に入ると男女雇用機会均等法が施行され、首都電力でも人事制度の改定や女性職員の採用拡大が行われた。

東京の桜もかなり散った四月下旬、首都電力本店の原子力技術課長を務める宮田匠は、会議室で、広報室の職員たちと打ち合わせをしていた。

六人の出席者の手元には、近々公表予定のプルサーマル計画に関するプレスリリースの文案が配付されていた。

〈当社はこのたび、奥羽第一原子力発電所三号機で、使用済み燃料を再処理して取り出したプルトニウムをウランと混合し、軽水炉で燃やす「プルサーマル計画」の実証実験を行うことになりました。プルトニウムは、本来燃えないウラン238が、原子炉の中で中性子を取り込んでできる燃料で、これを使うことによって、ウラン資源の節約が期待できます。
本計画の実施に当りまして、これまでご指導とご支援を頂いた関係者の皆様、ならびに地元福島県民の皆様に、心から感謝を申し上げます。〉

宮田は文案を一読すると、別の紙に印刷された想定問答集を手に取った。

〈Q　プルサーマルを行うメリットは何でしょうか？
A　使用済み燃料を再利用することで、ウラン資源を一〜二割節約することができ、また核廃棄物の量も減らすことができます。
Q　高速増殖炉に比べると効率はどうでしょうか？
A　使用済み燃料を再処理してプルトニウム濃度を高めたMOX燃料（Mixed Oxide Fuel）で発電する高速増殖炉は、実用化のあかつきには燃料を六十倍節約できるもので、これには遠く及びません。しかし、使い捨てにしているウラン燃料を再利用できることは意味があり、また、国策である「核燃料サイクル」の確立に貢献します。

Q　通常の燃料より危険性が高くはないのでしょうか？

A　現在、運転中の軽水炉で産み出されているプルトニウム自体も核分裂し、発電量の三割程度に寄与しています。プルサーマルは、これを五割程度に高めるもので、技術的に軽水炉の延長線上にあります。

Q　MOX燃料は融点が低い点と、中性子を吸収しやすいので制御棒が効きにくい点が不安視されていますが、この点はいかがでしょうか？

A　プルサーマルで使用するMOX燃料の割合は燃料全体の三分の一以下なので、全体に与える融点の変化は大きなものではありません。また、制御棒の効き目は、燃料の設計や原子炉内の配置を工夫することで、通常のウラン燃料の場合とほとんど変わらず、十分な余裕をもって安全が確保されています。

Q　コスト面に問題はないのでしょうか？

A　一トンの使用済み燃料を再処理する費用は、現在、約一億五千万円で、回収できるプルトニウムは三千万円、ウランは二千万円相当です。しかし、放射性廃棄物の量が減るので、その貯蔵コストが減ります。将来、再処理技術の進歩やエネルギー価格の変動によって、採

算が取れる可能性も出てきます。〉

「こんな感じでいいんじゃないでしょうか。技術的に間違った部分はないと思います」

想定問答集から視線を上げて、宮田がいった。

「有難うございます。それじゃあ、基本的にこれでいくことにしたいと思います」

向いにすわった広報室報道グループの課長が出席者たちを見回す。いかにも手堅そうで、煮ても焼いても食えなさそうな印象の中年男性である。

「記者発表の日程等については、調整の上、追ってご連絡します。……それでは、本日の会議は、以上で終わりとします」

その言葉を合図に、出席者たちは椅子から立ち上がる。

窓の外では、雨がかなり強く降り始めていた。

「これで関電に水をあけられないで済みますね」

配付資料を手に、宮田がドアのほうへ行こうとしたとき、報道グループの課長が声をかけてきた。

「そうですね。このまま何事もなく実験に入れることを期待しています」

原子力発電では常に関西電力の後塵を拝し、プルサーマル計画でも常にリードを許してきたが、これでようやく追いつくことができる。

「もし、何かあるとしたら、レーガンの辞任とかですかね？」

プルトニウム計画は原子爆弾の製造につながるため、米国の前カーター政権は日本に対して厳しい制約を課していた。しかし、レーガン政権になって米国政府の対応は大きく変わった。

「まあ、彼は強運ですから」

宮田は笑った。

レーガンは五年前に精神障害者に狙撃され、肺に被弾したが、一命を取り留めた。

「ただ、プルサーマルはやろうとするたびに何か起きるっていう変なジンクスがあるんで、今回は、そんなことがないよう、祈るばかりですね」

「前回は関電でしたっけ？」

相手の言葉に宮田はうなずく。

関西電力は昭和五十七年に、美浜原発一号機でプルサーマルの実証実験を行う予定をしていたが、同年三月に同機の蒸気発生器細管から放射能漏れが起き、実験が延期になった。

宮田は、エレベーターで六階の原子力本部のフロアーに戻った。

（あれ……？）

広報室とのミーティングに行く前に比べると、フロアーの空気が一変していた。笑顔の社員はほとんどおらず、どことなく落ち着かない。

窓のほうに視線をやると、副部長の席の前に、何人かの男たちが集まっていた。

「何かあったの？」

宮田は背広の上着を脱いで、椅子の背凭れに掛けながら、斜め前の席の副長（一番下の管理職）に訊いた。

「ソ連でかなり大きい原発事故が起きたらしいです」

ワイシャツ姿で仕事をしていた若い副長が眉をひそめていった。

「えっ、ソ連で原発事故⁉」

「はい。フィンランドやデンマークの観測センターで、通常の二倍から六倍の放射性物質が検出されたそうです。濃度や風向きからいって、バルト海から黒海にかけてのソ連西部の原発で事故が起きたとしか考えられないようです」

「ほんとかよ……」

宮田が眉間に縦皺を寄せたとき、副部長の席の前に集まった男たちが、「ウクライナらしい」、「チェルノブイリ？」と話しているのが聞こえてきた。

その晩――

原子力本部の課長以上の幹部たちが、同じフロアーにある会議室に集められた。

室内に、蛍光灯の白々とした光が満ちていた。

「……まだメディアに対して発表されていませんが、原発事故が起きたのは、ソ連のウクライナ共和国のチェルノブイリにある原発だそうです。先ほど、エネ庁（資源エネルギー庁）から連絡がありました」

教室のように机が並べられた会議室で、正面のテーブルについた部長の一人がいった。細面で、こけた頬がやや神経質な感じを与える五十歳過ぎの男であった。

「おそらく炉心がメルトダウンして、スリーマイル並みか、それ以上の事故と考えられる模様です」

メルトダウンという言葉に、出席者たちの顔に緊張が走る。

「さて、我々として、今回の事態にどう対処するかですが……」

部長は一呼吸置き、注意を惹きつける。

「スリーマイルのときは情報が氾濫して統制が取れずに無用の混乱が起き、反原発運動も盛り上がるという、望ましくない結果となりました」

正面右手の席で、原子力本部副本部長を務める取締役が腕組みをして、部長の言葉にじっと耳を傾けていた。計画段階から奥羽第一原発に関わった原子力部門の草分けで、半白の頭髪をオールバックにした強面である。現場主義で酒に強く、誰に対しても物怖じせずに議論をふっかけるので、GE社の米国人たちからは「ファイター」と呼ばれている。

「今回は七年前の轍を踏まないよう、先手必勝でいくというのが、役所と我々が立てた方針です」

部長は視線に決意をこめ、出席者たちを見回す。

「具体的には、当面、三つの対策に早急に取り組みたいと思います。一つは、ソ連の原発と我が国の原発の違いをメディアに対して分かりやすく説明する。二つ目は、国民に特に影響の大きいテレビのニュースを監視する。三つ目は、原発の安全性についての地元説明会を早急に行う」

そういって部長は、手元の資料のページを繰る。

「テレビの監視については、すでにエネ庁から指示が来ています。当社が監視するのはNHKです。東北電力はTBS、中部電力はフジ、関西電力はテレ朝となっています」

出席者たちは、うなずいたり、メモをとったりする。

「それから、ソ連の原発と我が国の原発の違いについては、次の方々に、エネ庁と調整しながら、取りまとめをお願いしたいと思います。原子力技術課の宮田課長、同じく技術課の……」

　会議が終わり、退出する人々でざわつく室内で、宮田は上司の副部長から声をかけられた。

「おい、宮田君よ、大変なことになったなあ。とりあえず、腹ごしらえしようや」

　太った副部長は健啖家で、ことを始める前に必ず腹ごしらえをする。

「今晩は、徹夜覚悟ですねえ」

　宮田は、これでプルサーマル計画は当分延期だと内心がっくりきていた。

　エレベーターで一階に下り、警備員がいる通用口から本店ビルを出ると、目の前に、明治時代に造られた連続アーチの国鉄（現・JR）のガード（高架線）が延びていた。煉瓦の壁は古び、ところどころに雑草が生え、内側から滲み出た水が黒い模様を作っている。

　二人は新橋方向に少し行ったところのガード下にあるラーメン屋に向った。

「しかし、春っていうのは嫌な季節だなあ」

　前方彼方に田町駅付近のビル群が見える道を歩きながら、副部長がいった。

「どうしてですか？」

「大きな原発事故って、いつも春に起きるじゃないか。……気が緩《ゆる》むせいかねえ」

翌日、天皇陛下の在位六十年式典が、東京・両国の国技館で、約五千人が列席して午後二時半から開催された。電力業界の幹部たちは、通産省から出たバスで会場入りしたが、バスの中で、エネ庁の職員からソ連の原発の構造・出力・特徴・日本の原発との違いなどに関する資料を配布された。

間もなくソ連政府は、ウクライナのチェルノブイリ原発四号炉で四月二十六日に事故が発生したと発表した。運転員の判断ミスなどから原子炉が暴走・爆発し、広島型原爆の四百倍もの放射性物質が放出されたという。爆発や消火作業で多数の死傷者が出たほか、半径三〇キロメートル圏内の住民は強制避難させられた。のちにIAEAの評価尺度で、スリーマイル島事故のレベル5を上回るレベル7に分類され、被曝の影響による癌死者数は数万人から百万人といわれる史上最悪の原発事故だった。

通産省と電力業界は、日本の原発はソ連とタイプが異なり、安全であるというキャンペーンを徹底して行なった。

電気事業連合会は、雑誌などに「『日本の原子力発電は安全』を実証するこれだけの理由」という広告を出稿し、次のように述べた。

〈周知のとおり、事故を起こした炉はソ連が独自に開発したものであり、海外にも一切輸出されていない。したがって、今回の事故が起きたのは、ソ連の原子炉の構造および設計の固有さによるものとされ……〉

〈ソ連の黒鉛炉（注・中性子の速度を抑える減速材に黒鉛を用いる原子炉）の場合、出力が増加して原子炉冷却水の蒸気量が増えると、核分裂反応がさらに進み、出力が一層増加してしまう。これに対し我が国の軽水炉は、出力が急速に増加し原子炉冷却水の温度が上がって蒸気量が増えると、核分裂反応が低下し、自然に出力の上昇を抑えるような特性（自己制御性）があるため……〉

〈チェルノブイリ発電所では燃料内の放射性物質が、大量に発電所の外に放出された。これは原子炉の外側に密閉式で強固な格納容器がなかったためと考えられる。我が国の軽水炉では、もし万一、燃料が損傷したとしても放射性物質はまず強固な圧力容器の中に閉じ込められる。また仮に圧力容器から漏れ出たとしても、さらにその外側に密閉型の頑丈な格納容器があって、この中に閉じ込める構造になっている。〉

さらに広告は、日本の原発は、何重もの防壁、フェイルセーフ、安全保護動作、緊急炉心冷却装置、定期的な点検・検査などにより、多重多様な安全対策がとられているとし、次のように結んだ。
〈最後に、原子力のような巨大技術を扱うにあたっては、常に謙虚であるべきだということを、関係者に重ねて望みたい。〉

これに対して、市民エネルギー研究所代表の松丘信夫は「日本で稼働している原発は、アメリカで事故をやったことのある、いわば前科持ちの型ばかり。その日本でも、過去二十年間で計三百十七件の事故・故障が報告されている」と指摘し、理論物理学者の武谷三男（元立教大学教授）は「日本でも（大原発事故は）秒読み段階でしょう。確率論の問題じゃなく、巨大事故はいつ起こるか分からない。原発炉心の事故は起こってしまうと、どうにも手の打ちようがなく、被害が半永久的に残る」と述べ、『東京に原発を！』などの著書があるノンフィクション作家の広瀬隆は「チェルノブイリ事故の犠牲者たちは殺人の被害者です。いずれ死ぬのは我々です」と警鐘を鳴らした。

2

一ヶ月後（五月三十一日土曜日）――

埼玉県戸田市のボートコースは初夏の日差しに包まれていた。

モスグリーンの水を湛えたコースの岸辺に、実業団や大学の応援団が陣取り、詰めかけた人々から盛んにかけ声がかかっていた。

「頑張れー！」

「三洋電機ーっ！」

「あと二〇〇っ！」

風でさざ波立つコースで、舵付フォアの予選が行われていた。

九月に韓国のソウルで開催されるアジア大会の派遣選考会であった。

「フレーッ、フレーッ、東ぅ工ぉ大ーい！」

コース左岸の東京工業大学端艇部の合宿所の船着き場で、OBたちが、スタート地点に向って漕ぎ出して行くエイトのクルーにエールを送っていた。

「フレッ、フレッ、東工大っ！　フレッ、フレッ、東工大っ！　オオーッ！」

駆け付けた数十人のOBたちの中に、三十一歳の富士祥夫の姿もあった。前年七月に奥羽第二原発から本店の原子力計画課設計グループに転勤し、新潟県の柏崎越後原子力発電所の設計を担当していた。

「頑張れよーっ！」

「日本一だぞーっ！」

OBたちの声援に、クルーは握り拳を突き上げて応える。

八本のオールがゆっくりと水を掻き、艇はスタート地点へと遠ざかって行く。

「うーん、強そうだなあ」

「俺らの頃とは、筋肉の付き方が違うぜ」

十三年前に着任した東北大学漕艇部OBの二人のコーチの指導で東京工業大学端艇部は着実に力を付け、黄金時代を迎えていた。昨年は、六月の全日本軽量級選手権（漕手の平均体重が七〇キログラム以下かつ最重量者が七二・五キログラム以下）のエイトで六分十秒一をマークし、北大、早大、一橋大を下して、創部八十六年にして初の日本一に輝いた。同年八月の全日本インカレでは、予選で六分五秒を出したが、決勝では、後半追い込み型の中央大学に、スタートから飛び出す奇襲作戦に出られて敗れ、二位。翌日行われた全日本選手権では、六分一秒八五で中央大学（三位）に雪辱し、東レ滋賀に続いて二位に入賞した。キャッチ（入水）のとき八つの白いブレードが一体となって翻《ひるがえ》るハイピッチ漕法は他のクルーに恐れられるまでになった。

「よし、行くぞっ」

何人かのOBが婦人用自転車にまたがり、ギシギシとスタート地点に向って漕ぎ出して行く。大企業のサラリーマンが多く、日頃の運動不足で、よたよたしている者もいる。

午前十一時半過ぎ——

白に紺の縁取りがあるユニフォームに身を包んだ九人のクルーが乗った東工大の「白鷺《しらさぎ》」艇がスタート位置についた。エイトの予選である。

同じ組で漕ぐのは、中大、日大、同志社大の三艇で、準決勝に進めるのは一着のみだ。

「いい風が吹いてるなあ」

スタート近くの土手で、自転車にまたがった東工大OBの一人が、四艇を見ながらいった。

中間の一〇〇〇メートル地点では秒速三・五メートル、ゴール地点では同六メートルの西風（すなわち追い風）が吹いていた。

「こりゃあ、いよいよ五分台が出るかもなあ」

エイトの日本最高記録は、昭和五十七年に早大が出した五分五十六秒九二である。

「ローッ！」

発艇審判の旗が振り下ろされ、四艇が水しぶきを上げ、一斉にスタートを切る。

東工大は白のブレードをハイピッチで翻し、飛翔する白鷺のように艇速を上げていく。

「負けるなーっ！」

「とうこうだーい！」

ＯＢの自転車部隊が土手の上を艇と並走しながら、檄を飛ばす。

スタートでは、ライバルの中央大学に艇首、艇尾それぞれに張ってある約一・五メートルのキャンバス（防水布）分の差をつけられた。

「ピッチ三十九っ！」

スタートから八本（八漕ぎ）をピッチ五十、次の二〇〇メートルをピッチ四十四で漕いだあと、東工大のコックスが怒鳴った。東工大のコンスタントピッチ（基本速度）は前年まで三十六だったが、この年から三十九に上げ、アジア大会代表権獲得の野望に燃えていた。

しかし、前年の学生王者・中央大学も必死で、五〇〇メートル地点では、差を半艇身近くに広げられた。

「はい、足蹴りいこうっ！　いっぽーん、にほーん……」

五〇〇メートル地点と一〇〇〇メートル地点でコックスが足蹴りを入れたが、差は縮まらない。

「ただ今行われておりますレースの途中経過をお伝えします……」

女性の声で場内アナウンスが響き渡る。

「一〇〇〇メートルの通過タイムは、一位、中央大学・二分五十一秒六七、二位、東京工業大学・二分五十二秒五八……」

会場内でどよめきが湧き起こった。

「おい、日本新記録ペースやんか！」

一五〇〇メートル地点でレースを見守っていた富士が、日焼けした顔をほころばせる。

三位の日大、四位の同志社大とは二〜三艇身の差がつき、完全に二艇の一騎打ちとなった。

「スパートいくぞっ！　二枚上げよう！」

一四〇〇メートル地点で東工大のコックスが怒鳴った。

ピッチを三十九から四十一に二枚上げた「白鷺」がぐんと伸び、疲れが見えてきた中大艇との差を一気に詰めていく。

「いけーっ！　とうこうだーい！」

富士が両手をメガホンにして叫ぶ。

視界の中で、白いユニフォームの東工大の九人のクルーの姿が、胸に斜めの白いラインが入った紺色のユニフォームの中央大の九人の姿とぴたりと重なり合う。

「おおっ、抜いた！　抜いたぞ！」

「白鷺」が中央大を捉え、一五〇〇メートル地点では、逆にキャンバス二つ分くらいの差をつけた。

八枚の白いブレードが波立つ水面に抵抗なく入り、一糸乱れず鮮やかに水から抜ける。

「いけーっ！　根性出せーっ！」

富士の背後の土手を、東工大ＯＢたちの自転車部隊が絶叫とギシギシいう音とともに走り過ぎる。

「白鷺」は、その後もぐんぐんと差を広げ、中央大学を一艇身半引き離してゴールに飛び込んだ。

「よぉーし、やったぁ！　準決勝だ！」

富士たちＯＢは拳を握り締め、クルーを労《ねぎら》うべく、足早にゴール地点へと向う。

「ただ今のレース結果をお知らせします……」

女性の声の場内アナウンスが流れる。

「一着、東京工業大学・五分五十二秒二九……」

会場からどよめきと拍手が湧く。

「二着、中央大学・五分五十七秒六八、三着、日本大学・六分十三秒七四、四着、同志社大学・六分十六秒六一。なお東京工業大学のタイムは、日本最高記録です」

「うおおーっ！」

「信じられん！」

「日本最高記録だ！」

ゴール付近に集まったＯＢたちが喜びを爆発させた。涙を流している者もいる。

そこへ富士祥夫がスニーカーでどたどたと駆け寄って来た。

「皆さん、勝って兜の緒を締めよですよ！」

抱き合わんばかりにしていた男たちをたしなめるように、持ち前の太い声でいった。

「こんなもんで喜んじゃダメです。決勝で勝たなくては、いかんですよ」

そういうと、選手たちの気持ちを引き締めるべく、猫背の大きな後ろ姿を見せて、東工大の艇庫のほうへ駆けて行った。

翌日――

戸田は晴天に恵まれたが、前日とは打って変わって、秒速二～三メートルの逆風が吹いていた。

東工大の「白鷺」クルーは、午前中に行われた準決勝で東大に次いで二位（六分八秒四三）となり、決勝に駒を進めた。

午後――

決勝に出場する四艇が、午前中よりさらに強くなった逆風で銀色に波立つコースのスタート地点についた。

二レーン・東レ滋賀、三レーン・東北大学、四レーン・東京工業大学、五レーン・東京大学。この中では、前日、東工大が出した日本最高記録をさらに上回る五分四十九秒〇七を出した東レ滋賀が最有力だ。

「スタート用意」

発艇審判の声がマイクをとおして響き、各艇のクルーはシートを前に進め、キャッチの姿勢をとる。

「ローッ！」

旗が振り下ろされると同時に、各艇が漕ぎ出し、ぐんぐんと加速してゆく。

「頑張れーっ！」

「ソウルが待ってるぞーっ！」

陸地から一斉に声援が上がり、各チームの自転車部隊が一斉にギコギコ、ガシャガシャと走り出す。

赤と白のラインが入った紺色のユニフォームの東レ滋賀が予想どおり、じりじりと前に出始めた。平均身長一八一センチ、平均体重七六キログラムの大型クルーは、オールさばきも力強い。

東工大の「白鷺」が懸命に食い下がる。

五〇〇メートル地点は、東レ滋賀が先頭で一分三十二秒一一。キャンバス一つ半遅れて東工大、半艇身弱遅れて東大が続いた。

ドンドンドンドン・ドンドンドドドッ……。

一〇〇〇メートル地点に陣取っている応援団の叩く太鼓の音が風に乗って運ばれていく。

一〇〇〇メートル地点は東レ滋賀が三分八秒〇九で首位。東工大は一艇身引き離され、それに四分の一艇身遅れで東北大と東大が続く。

「とうこうだーい！　負けるなーっ！」

土手の端で、今にも水に落ちそうなほど身を乗り出し、両手でメガホンを作って富士が怒鳴る。

「とうこうだーい！」

視界の中で、「白鷺」の八つのブレードがきれいに揃って水を捉える。東レ滋賀の赤いライン入りの紺色のブレードや東北大学の深緑色のブレードに比べ、白のブレードは鮮やかに際立つ。

「頑張れーっ！」

「抜かせーっ！」

「あと五〇〇ーっ！」

富士の背後の土手の道を、各チームを応援する自転車部隊やジャージー姿の女子マネージャーたちが、メガホンで絶叫しながら走り過ぎる。

一五〇〇メートル地点は、東レ滋賀が後続との差を広げながら先頭で通過。北大や中央大のOB、高卒の叩き上げなどで編成されたクルーは筋骨隆々でオール捌きも力強い。

一艇身半遅れて東工大。その向こうで緑のユニフォームの東北大学がじりじりと差を詰め、手前の東大も懸命に食い下がっていた。

「ラストだーっ！　ラストーっ！」

富士は太い声で懸命に声援を送る。

白いユニフォームに身を包んだ東工大のクルーは、懸命に漕ぐが、逆風の中で疲れが見えてきた。

「あっ、抜かれる！」

手前のレーンの東大が、東工大と東北大に迫って来ていた。前半は逆風で本来の軽いリズムが掴めなかったが、早めにスパートを入れ、鮮やかな淡青《ライトブルー》のユニフォームのクルーが淡青のブレードの動きをぴたりと揃え、ぐいぐい差を詰める。

「東大来たぞ！　ゴールまで足蹴りっ！」

コックスが怒鳴り、「白鷺」のクルーは死にもの狂いで靴を蹴り、オールで水を掻く。遠くから見ていても、選手たちの荒い息遣いが聞こえてきそうな力漕だ。

「負けるなーっ！」

「行けーっ！　行けーっ！」

「うわあーっ！」

人々が絶叫する中、東レ滋賀が二位以下を二艇身強引き離し、六分二十九秒七九でゴールして、アジア大会代表の座を摑んだ。東工大、東大、東北大の三艇は、もつれ込むようにゴールラインを通過したが、最後で追い上げた東大が六分三十七秒七二で東工大をわずか〇・四秒抑え、東北大がさらに〇・二秒遅れて四位だった。


夕方――

東京工業大学端艇部の合宿所の食堂で、慰労会兼反省会が開かれた。

大きなテーブルの上に、ビールや乾き物のほかに、女子マネージャーたちが作った料理が並べられ、部員やOBたちがその周りに集まった。

女子マネージャーは、明治学院大学の三年生が二人と、慶応大学とフェリス女学院大学の一年生が各一人で、毎日食事を作っている。

「……柳田コーチをはじめ、コーチの皆様には本当に親身の指導を頂き、また昨日と今日は大勢の先輩方も駆け付けて下さり、ご声援を頂きましたが、我々の力と精神力が足らず、不甲斐ない結果に終わってしまいました」

ジャージー姿のキャプテンが、悔しさを噛みしめるように、俯き加減でいった。身長一八〇センチ・体重七二キロで、若武者を思わせるきりりとした眉の機械工学科の四年生である。

現コーチの柳田は富士の二学年下で、東北大OBの島田、佐藤両コーチの指導を受けた。東工大で生化学を専攻し、日本ゼオンの技術開発センターに勤めるかたわら、後輩たちを指導している。

「この三年間は、夏の漕ぎ込み、東ドイツの陸上トレーニング法の導入、栄養学、ストレッチ、他校の漕法の研究、カーボン製の新艇導入、コンスタントピッチ三十九の新漕法の取り入れなど、ありとあらゆる努力をしてきたつもりですが……まだ我々には欠けているものがあったのだと思います」

食堂に夕日が差し込んでいた。

「これから八月のインカレと全日本を迎えるわけですが、我々は何が足りなかったかを徹底的に反省し、今日のこの悔しさを晴らせるよう、頑張っていきたいと思います」

一礼したキャプテンに、静かな拍手が送られた。

続いてジャージー姿の松村秀雄監督が挨拶に立った。日に焼けた顔に筋肉質でスリムな身体の壮年男性である。

「えー、わたくし、監督といっても、普段、何もしておりませんで……」

ユーモラスな口調に笑いが湧く。

「まあ、コーチ陣がしっかりしていますから、選手のほうはそちらに任せて、わたしの仕事といえば、OBたちに電話をして、応援に来てくれと頼むくらいのもんです」

松村は、昭和三十二年に東工大の建築学科を卒業し、ゼネコンの銭高組で営業部長を務めている。

「今日は、熱い応援を頂き、選手たちも健闘しましたが、残念ながら、優勝することはできませんでした。しかし、東レ滋賀に記録を破られたとはいえ、十二分間だけでも日本のボート史の中で東工大が頂点に立ったことは、心から誇りに思います」

「おおっ！」

「そのとおり！」

明るい声が湧き起こり、湿った空気は一気に吹き飛んだ。

「じゃあ、乾杯しよう」

「よし、乾杯だ」

ビールが各自のグラスに注がれる。

「ウォー！」

全員でグラスを掲げ、腹の底から雄叫びを上げる。

「ウォーーッ！」

「ウォオオーーッ！」

三度のウォークライで、一斉に乾杯。笑い声と拍手が湧き起こった。

賑やかになったところで、富士祥夫が挨拶に立った。

「今日は、素晴らしいレースを見せてもらいました。逆風のために、あと一歩及びませんでしたが、選手諸君には、引き続き精進して欲しいと思います。どんな逆風・逆境の中でも最後まで闘い抜くのが真の男であります」

高校時代から『おれは男だ！』の精神で富士は生きてきた。

「一つ忘れていけないのが、東工大がこれだけ強くなったのは、島田さんと佐藤さんのおかげだということです。我々はお二人に恩返しするためにも、今後も東北大学に勝ち続けなければなりません」

ＯＢや部員たちがうなずく。

「それにしても、この食事の豪華さには驚きます！」

そういって、テーブルの上の焼肉、唐揚げ、サラダ、おにぎりなどを手で示す。

「男がメシ炊き当番をやっていた我々の頃からは想像もつきません。やはり男は強くないと、女性を惹きつけることはできないのだと再認識しました！」

その言葉に爆笑が湧き、座は一気に宴会ムードになった。

富士は、皆と一緒になって賑やかにはしゃぎながら、過去一ヶ月間、心の中に重く垂れ込めていたチェルノブイリ原発事故のことをしばし忘れた。

3

十月の終わり――

「じゃあ、行ってきまーす」

背広姿の富士祥夫は、東京都江東区豊洲五丁目にある団地型の社宅の玄関を出た。肩に下げた革のショルダーバッグからは、競馬新聞が覗いていた。

「行ってらっしゃーい。……ほら、パパに行ってらっしゃいって」

由梨が二歳二ヶ月の長男に手を振るように促す。その胸には、生後半年の次男が抱かれていた。

「よお、弓道青年。お早う」

社宅を出たところで、三歳年下の長野真に遇《あ》って声をかけた。

「あっ、お早うございます」

黒い革の書類鞄を提げた長野が挨拶を返す。紺色のスーツにはきちんとアイロンがかかっている。

「どう、Pの研究、進んでる？」

曇り空の通勤路を歩きながら、富士が訊いた。

関東大震災の瓦礫を埋め立てた豊洲の街は、殺風景な工場地帯から住宅地に変貌するところで、幅の広い道路、工場跡地、古い集合住宅、高層ビルの建築現場などが入り交じっている。

「あれ、なかなか大変ですよ。わざわざドイツのを入れる理由が見当たらないんですよね。コストも合わないし」

長野は、富士とほぼ同じ時期に、奥羽第二原発から本店の原子力設計課に異動し、ＰＷＲ（加圧水型原子炉）導入のための研究グループで働いていた。ＧＥのＢＷＲ（沸騰水型原子炉）が運転当初からトラブル続きなので、代わりを検討するためだった。

「Ｐを入れるんなら、素直に三菱（重工）のやつを入れればいいんだよな。関電に対抗するために、無理してドイツの入れることないんだよ」

関西電力の原発（美浜、大飯、高浜）はすべてＰＷＲで、その多くが三菱重工が造ったものだ。

一方、首都電力の原発はすべてＢＷＲ（沸騰水型）である。

「しかも、Ｐの研究やりながら、別のグループでＡＢの研究もやってるんだろ？」

ＡＢＷＲ（改良型沸騰水型原子炉）はＢＷＲの改良型で、原子炉再循環ポンプを圧力容器の中に入れてポンプ周りの配管をなくし、また、制御棒駆動源に水圧だけでなく、電気駆動を加える。これにより、建設が容易になり、耐震性や安全性が高まるとされている。

「Ｐの研究に相当金を使ってますけど、結局、天秤にかけて、ＡＢってことになりそうな気がしますねえ」

細面に銀縁眼鏡の長野が浮かない表情でいった。

「うちは『総括原価方式』だから、コストは最終的に需要家に持たせればいいっていう、親方日の丸根性が染みついてるんだよなあ」

日本の電力料金制度は、事業コストに利潤を上乗せした「総括原価」を、そのまま需要家から回収できる仕組みになっている。

「いくら社内でコストカットのかけ声かけても、いろんなところに穴が開いてて、水がじゃじゃ漏れだし」

富士はため息をつき、ポケットからタバコを取り出し、火を点けた。

「ところで、これ、参考にもらって来たよ」

富士が背広の内ポケットから、パンフレットを取り出した。

社宅のすぐそばにある「ドゥ・スポーツプラザ」の案内だった。アスレチックジムのほか、スイミング・プール、五十レーンのボウリング場、屋内テニス場などを備えた大型総合スポーツ施設だ。

「えっ⁉ あ、どうもすいません」

長野は根を詰めて仕事をし過ぎて、先日、疲れが取れないと富士にぼやき、全身を使うような運動をするようアドバイスされていた。

「聞いてみたらさ、早朝プール割引ゆうのがあって、朝五時から七時半くらいまで安く泳げるそうやで。いっぺん試してみたら？」

「はい。お忙しいところ、ご親切に有難うございます」

「なんの、なんの。麻雀で勝った分のお返しや」

その言葉に長野は苦笑いした。

富士は麻雀に滅法強く、長野は奥二時代からたっぷり搾り取られている。富士の打ち方は、仕事ぶりそのままの緻密さと大胆さを兼ね備えたものだった。

午後――

東京・港区元赤坂二丁目のほぼ全域を占める赤坂御用地内の回遊式庭園・赤坂御苑で、天皇陛下主催の秋の園遊会が開かれていた。

招かれたのは、政・官・財・文化関係などの各界功労者やその配偶者約千九百人で、首都電力の第七代社長の姿もあった。

「……漫画で国民を喜ばせてるんでしょ？」

鶴のような痩身に学者を思わせる眼鏡の天皇陛下（昭和天皇）が、整列した出席者の一人に話しかけた。

「近頃は活字離れが増えまして、その分漫画のほうが受けてきております」

口髭を生やした六十一歳の漫画家・加藤芳郎が畏《かしこ》まって答えた。

「そう、それはよかったね」

天皇陛下もにっこりする。後ろにモーニング姿の皇太子・明仁親王殿下や、大きなつばのある帽子にドレスの美智子皇太子妃殿下、浩宮徳仁親王殿下らがついて来ていた。

「あのオオカナダヅルは、元気なの？」

上野動物園の浅倉繁春園長の前に来た天皇陛下が訊いた。昭和五十年に訪米した際に、米国のフォード大統領から贈られたものであった。

「はい、ヒナが生まれて、増えております」

朴訥とした中に知性を感じさせる五十八歳の園長が答えると、天皇陛下は満足そうにうなずいた。

それから間もなく――

軽食が用意されたテントの近くの芝生の上で、首都電力の社長は、自民党の電源立地等推進本部事務局長を務める衆議院議員に遇った。

「やあやあやあ。今日は菊が一段《いッだん》ときれいですなあ」

オールバックの頭髪にリムの上部が黒い眼鏡の五十代半ばの議員は白い歯を見せ、東北弁丸出しでいった。自称「東北の坂本竜馬」で、日頃から「ワタスは東北の山奥で生まれ、阿賀野川の水力発電所の水音を聞き、凍《ス》み大根を食べて育つますた。日本のエネルギー源を石油にばっかり頼るのは、危険なことじゃありませんか」と、原子力発電を強力に後押ししている人物だ。

「これは先生、いつも大変お世話になっております」

モーニング姿の首都電力の第七代社長は、深々と頭を下げる。前任の社長同様、東大法学部卒・総務・秘書畑の出身で、政治家との付き合いは長い。

「どうですか、仕事《ス》のほうは？」

議員は無邪気そうな笑みを浮かべ、気さくに訊いた。しかし、両目にはベテラン政治家らしい、鷹のような光を宿している。

「いや、相変わらず厳しいです」

白髪交じりの頭髪にきちんと櫛を入れた社長は、丁寧に答えた。ニューギニア戦線で九死に一生を得た第六代社長ほど過酷な体験はしていないが、学徒動員で配属された千葉県の陸軍野戦砲兵部隊で終戦を迎え、過去の首都電力のトップたち同様、陽明学者・安岡正篤《まさひろ》の薫陶を受け、謙虚で誠実な人柄である。

「（電力）料金の値下げもあり、メーカーさんのコ・ジェネもありで、経営を一層引き締めていかなくてはならない状況でございます」

円の為替レートが、四年前の一ドル二百七十円台から、現在は、百六十円前後という超円高に転じ、電力会社に対し、為替差益還元圧力が強まっていた。電力を大量消費する自動車、鉄鋼、銅やアルミの精錬メーカーなどは、日本の電力料金は英仏韓の二倍であると批判し、①電力料金の安い休日操業、②コ・ジェネレーション（自家発電による排熱利用）の推進、③事業の海外移転などの対策を打ち出している。

「まあ、今はちょっど辛抱《しんぼう》の時期かもすんねなぁ」

議員は東北訛りで同情するようにいった。

「わたくしどもは、円が下がっても、上がってもご批判を受けますので、いつも対応に苦慮致します」

電力各社は去る六月に電力料金を値下げし、来年一月にも再度、値下げすることを検討中だ。

「うんうん、ながなが大変だね」

「今般、コストカットに関する社内の優秀事例を表彰する制度も設けまして、全社一丸となって取り組んでおるところでございます」

社長は、下町の工場主のような実直そうな面持ちでいった。

「ところで、こないだ頼まれだ柏崎《かすわざき》のほうの話なあ、地元の議員や通産（省）にもよぐいってあっから。まあ心配《すんぱい》しねっていいじゃろう」

首都電力は新潟県柏崎市にある柏崎越後原子力発電所を拡張する計画で、地元首長や住民の説得、漁業組合や商工会議所など反対派の懐柔、通産省との折衝などに議員の助力を得ている。

一方で議員は、自分の地元に対する電力料金を半額にしろと、首都電力に圧力をかけ、しよっちゅうパーティー券の購入も押しつけてくる。

「柏崎越後は角さんの大事な案件だからねえ。ワタスも常々気にかけてんですよ」

柏崎越後原発を自分の選挙区に誘致したのは元首相の田中角栄だ。「東北の坂本竜馬」は、田中派に属していたが、前年二月に竹下登らと創政会という新派閥を旗揚げし、その二十日後に田中は脳梗塞で倒れた。しかし、田中への忠義も持ち続け、病状や新潟の選挙区のことを気遣っていた。

「まあ、また何があったら、遠慮なくいってちょうだい。それじゃあ、またね」

議員は片手をひらひらさせ、目に鮮やかな緑の芝生の上に設けられたテントのほうへ去って行く。

「これは社長、いつも大変お世話になっております」

かたわらから太い声がかかった。

視線をやると、首都電力の建設工事をよく請け負っている大手ゼネコンの社長だった。

「相変わらず、議員さんとのお付き合いは大変ですなあ」

ビールで顔を赤らめた恰幅のよい社長は、モーニングより作業服が似合いそうな風貌である。

「まあ、業種がら、お世話になることが多いもんですから」

首都電力の社長はさらりといった。

「持ちつ持たれつというやつですな。……何か必要がありましたら、いつでも柔軟にお役に立つように致しますので、はっはっは」

建設会社の社長は「柔軟に」という語に力を入れた。

電力会社の政治家への大口の資金提供はゼネコンが代行し、建設費に上乗せして請求するのが常態化している。


同じ頃――

首都電力本店原子力計画課の会議室で、柏崎越後原子力発電所の三、四号機の設計を担当している富士祥夫は、東芝の担当者たちと向き合っていた。

大きな会議用のテーブルの向こう側に、東芝とその下請けの担当者十人ほどがすわっていた。日立製作所はたいてい二人か三人だが、東芝はいつも大人数でやって来る。

「……スプレイリングを一つにするんですか？」

大きな身体をワイシャツで包んだ三十一歳の富士は、資料に視線を落とし、怪訝そうな顔つきになった。

スプレイリングは、原子炉格納容器内の天井近くにある、無数の穴が開いたドーナツ状の配管で、水をシャワーのように放出して容器内を冷やす。

「そうです。従来、二つだったスプレイリングを一つにすれば、コスト削減になります」

銀縁眼鏡の東芝の技術者がいった。大学で原子力を専攻した中年の男だった。

「しかし、これ、一つにして大丈夫なんですかねえ？」

スプレイリングは格納容器内の左右から一つずつ突き出ており、それぞれ別のポンプに繋がっている。

「ポンプは『動的機器』で故障する可能性がありますが、スプレイリングは『静的機器』で、故障することはまず考えられません。ですから、二つあるものを一つにしても、リスクはほとんど変わらないとわたしどもは考えます」

「うーん……しかし、万が一、スプレイリングが破損したりしたら、水が来なくなりますよね？　折れるとか曲がるとかしたら」

スプレイリングは、「安全系」と呼ばれる事故時対応設備である。

「いや、これはそう簡単に破損しない材料を使ってますから。そういうことが起きるとしたら、それはもう格納容器が爆発するとかそんな場合です。そうなったら、一つあろうが二つあろうが同じですよ」

「うーん……」

この東芝の技術者は無意味に饒舌で、今ひとつ信用できない。

「富士さん、はっきりいって、もうこれ以上、知恵はありません」

背広姿の東芝の営業担当の男が悩ましげな表情でいった。

「とにかく二億円削れという御社のご要請に応えるべく、弊社は、知恵を絞りに絞ってきたんです。しかし、もうこれが限界です。これ以上やると安全性が確保できなくなります」

全社を挙げてのコスト削減運動の中、会社の上層部から「柏崎越後原発三、四号機の建設費を何としてでもあと二億円削れ」という至上命令が下されていた。

（これ以上やると、安全性が確保できないって？　というより、もうすでにヤバいところまで踏み込んじゃってるんじゃないの？）

建設コストを削るためにやっているのは、ＥＣＣＳ（緊急炉心冷却装置）関連の安全系に手をつけることだった。こうした安全系は必ず二つがセットになっている。そのうちポンプ、モーター、ファンなどは「動的機器」、配管などは「静的機器」で、首都電力は後者のほうを減らすことでコスト削減を強引に実現していた。

数日後——
原子力計画課設計グループの席で、富士祥夫はスポーツ新聞の競馬欄を広げ、熱弁をふるっていた。

「……結構、レジェンドテイオーを推す意見が多いんだけどさ、俺はちょっと引っかかるんだよなあ」

ネクタイをゆるめて椅子にすわり、赤鉛筆を耳に挟んでタバコをくゆらせながら話す姿は、競馬の予想屋そのものである。

「確かに最近の充実度とか、重賞勝ちの実績とか、騎手の柴田政人との相性なんかからいうと、本命視されるのは分かるよ。だけど菊花賞は三〇〇〇メートルなわけだよな」

話題は、今度の日曜日に京都競馬場で開催される菊花賞である。

競馬好きの社員数人が周りに集まって、熱心に話を聞いていた。

「レジェンドは、馬体が五〇〇キロもある巨漢馬で、逃げ戦法を得意にしてるだろ？　三〇〇〇メートルっていう長い距離を逃げ切れるか、しかもセントライト記念で勝って、そこでいったんピークが来ちゃってるんじゃないかって懸念もあるわけよ」

昼休みの時間はとうに過ぎていたが、上司たちは「あの富士じゃ、しょうがない」と苦笑いして見ている。仕事も遊びもしっかりやり、関西弁と体育会言葉を使い分けながら、上司にもずけずけ物をいい、下の面倒もよく見る富士は、面白くて優秀な社員とみなされていた。

「タケノコマヨシなんか、どうですか？」

若手社員が訊いた。

「『タケノコ』は、最近、いいよねえ。母系に長距離系のシーホークの血が入ってるから、距離の克服も可能だと思うよ。神戸新聞杯と京都新聞杯で連勝して、ノリノリだし」

そういって、富士は耳から赤鉛筆を取る。

「だけども俺としては、増沢末夫の乗るダイナガリバーと村本善之のメジロデュレンを軸にして……」

スポーツ新聞の競馬欄にマル印を付け始めたとき、少し離れた場所から声がかかった。

「おーい、富士君」

窓を背にした副部長が呼んでいた。

「はいっ、はいはいはい」

富士は競馬新聞を畳み、御用聞きよろしく副部長の前に駆け付ける。

「実は、ちょっと申し訳ないんだけどなあ、柏崎越後の三、四号機の建設費、あと一億円削って欲しいんだ」

「えっ、あと一億？　ほんまですか⁉」

四十代後半の副部長は、渋い表情でうなずく。

「対外的にも三、四号機は安くできるって吹いちゃってて、社長や本部長も、あとに引けない状況なんだよな」

「しかし、三、四号機の建設費は、もう絞りに絞ってますからねえ……」

コストダウン実現のためには、もはや資材の量を減らすしかなく、すでに禁断の安全系にも手をつけている。

「とにかく社として、コストが安くて安全という原子力神話を守らんといかんのだ。……東芝や日立と喧嘩になってもいいから、とにかくあと一億円削ってくれ！」


翌月――

富士祥夫は再び会議室で、東芝とその下請けの担当者たち十人と向き合っていた。

「……え、水素燃焼装置を二つにする？　そんなこと、本当にできるんですか？」

富士は、東芝から渡された提案書を凝視した。

原発には格納容器の中に溜まった水素を燃焼させる装置が付いている。柏崎越後の三、四号機には、それぞれ二個ずつ、合計四個設置する予定である。一個数千万円するので、四個を二個に減らすと、一億円程度のコスト削減になる。

「ですから、二個の燃焼装置を三号機と四号機の共用にしてですね、必要に応じて三号機に持って行ったり、四号機に持って行ったりするわけですよ」

銀縁眼鏡の東芝の中年技術者がいった。

「しかし、こんなでかい物、どうやって運ぶわけ？」

燃焼装置は高さ数メートルの鋼鉄製・箱型の設備で、相当な重量がある。

「それはもう、大型トラックで運ぶしかないですよ。原子炉の建屋の中にレールを敷いて、チェーンで吊り上げて、所定の位置に下ろして、ボルト締めて、水素を何時間か出して、溜めて、燃焼させて、という感じですね。それで、隣の原子炉のほうで必要になったら、外して、チェーンで吊り上げて、トラックで運んで行くと」

「はあー……。しかし、そりゃ、大作業じゃないですか？」

「まあ、作業は大変でしょうね。……しかし、あと削るといったら、もうこれぐらいしか残ってないじゃないですか。富士さんだって、よくご存じでしょ？」

「はあ……まあ、それは」

富士は、気まずい表情でうなずくしかなかった。

4

翌年（昭和六十二年）二月――

富士祥夫は、東京都港区虎ノ門にあるビルの一室で、資源エネルギー庁原子力発電安全審査課（のちの原子力安全・保安院）の審査官に、柏崎越後原発の三、四号機の設計について説明していた。

原子力発電所を建設するためには、資源エネルギー庁の一次審査と、原子力安全委員会の二次審査をパスする必要があり、それぞれ約一年間を要する。

資源エネルギー庁の建物には会議室がほとんどないので、電力各社は虎ノ門近辺に会議室を借りて、打ち合わせ用の部屋にしている。

「……ふーん、大雨は影響ないって？　そうなのかねえ」

首都電力が用意した資料に視線を落としながら、資源エネルギー庁の審査官が首をかしげた。若い女性が好きな、三十代のノンキャリアの男である。前職は繊維業界の担当で、首都電力の安全審査グループが原子力発電のイロハから教え、ようやく何とか理解できるようになったところだ。

「はい、大雨の場合は、燃焼装置の上から丈夫なビニールシートをしっかりかけまして、原子炉の建屋の間を大型トラックで運びますから、問題はまったく生じません」

本来、エネ庁への説明は原子力計画課の安全審査グループの担当だが、この日は技術的な話が多いため、設計グループの富士が同席した。

本来四個の水素燃焼装置を二個に減らしても問題がないことを納得してもらうため、審査官が指摘してきた様々なケースの対処方法を実証的に検討し、説明資料を持参した。

「じゃあ、大雪の日はどうするの？　あのへんは、豪雪地帯でしょ？」

手にしたタバコをふかし、審査官が訊く。

「いえ、新潟の豪雪地帯は越後湯沢近辺で、柏崎は、雪は積もっても精々五〇～六〇センチなんです。所内には除雪車もありますから、大型トラックの運行には、まったく問題がありません」

富士の傍らの安全審査グループの男が、用意してきた気象データを見せる。柏崎、新潟、湯沢、上越、長岡など、県内各市町の過去の積雪データだった。

「ふーん、柏崎は積雪は少ないのか。意外だなあ……」

「海に近いせいか、風は滅法強いんですが、雪はあまり降らないようですね」

富士も手にしたタバコをふかす。ネクタイをゆるめたワイシャツの襟は汗と埃で黒ずんでいた。

時刻は夜の十時過ぎだった。テーブルの上の灰皿はタバコの吸殻が一杯で、室内には煙がうっすらと立ち込めている。

「それで、大型免許を持っているドライバーの数は、これだけいるわけか……」

審査官は、資料のページをつまんでめくる。

「トラックによる運搬は、協力企業（下請け）が行いますが、大型免許を持っているドライバーはここにリストアップしてあるとおりです」

「なるほど。……それで、真夜中に急に運搬が必要になったときにも、ちゃんと対応できるわけね？」

「はい。日中と夜の作業員やドライバーのシフトをこのように組んでおりまして……」

富士は、資料の上に屈み込むようにして、片手でページをめくる。

「それで、先般、ご質問がありました、運搬時間のシミュレーションですが、このようになっております」

前回、審査官が、天候や日中・夜間の別やトラックが故障した場合などに応じた、運搬時間のシミュレーションを作れといったので、それを作ってきた。

「うーん……まあ、一応、どういう場合でも問題なく対応できるようになっているわけか。まあ、これなら安全委員会の先生方にも説明できるかねえ」

審査官の関心事は、原発の安全性確保そのものより、自分たちが原子力安全委員会の委員になっている学者や実務家に疎漏《そろう》なく説明できるかどうかだ。

「それから富士さんねえ、この申請書だけど……」

審査官は、何百ページもある申請書の付箋を付けたページをめくる。

「この『以下のように』っていう言葉は、ここでは不適当なんだよな」

口をへの字に曲げ、〈原子炉は以下のように健全である〉と書いてある箇所を指差す。

「あ、ああ、そうでしたか。それは失礼しました。……しかし、ここはこれで、意味がとおっているような気もしますけど」

富士が左手にタバコを挟んだまま、該当箇所を覗き込む。

「あのねえ、『以下のように』の『ように』っていう言葉はねえ、それらしくとか、それと同様に、っていう意味でしょ？」

「はあ、おっしゃるとおりで」

「ということは、ほかにも可能性とか選択肢が複数存在してるってことになるでしょ？」

「は、はあ……」

(どういう意味や？)

「だから、この文脈では『以下のように』だと駄目なんですよ」

「なるほど。……とすると、どういう表現が最も適切でしょうか？」

「ここはねえ、『以下のとおり』と書くべきなんですよ。『以下のとおり』と」

「ああ、なるほど。これは失礼しました」

（どっちでも同じじゃねえか！）

富士は笑って後頭部を掻きながら、腹立たしさをこらえる。

資源エネルギー庁の審査官は、原子力のことではなく、どうでもいい文章の表現にばかりケチを付けてくる。先日も、「配管等」と書いたら、「等」というのは何だ、「等」のリストを作れといわれ、首都電力側は吐き気をこらえてわざわざリストを作った。

「それからねえ、この『下記のとおり』というのは、いけないですよ」

審査官は別のページをめくっていう。

「は、そうでしたか……」

相槌を打ちながら、富士は内心首をひねる。

（さっきは「とおり」にしろといって、今度は「とおり」じゃ駄目なのか？　いったいどういう理屈なんだ？）

「あのねえ、『下記のとおり』と書いたら、必ずその次に『記』とあって、その下に説明が書いてないと駄目なの。だけど、ここは『記』がないでしょう？」

「あっ、はい。失礼しました」

富士は頭が破裂しそうになる。

「あーあ、疲れるよなあ、まったく。……今日は、そろそろ終わりにするかねえ」

審査官が腕時計を見ながらいった。

「お疲れ様でした。ビールでもいきますか？」

疲れるのはこっちだよ、と内心毒づきながら愛想よくいう。

「そうねえ。ちょっともらおうかねえ」

審査官の言葉に安全審査グループの男がうなずき、部屋の隅の冷蔵庫から缶ビールを取り出し、グラスに注ぐ。そばの屑籠には、昼に食べた弁当の殻が捨てられていた。

「どうぞ」

安全審査グループの男は、冷えたビールのグラスを審査官の前に置き、乾き物の袋を開けて皿の上にざらざら落とす。

「ところで、今度のソフトボールなんだけどさあ、山内さんと渋谷さんも呼べないかなあ？」

乾き物をつまみながら審査官がいった。

週末に、審査官たちを接待するために、ソフトボールをやることになっていた。当然、そのあとの宴会もセットである。

「は、山内と渋谷ですか？」

二人とも原子力計画課の若い女性社員で、よく資源エネルギー庁に書類を届けに行く。エネ庁の役人が、書類は山内さんか渋谷さんに届けさせてよといってくるからだ。

「うん。男ばっかりじゃ、つまらないでしょ？」

「あ、ああ、そうですね、確かに。女性がいたほうが華がありますよね。……じゃあ、頼んでみましょう」

富士はやれやれという気分。

ソフトボールは日曜日なので、自己犠牲の精神で付き合ってくれと、二人を拝み倒すしかない。


週末――

資源エネルギー庁の審査官たちと首都電力原子力計画課の接待ソフトボールが開催された。

場所は、横浜市鶴見区にある首都電力の火力発電所の野球グラウンドである。三塁側のフェンスの彼方には二本の高い排気塔が聳え、一塁側の向こうは高架になった首都高速神奈川5号大黒線が延びている。

日差しは明るく、春めいていた。近くの東京湾からは潮の匂いがする穏やかな風が吹いてくる。

試合のあとは、発電所のシャワーを使わせてもらい、マイクロバスで横浜の中華街に食事に繰り出す手はずになっている。

「それじゃあ、プレイボール！」

東工大端艇部時代の鉄紺色のジャージーを着て、キャッチャーの後ろに立った富士がいった。

先攻はエネ庁で、先頭打者は眼鏡をかけた小太りの男。

首都電力の若手独身社員のピッチャーが、ボールを摑んだ手を大きく回転させ、白球を放つ。

(は、速《はえ》えっ！)

バッターは思いきりスイングしたが、野球のような剛速球は、かすりもせず、キャッチャーのミットに収まった。

「ストライーク！」

マスクをかぶった富士が大きな声で告げる。

(ちょっと、こりゃ、ヤバいんちゃうか……)

首都電側が勝ったのでは、接待にならない。

しかし、ピッチャーは、二球目、三球目も剛速球を繰り出し、先頭打者はあえなく三振。

(あいつ、野球部か何かだったっけ？　ちょっとは手加減してくれんかな、もう！)

富士の思いとは裏腹に、その後の投球もまったく容赦がなく、二番バッターは内野ゴロ、三番バッターは三振で、一回の表が終った。

今度は、首都電力側の攻撃だ。

先頭打者は首都電学園卒の若手で、バッターボックスに入って、一、二度軽くバットを振る。小柄な身体は引き締まっていて敏捷そうだ。

「頑張ってー！」

「ファイトーっ！」

富士に懇願され、休日返上でやって来た山内と渋谷が声援を送る。それぞれ父親が大手の損保と銀行に勤務する良家の子女である。

ジャージー姿のエネ庁のピッチャーが第一球を放った。

パシーン、という快音とともに、打球は外野高く上がる。

腹が出たエネ庁のセンターがグラブを上げ、打球を追う。

「オーライ……オーライ」

球の落下点を推し量りながら、右に行ったり左に行ったりする。日頃の運動不足のせいか、足元が何となく覚束ない。

全員の視線が、空中の白球とセンターの動きを追う。

「オーライ……あああーっ」

球は、前進し過ぎたセンターの頭上を越え、外野の芝生の上を転々とする。

「やったーっ！」

「キャーッ！」

バランスを崩したセンターは脚をもつれさせ、どてんと無様に転んだ。

「行け、行け、行けーっ！」

首都電力側から声援が飛び、打者は一塁を蹴って二塁へ向かう。

センターがようやく起き上がり、あたふたとボールを追いかけるが、球は外野フェンス近くまで転がっていた。

「回れ、回れーっ！」

三塁ベースの背後で、首都電力の若手がぐるぐると腕を回す。

(あかん……ランニング・ホームランや)

首都電力側から大歓声が上がる中、ランナーは一気に生還し、先制点を挙げた。

頭上の青空で、とんびがのんびりと輪を描いていた。

続く二番バッターもヒットで出塁したあと、首都電力の三番がバッターボックスに入った。

大学まで野球をやっていた本チャンである。

バシーンという大きな音とともに白球が弾丸のような勢いでライト方向に飛び、外野フェンスの向こうに消えた。

「わあーっ！」

ツーラン・ホームランに、首都電力側から大きな歓声が上がった。

「あのですね、これは接待ですから、勝つとまずいんです」

首都電力が一挙六点を挙げ、一回裏の攻撃が終わったとき、富士が選手たちを集めていった。

「次の攻撃から、右利きの人は左で、左利きの人は右で打って下さい」

選手たちは、富士の言葉にうなずいた。

二回表のエネ庁の攻撃が再び三者凡退で終わったあと、首都電力の若手がバッターボックスに入った。右利きの選手だが、富士にいわれたとおり、右（すなわち左打ち）のバッターボックスに立った。

（これで、何とか大丈夫やろ）

アンパイヤのマスクの向こうのマウンドで、エネ庁のピッチャーが右腕を大きく回転させ、投球動作に入る。

次の瞬間、再び快音がして、白球が鮮やかにレフト方向に片手で流し打ちにされた。

「わあーっ！」

「いいぞーっ！」

（な、なんでや……⁉）

呆然と眺める富士の視界の中で、打者は一塁ベースを蹴って、二塁へと向う。

続くバッターも、利き腕とは反対で打って、器用にライト前に運んだ。

それ以降の打者たちも、利き腕を使わずにミートし、次々と出塁した。首都電学園卒や高卒の社員はスポーツ経験者が多く、年も若く、元気溌剌である。目は爛々と輝き、日頃、仕事で溜まりに溜まった鬱憤を一気に晴らそうとしているかのようだった。

長い二回の裏が終わったとき、三十代、四十代が多いエネ庁チームはへとへとで、三回表の攻撃に立つ気力もなさそうだった。

富士は、どういう理屈で試合を中止し、横浜中華街での食事に持っていこうか、頭を悩ませ始めた。


二ヶ月後（四月）――

東京は、桜の季節を迎えていた。

富士祥夫は、首都電力の二人の先輩と一緒に、日本橋の和食店の座敷で夕食の席についていていた。

白木造りの小ぢんまりとした個室で、座卓は掘り炬燵式である。

「このたびは、おめでとうございます！」

ワイシャツにネクタイ姿で下座にすわった宮田匠と富士が生ビールの中ジョッキを掲げた。

「いや、どうも有難う」

上座の赤羽修三《あかばねしゅうぞう》が、はにかんだような表情で自分のジョッキを掲げる。東京工業大学電気工学科卒で、首都電力の原子力発電部長を務める五十一歳の男である。

「赤羽さんはいつか受賞されると思ってましたけど、遅すぎるぐらいですよね」

赤羽は今般、「低線量率BWR（沸騰水型原子炉）の設計と建設およびその実績」という研究テーマで日本原子力学会賞を受賞した。

「いや、僕なんかたいしたことないよ。ほかの人たちが頑張ってくれたから」

半白の頭髪で縁なし眼鏡をかけた、物静かな学者ふうの赤羽が謙遜する。

研究は、日立製作所と東芝の技術者四人との共同で、冷却系の配管や弁を改良し、冷却水の中に漏れるコバルト60などの放射性腐食生成物を低減させるものだった。これらが配管内に沈滞すると、冷却系の機能が低下し、燃料が設計以上の高温になり、被覆管が損傷を受ける。

「ところで富士君、柏崎越後の三、四号機のほうは、どうなの？」

ひとしきり受賞の話をしたあと、小鉢の京筍《たけのこ》の土佐和えを口に運んで、赤羽が訊いた。

「はい、今、エネ庁の審査を受けてるところですけど……とにかく、社の上のほうからコストを減らせ、コストを減らせってガンガンいわれて、もう、ほんと、ひどい目に遭ってます」

八寸の穴子寿司を口に運び、富士が顔をしかめる。

「まあ、原子力部門は金食い虫だと、社内の風当たりが強いからなあ」

「しかし、土壇場になって、二億削れとか、あと一億削れとかいってくるんですよ。信じられますか？　そのたびに無理を承知の設計変更ですからねえ」

「こないだちょっと聞いたけど、水素燃焼装置を二個にして、三号機と四号機の共用にするんだって？」

「そうなんですよ」

「へえー」

赤羽と宮田が目を丸くする。

「エネ庁は認めてくれたの？」

「何とか認めてくれました。ただ、使用前検査と定期検査のとき、一定時間内に装置を移動する訓練をせよって条件付きになりました」

「うーん……そんなややこしいオペレーション（作業）、そもそも現場が受けるのかね？」

赤羽が首をかしげた。

「そうなんです。こないだ柏崎に行って説明したら、『もう冗談じゃない。そんな訓練なんかいちいちやってられるか！』って、けんもほろろでした」

「だろうなあ……。結局、現場に拒否されて、お蔵入りになるんじゃないの？」

「僕もそう思います」

富士が浮かない表情で、運ばれて来た冷酒を一口すする。

「しかも最後の最後になって『あと五百万円削れ』ときましたからね。さすがの東芝・日立も『もう逆さに振っても、鼻血も出ません！』とぶんむくれですよ」

「それでどうしたの？」

「スタック（排気筒）の活性炭の量を減らすことにしました」

富士が疲れた表情でいった。

排気筒は中に活性炭が入っており、原子炉で発生した蒸気を冷やして水に戻す復水器内の空気を浄化し、大気中に放出する。

「でも、活性炭の量って、燃料の破損率で決めてるんじゃなかったっけ？」

蟹真薯《しんじょ》の煮物の椀に箸をつけ、宮田が訊いた。

一原子炉当り一定期間に何トンの燃料が破損し、それによって放射性物質が何ベクレル出るという想定にもとづき、必要な活性炭の量が決められている。

「そうです。それで、過去の運転実績を全部ひっくり返して、技能の向上で燃料の破損率がこれだけ下がりましたから、放射性物質の量もこれだけ減りましたって計算をして、活性炭の量も減らすことにしたんです」

「はあー……しかし、それだけやっても、何十万円か、せいぜい百万円とか、そんなレベルの話じゃないの?」

「ええ、そんなもんですよ。……ほんと、こんな見苦しいコスト削減までやらなけりゃならないなんて、自己嫌悪に陥りますよ」

情けなさそうな顔をする富士のグラスに、宮田が冷酒を注ぐ。

「しかし、エネ庁の審査も相変わらずだねえ」

赤羽がいった。

「あれは昔からほんとにひどいですね。素人が、書類の辻褄合わせをしているだけですから」

宮田が相槌を打つ。

「彼らが一番いってくるのは、『書類は○○ちゃんに持って来させて』ですよ」

冷酒をすすり、富士はうんざりした表情。

「わたしはこないだアメリカのNRCの訓練センターを見に行きましたけど、向こうの検査官は制御盤のシミュレーターで七週間の訓練を受けて、それから実際に現場で一年間働いて、その上で試験に合格して初めて検査官になれるんだそうです」

宮田がいった。「要は、原発を運転できるプロが監督してるわけですよ」

NRC（Nuclear Regulatory Commission＝米原子力規制委員会）は、米国の原子力発電に関する監督機関で、約四千人のスタッフを擁している。

「すべての原発にNRCの検査官が二人から四人常駐して、運転日誌や作業記録を自由に閲覧して、会議も自由に傍聴して、原発内のどこでも自由に出入りして、いつでも検査をできる権限を持っています。実質をしっかり監督していますよ」

「日本は検査も審査も、ただペーパーができてれば、それでオーケーだからねえ」

赤羽はやれやれという表情。

「原子力安全委員会の審査も、学者の先生たちが、書類持ち回りで判子をついてるだけですしねえ。日本の原発は、審査も検査もない状態といっても過言じゃないですよね。まったく、これのどこが『世界一厳しい規制基準』なのか……」

日本の原発規制基準は世界一厳しいというのが政府の常套句である。

「だからこそ、我々電力会社がしっかりしなけりゃいけないんだろうけど……。このところ、原子力の低価格・安全神話を守ろうとするあまり、ますます無茶がまかりとおっているなあ」

赤羽は憂い顔になり、宮田と富士も忸怩《じくじ》たる表情でうなずいた。

十二月中旬――

早朝の上野駅周辺では、師走らしい寒風が吹いていた。昭和七年に竣工し、東京大空襲の戦火も潜り抜けた古い駅舎には、東北地方と東京の下町が合流する猥雑感と独特の哀愁が漂っている。

書類の入ったショルダーバッグを肩に掛けたコート姿の富士祥夫が、原子力計画課設計グループの同僚二人と上越新幹線のホームで待っていると、安全審査グループの副長ら三人が姿を現わした。

「お早うございます」

「お早うさん。……今日は長い一日になるねえ」

三十代半ばの副長は、まだ完全に目が覚めていない顔つきである。

六人は柏崎越後原発三、四号機の公開ヒアリングに出席するため、新潟県柏崎市に向うところだった。

エネ庁の審査が終わると、原子力安全委員会の審査が始まり、その過程で、地元住民の意見を聴取する公開ヒアリングが行われる。

「このスライド、作るのに全部で一億円くらいかかったよ」

走り始めた新潟行きの新幹線の中で、四角いプラスチック製のケースに百枚以上収められたスライドを見せて、副長がいった。三、四号機の施設内容について、説明するためのカラースライドだった。

公開ヒアリングは、原子力安全委員会が主催し、通産省の担当官が説明するが、お膳立てするのは電力会社である。会場の確保、設営、警備、映像・音響設備の設置、備品の準備など、丸抱えで面倒を見る。

「一億円⁉　スライドにそんなにかかったんですか⁉」

富士が、すすっていた紙カップのコーヒーを噴き出しそうになる。

「専門の業者に頼んで、最上級のクオリティで作ったからねえ」

「しかし、そんなの原子力安全委員会が払ってくれるんですか？」

「払ってくれるわけないじゃない」

副長は苦笑した。

「払ってくれるのは、会場の設営費とか警備費とか交通費とか、せいぜい何百万円だよ」

「それでよく会計検査院の検査がとおるもんですね。億単位の金がかかってるわけでしょ？」

「そうねえ。どうなってんだろね？」

副長は首をかしげた。

「こっちのほうも、作るの大変でしたよね」

富士が分厚い想定問答集を手にとって見せる。

「だよなあ。毎日、合同庁舎（四号館）の安全委員会に行って、『質問の葉書、来てますか？』って訊いて、来てたら見せてもらって、それに対する答えを作って」

公開ヒアリングの出席希望は往復葉書で送られて来るが、一緒に質問を書いてくるのはすべて反原発派だ。それに対抗するため、柏崎越後原発で渉外を担当している社員が、反対派の十倍の数を目途に賛成派の出席工作をやった。それには首都電力社員の家族も含まれていた。もちろんこれは原子力安全委員会も望んだことだ。

「しかし、農家とか漁師とか勤め人とか、若い人とか主婦とか老人とか、質問者のタイプごとに質問を考えるのは大変でしたよ」

賛成派の質問者が見つかるたびに連絡が入り、富士ら設計グループは、主に技術的観点から、こういうタイプの人にはこういう質問をさせて、こう答えるという質疑応答を作った。

「ふあー、それにしても眠い……」

早起きの反動で、首都電力の一行は間もなく眠りに落ちた。

目が覚めたとき、列車は、越後湯沢駅を通過したところだった。雪のない東京や途中の埼玉県、群馬県とは一変し、窓の外は、白と灰色の風景になっていた。

田や畑は一面真っ白で、雪煙が霧のように地表を覆っていた。荒涼とした景色の中に、雪が降り積もった三角屋根の民家が寒々と佇み、背後に、黒々とした林や越後山脈の険しい山々が連なっている。

「トンネルを抜けると雪国であった、って……別に文豪じゃなくても書けるじゃない」

安全審査グループの副長が笑った。

列車は、分厚い雲が垂れ込め、長い冬を象徴するような重苦しく、陰鬱な景色の中を走り続け、間もなく長岡駅に到着した。

雪が積もったホームに降り立つと、震えがくるほどの寒さが足元から這い上ってきた。

首都電力の六人は、直江津方面に行く列車に乗り換えるため、がたがた震えながら階段を上り、高架になったコンコースに出た。売店で、笹団子や新潟産の清酒が売られていた。

席した。

　その日、原子力安全委員会主催の公開ヒアリングは柏崎市の体育館で開かれ、数百人が出席した。

　あくまで原子力安全委員会と通産省による会なので、首都電力の一行は、別の場所の「隠れ家」に待機し、シナリオと違う質問が出たときに、会場から電話を受け、「それは想定問答集の何ページの何番です」と回答して運営をサポートした。

　一方、地元で面が割れていない富士祥夫と安全審査グループの社員は、不測の事態に対処するため、設営を担当した地元の建設会社の制服を着て、会場内を歩き回りながらヒアリングの行方を見守った。

第七章　定期検査

1

昭和六十三年夏の終わり――

富士祥夫はマスクに防護服姿で、定期検査中の奥羽第一原発五号機の原子炉建屋の中にいた。

去る七月に三年間の本店勤務を終え、同原発の五、六号機を担当する第二保全部原子炉グループに異動になっていた。

「……こりゃ、ちょっと、いかんのじゃないの？」

無数の銀色の蛇のように絡み合い、原子炉格納容器に繋がっている配管の一つの表面を軍手の指で撫でて、富士がいった。細いパイプの溶接個所に吹きかけられた白スプレーを拭うと、ぎりぎり目視できるピンホール（微細な穴）があった。

「どうしても赤色が出るんで、浸透液を塗らないで、スプレーかけたようですね」

部下の若い男がいった。

溶接技術が拙劣だと、溶接個所にピンホールができたり、ゴミを噛んだ傷ができたりする。こうした不具合を見つけるには、放射線や超音波による検査のほか、カラーチェック（浸透探傷試験）がある。赤い浸透液を塗り、それを拭き取ったあとに白いスプレーを吹き付けると、肉眼では見えない傷から赤い浸透液が滲み出る検査方法である。

「まったく困るよなあ、こういうの」

富士が少し鼻にかかった声で悩ましげにいった。

「たぶん溶接したときからあったんじゃないですか。よくこれで今まで事故が起きなかったもんですね」

「蒸気系統だったら、すごい圧力がかかって大事故起こしてたぞ、これ」

「農家か漁師のおじさんがアルバイトでやったんですかねえ？」

「途中で相当ピンハネしてるらしいからなあ。日給六千円とか七千円じゃ、そりゃあ、ろくな人材が集まらんやろ」

首都電力から支払われる工事費は一人一日五万円程度だが、下請け、孫請け、ひ孫請けなど、五重六重の下請け構造の中でピンハネされ、作業員の手取りは六、七千円になる。『原発ジプシー』の著者でルポライターの堀江邦夫も、原発の現場で働いている労働者たちは、何の技術も知識も持たない素人で、大事故が起きないのが不思議だと書いている。

「とにかく、これ、早いところ修理せんと」

富士の言葉に部下はうなずき、手にしたバインダーのチェックシートにボールペンを走らせる。

「そんじゃあ、今日のところは、このくらいにしとくか」

二人は点検作業を切り上げて、放射線管理区域の退域エリアに向う。

退域エリアで、下請け企業の作業員たちに交じってしばらく順番待ちをしたあと、読み取り装置で被曝量の測定を受け、温水シャワーを浴びて、作業服に着替えた。

原子炉建屋を出ると、背後に真四角の五号機と六号機の原子炉建屋が見えた。壁面は山を象徴するグリーンで、砕け散る波が白い斑点で描かれている。南の方角の少し低い位置には一〜四号機の原子炉建屋が並んでおり、そちらの壁は海を象徴するブルーで、やはり白い斑点が描かれている。

「……副長、あそこ、ひび割れができてませんかね？」

事務本館の近くまで来たとき、富士の部下が一号機の原子炉建屋のほうを見ていった。四つ並んだ白い大きな立方体の建屋のうち、一番手前の建物だ。

「えっ、どこや？」

「あそこです。あの上のほうの」

作業服の上にジャンパーを着た腕で、建屋の上のほうを指差す。

「うーん……あっ、ほんまやなあ！　ありゃあ、ひびやで」

富士が舌打ちした。白い壁に長さ数十センチの細い亀裂が走っているのが見てとれた。

「こないだ修理したそうですけど、また直さなきゃなりませんね」

「まったく、手抜き工事の横行やな、一号機は！　絶対、海砂《うみすな》使ってるで、これやったゼネコン」

工事費を安く上げるため、コンクリートを造る材料に山砂や川砂ではなく、安い海砂を使うことがある。その際、真水できちんと洗浄しないと塩分が残り、ひび割れや鉄筋の腐食を発生させる。

「これだからうちは『猿電車の猿』っていわれるんだよなあ」

首都電力の社員は、原発や土木に関して本当のところは分かっておらず、ふんぞり返ってメーカーに工事や機器を発注しているだけなので、猿電車の猿と同じだと陰でいわれていた。

数日後――

富士祥夫は、五号機と六号機のタービン建屋の間に建つコントロール建屋内の中央操作室で、当直長とタバコを吸いながら話をしていた。

「……富士君さあ、やっぱり七十日っていうのは、かなり無理があると思うぜ」

くの字形の大きなデスクにすわった作業服姿の五十歳過ぎの当直長が、タバコをふかしていった。

中央操作室は周囲を鉛で固められているが、空調設備はよく、タバコを吸っても問題はない。

「うーん、やっぱりそうですかねえ」

当直長のデスクの前の椅子にすわった富士も、悩ましげな表情でタバコをふかす。

二人の間には、定期検査の日程表が広げられていた。

各原子炉ごとに十三ヶ月に一度行われる国の定期検査は、第二保全部が中心になり、第二発電部、品質・安全部、第二運転管理部などが定検《ていけん》（定期検査）プロジェクトチームを作り、下請け企業を含めた数千人態勢で実施する。

手順は、最初に発電機解列（送電系統との接続切断）を行い、続いて、原子炉の運転停止、放射能減衰待ちをする。その後、圧力容器の蓋を開けて核燃料を燃料プールに移し、原子炉内部の放射能を化学除染する。検査が始まるのはここからで、資源エネルギー庁の検査官立会いの下で、原子炉格納容器漏えい率検査、原子炉停止余裕検査など約二十項目の「A検査」が行われるほか、制御棒駆動水圧系機能検査、主蒸気安全弁機能検査、総合負荷性能検査、燃料集合体シッピング検査など約七十項目の「B〜D検査」が行われる。

さらに定期検査の対象とされていない小さなバルブやポンプなど何千〜何万もの機器・部品・配管類について、事業者（電力会社）の自主点検が行われる。

「本店がさあ、検査期間を短縮しろ、短縮しろって、うるさくいってくるから、七十日間でやるっていうスケジュール作ったけどさあ、五号機も運転開始からもう十年以上経ってて、結構、不具合が多いんだよな」

当直長が検査日程表を眺めながら、タバコをふかす。

首都電力では、コスト削減・収益増のために、定期検査に要する日数を減らし、原発の稼働率を上げることが至上命令になっている。

先日も、原子力本部長（常務取締役）が奥羽第一・第二、柏崎越後の幹部約六十人を本店に招集し、定期検査に要する日数を従来の九十日から大幅に短縮するべく知恵を絞らせた。会議では、燃料交換機の高速化、時差出勤による二十四時間連続作業、海水系機器の予備品入換方式、構外点検の採用、蒸気発生器細管の探傷時間の短縮、官庁検査・立会いの待ち時間や作業員の待ち時間の短縮といった案が出され、実施に移された。

「『クラシックカー』の一号機ほどじゃないけど、SCC（応力腐食割れ）も結構あるし、七十日どころか百十日くらい欲しいよな」

当直長の言葉に、富士は渋い表情でうなずく。

一号機では、相変わらずシュラウド（炉心隔壁）やそのボルト（シュラウドにカバー〈蓋〉や炉心支持板を固定するボルト）、圧力容器内の蒸気乾燥器などに応力腐食割れが発生しており、修理や交換に時間をとられている。

「しかも作業員の人繰りに相当無理してるから、線量計外して作業してる連中が多いぜ」

被曝線量の制限を守っていると、作業がスケジュール通りに終わらないため、首都電力の社員を含め、ＡＰＤと呼ばれる胸ポケットに入れる線量計を別の場所に置いて作業する者が少なくない。

「頭痛いすねえ」

富士はタバコを手に持ったまま、片肘をついて頭を抱える。

「所長は所長だしよ」

当直長はやれやれといった表情で煙を吐く。

現在の奥羽第一原発の所長は、「本店のポチ」と陰であだ名される、人望のない人物だ。

「ところで、今晩はボウリングに行くのか？　原子炉グループは勝ち残ってるそうじゃないか」

「行きますよ。球でも投げんと、やってられませんよ」

「だよな」

二人は笑った。

奥羽第一原発では、部課対抗のトーナメント方式のボウリング大会が行われており、仕事が終わったあと、原発から八キロメートルほど北の浪江町のボウリング場に出かけて行ってゲームをする。その結果を所内の行事係に報告し、上位入賞チームには、ビールなどが賞品として与えられる。


その晩——

バゴォーンという大きな音を立てて、十本の白いボウリングピンがなぎ倒された。

「ナイスショット!」

「決まったぁ!」

応援席から富士祥夫に盛大な拍手が送られる。

「どうも、どうも」

一八四センチの長身をトレーナーとジーンズで包んだ富士は、おどけ気味に両の拳を突き上げる。

「富士は上背があるから、球に威力があるなあ」

第二保全部原子炉グループの今日の対戦相手である防災安全部の社員たちが拍手をしながら言葉を交わす。

そばのレーンでも、ドスンという球がレーンに落ちる音や、パコォーン、パカーンという快音が鳴り響き、盛んに拍手が湧いていた。

「それじゃあ、次は、安田君と小野さんです」

富士が百八十六のハイスコアでゲームを終えると、次の組の二人が呼ばれた。

「はい」

ベンチからスリムな身体に青いサマーセーターを着た女性が立ち上がった。色白で、目元がきりっとし、垢抜けた雰囲気である。年齢は三十歳すぎくらいのようだ。

「ん？　あの子、誰？　鄙《ひな》には稀な感じやね」

富士がそばのベンチにすわった防災安全部の男に訊いた。

「ああ、あの人は、小野優子さんていう、奥二の健康管理室の看護師さんですよ。うちのメンバーが足りないんで、助っ人で来てもらったんです」

「ああ、そうなの。ふーん」

富士の視界の中で小野優子は、ボールリターンから球を取り上げ、レーンの前に歩み出る。

表情が淡々と落ち着いていて、どこか人を寄せ付けないような雰囲気があった。

「ちょっと気の強そうな感じの子やねえ」

富士は、胸の前で球を抱え、背筋を伸ばして前方のレーンを真っ直ぐに見る小野優子を眺める。

「気が強いっていうか、すごくしっかりしてて、責任感の強い人らしいですよ」

小野優子は腕を大きく後ろにスイングさせ、投球動作に入った。

「地元の子？」

「会津の人だそうです」

「会津か……」

富士は小さく唸《うな》る。

福島県は、東の太平洋岸から浜通り、中通り、会津の三地域に分けられる。海に面した浜通りは、漁師町も多く、開放的でさっぱりとした気質である。対照的に、周囲を山に囲まれた会津は、歴史や伝統文化へのこだわりが強く、人見知りかつ頑固で、「ならぬことはならぬ」（不条理でも決められたことは守れ）という言葉に表されるとおり、礼儀作法にうるさく、我慢強い。特に女性は情が深く、男勝りで、会津戦争（一八六八年六〜十一月）では、スペンサー銃を持って若松城で奮戦した新島八重《にいじまやえ》をはじめとして、女性たちが勇猛果敢に戦った。

「ただ、高校時代は親の仕事の関係で横浜にいて、そのあと聖マリアンナ医科大の看護学校を出て、大学病院に勤めてて、最近、こっちの人と結婚したらしいです」

「なるほど。だからちょっとハイカラな雰囲気があるんか……。実は、俺も、あの辺の女性にはちょっとは詳しいんだぜ、ははっ」

聖マリアンナ医科大学は東急線の溝の口駅などからバスで行くことができ、東工大からわりと近い。学生時代、富士は合コンのお膳立てをよくやっていたので、付近の女子大や薬科大学の女子学生と話をすることが多かった。

次の瞬間、パカーンという小気味のいい音がして、レーンの先の十本のピンが鮮やかになぎ倒された。

「やったーっ！」

「ナイスショーット！」

拍手に迎えられ、日本人形を思わせる色白の顔を上気させた小野優子がベンチに戻って来た。

その晩——

富士は、第二保全部の仲間たちと一緒に浪江町の食堂で夕食をとったあと、商店街の一角にあるスナックに出かけた。

太平洋に面した浪江町は、昭和三十年の人口二万八千人をピークに、過疎と財政難に悩み、人口も一時二万人割れ寸前まで落ち込んだが、昭和四十二年に奥羽第一原発の建設が始まり、その経済効果で息を吹き返した。現在の人口は約二万四千人で、国鉄常磐線浪江駅の東側一帯に商店街が広がり、作業員向けの宿泊施設や飲食店が軒を連ねている。名物はもやしや豚肉が入った「浪江焼きそば」で、富士は太麺とソース味が気に入り、「福島在住大阪人のソウルフードや」といっている。

「……あれっ、二神やんか」

スナックのカウンターに同僚たちと一緒に腰かけ、ふと奥のほうのボックス席に視線をやった富士がつぶやいた。

同期入社の二神照夫が、年輩の男二人と談笑していた。一人は富士も顔を知っている地元の有力者で、もう一人は、福助人形を連想させる、額が広く、丸い黒目がちの目をした、小柄で小太りの男だった。

（何かの工作の談合か、接待か……）

三人の姿を視界の端に捉えながら、富士は考える。

二神は今、奥羽第二原発の総務部に所属し、本店総務部の出先として地元対策に携わっている。

富士は二神に、地元住民に関する極秘資料を見せてもらったことがあるが、住所・氏名・職業・年齢などのほか、各人の原発に対する考え方、原発推進（あるいは反原発）集会への出席状況、地権の有無、有力者とのコネクション、本人や関係者に対する首都電力の工作状況などがこと細かに記され、備考欄には「集落で本人を孤立させる」、「本家をとおして圧力をかける」といった生々しい書き込みがされていた。

「富士さん、一曲お願いします」

物思いに耽っていると、部下の男からマイクを差し出された。

「おお、オッケー。じゃ、いつものやつ」

高校時代によく観ていたテレビの青春ドラマ『おれは男だ！』の主題歌『さらば涙と言おう』をリクエストした。間もなく店内のスクリーンが、陽光を受けてきらきら光る海辺の砂浜で一人竹刀を振る剣道着姿の若者の姿を映し出し、前奏が始まった。

〽　さよならは　誰に言う
　さよならは　悲しみに……

富士に続いて、同僚たちもそれぞれ好きな歌を歌い、店内は賑やかになった。

「……あっと。こりゃどうも、失礼しました」

しばらくしてトイレに立ったとき、富士は狭い通路で、背広姿の福助顔の男と軽く腕が触れ、相手から丁重に謝られた。長身の富士を下から見上げた大きな両目は、満面の笑みにもかかわらず、深い沼の淵のような得体の知れなさを感じさせた。

午後十時頃、二神が二人を外でタクシーに乗せて見送り、勘定をするために店内に戻って来た。

「二神ぃ」

富士が声をかけると、先ほどから気付いていたらしい二神は、隣の席にやって来て、水割りを注文した。

「お前、禿げたな」

富士がからかうようにいった。

「禿げるような仕事をさせられてんだよ」

二神はふてぶてしく嗤《わら》った。薄くなった額の真ん中に残った髪の毛が、川中島のようだった。

「さっきの福助足袋みたいな顔したおっさん、誰や？」

「あれは……サブコンの副社長だ」

二神は、一瞬躊躇《ためら》ってから答えた。

サブコンはその名のとおりゼネコンのサブ（下）に入る中堅建設会社で、工事の「前捌《さば》き」が仕事である。建設工事には、下請け工事だけでなく、土木作業員の派遣、現場の食事の仕入れ、作業着・建設資材・重機などの調達、廃棄物や残土の処理、騒音対策など、様々な仕事、裏返していえば利権が付随し、地元の有力者、業者、暴力団、エセ同和などが群がってくる。近隣対策費をばら撒いて、それらを上手く捌き、ゼネコンに累が及ばないようにする仕事が「前捌き」だ。その過程で、裏金も作られ、ゼネコンや電力会社に還元される。

「富士、お前は知らんほうがいい連中だ。忘れろ」

二神は、赤く充血したぎょろりとした目で富士を一瞥し、やや乱暴に水割りのグラスを傾けた。


二ヶ月後――

富士祥夫は、奥羽第一原発の事務本館二階にある所長室で血相を変えていた。

所長室は七〇平米以上ある大きな部屋で、奥に執務机とテレビがあり、応接セットと会議用の大型テーブルが備えられている。

「そんなこと、できるわけないじゃないですか。古閑副部長、正気でおっしゃってるんですか⁉」

背広姿の富士の目の前には、先日終了した五号機の定期検査と自主点検に関する分厚い報告書が置かれていた。

「いや、だから、何も嘘をつけっていってるわけじゃないだろ」

テーブルを挟んで向き合った古閑年春が憮然とした顔つきでいった。色白で黒々とした頭髪をオールバックにし、短く濃い眉の下に銀縁眼鏡をかけた東大工学部卒のエリートで、現在は奥羽第一原発の第二保全部副部長である。

隣で、奥羽第一原発の所長がじっと二人のやり取りを聞いていた。ウェーブがかかった白髪まじりの頭髪にゴルフ焼けした顔の五十代半ばの男である。国立大学工学部電気工学科卒で、元々は火力発電部門にいたが、途中で放射線管理の専門家に転じた人物だ。

「しかし、炉規法（原子炉等規制法）にも通産省の通達にも、原子炉の運転に支障を及ぼすような故障や、主要な機器の機能低下またはその恐れのある故障は報告せよと書いてありますよね？」

富士はむっとした顔つき。「それを書かずに報告書を作るのは、嘘をつくのと何ら変わりがないことになると思うんですけれど」

富士の隣では、作業服姿の石垣茂利が厳しい表情で腕組みをし、二人のやり取りを見守っていた。

かつて奥二の第一発電部副部長だった石垣は、本店勤務を経て、奥一の五、六号機を預かる第二発電部長になっていた。

「でもシュラウドのひび割れは修理したし、ボルトやジェットポンプの配管のひび割れも修理とか交換とかしたんだろ？」

ジェットポンプは、原子炉圧力容器内にあるポンプで、シュラウド外側の壁に沿って支持輪板上に十対《つい》二十個程度取り付けられている。再循環ポンプによって送り込まれた冷却水を圧力容器の底にぶつけるように噴出し、核分裂反応に影響を与える容器内の泡の分布や水流を一定にする機能を持っている。

「ええ、しましたよ。しかし、修理や交換をしたら報告しなくていいなんて、どこにも書いてありませんよね」

「修理や交換で安全が確保できたんなら、故障の恐れはないわけで、もはや報告の必要はないじゃないか。そもそもこれらの不具合は、ぜんぶ自主点検の対象項目で、我々の裁量に任されている部分だろ？」

「我々の裁量に任されていても、記録をわざと残さないようなことは、地元に対する背信行為になるじゃないですか」

「ふん、背信行為ね……。まあ、君のいうことは正論中の正論だが、世の中は正論だけで動いてるわけじゃないだろ？」

四十代前半という年齢にしては悟りきったような顔でいう古閑に、石垣が厳しい視線を注いでいた。

「小さな不具合まで馬鹿正直にいちいち報告してだな、その顚末を当局や地元に逐一説明なんかしてたら、時間がどれだけあったって足りないだろ？」

資源エネルギー庁の監督手法は硬直的で、不具合箇所の写真を撮り、修理方法を報告して承認を受け、修理したあとの写真を送って最終承認を受けるよう求めてくることもしばしばだ。

「ましてや、稼働率を一パーセントでも上げなきゃならないこのご時世に、シュラウドを交換しろなんていわれたら、目も当てられないじゃないか」

定格出力七八・四万キロワットの五号機のシュラウドは直径約四・五メートル、高さ約七メートルもあり、交換するとなると二千人以上の人員と四百日以上の日数を要し、数十トンの放射性廃棄物を発生させる。

「ですから、それこそ、定検の報告書でまとめてやればいいじゃないですか」

「報告したら、『どうして勝手に修理した？』とか『この修理方法でいいのか？』とか、根掘り葉掘り訊かれるに決まってるじゃないか。日本はアメリカと違って、ＮＤＴに立脚した維持規格が存在しないんだから」

ＮＤＴ（non-destructive testing＝非破壊検査）は、対象物を壊さずに傷や劣化状況を調べる検査方法のこと。富士が大学二年のとき、破壊力学の一ノ瀬京助講師（現・教授）が必要性を訴えていた原発の維持規格はいまだに策定されておらず、すべての機器は新品同様でなくてはならないとされている。

「しかし実際に我々は、日々、色々な機器や部品を修理してプラントを動かしてるわけですよね？　機器も部品も全部が全部、新品同様じゃなきゃいけないなんて、役所だって思ってないと思うんですけど」

富士は、何をいわれるか分からないから隠さなくていいものまで隠す社内の隠ぺい体質をこのままにしておくと、いつか制御不能の大問題が起きると懸念していた。

「やかましい！」

古閑は色白の顔をうっすらと紅潮させ、苛立ちもあらわに怒鳴った。「一介の副長のお前の意見なんかいちいち聞いてる暇はない！　いわれたとおりに、報告書を書けばいいんだ。

だいたいこれは所長のご指示なんだから」

「所長の……？」

富士と石垣が所長に視線を向けると、ゴルフ焼けした所長はむっつりと押し黙っていた。


翌日――

富士と石垣は、本店の原子力発電部長・赤羽修三と、赤羽の下で補修を担当している宮田匠に電話をかけた。宮田は前年の異動で原子力技術課長から原子力発電部の副部長に転じていた。二人は富士の大学の先輩なので、非公式に本音ベースの話を聞ける相手である。

「……と、こんな感じで、虚偽の報告書を作れと所長からいわれてるんですけど、どう思われます？」

会議室のテーブルのオープン・ボイス式にした電話機に向って富士が屈み込むようにして訊き、そばで青い作業服姿の石垣が腕組みをしていた。

「富士君、実はね、これ、二年くらい前からちらほら起きてるんだよ」

ベージュ色の電話機のスピーカーから宮田の声が流れてきた。

「えっ⁉ 虚偽の申告というか、その、見つかった故障を報告しないことができですか⁉」

「そうなんだ。最初は奥一の一号機で、シュラウドヘッドボルトにSCC（応力腐食割れ）

があったんだけど、その時点で新品の在庫がなかったんで、報告も交換もしないで、翌年に交換したという事例があったんだ」

シュラウドヘッドボルトは、シュラウド上部のカバー（蓋）を固定するボルトである。

「本当ですか⁉」

「うん。僕らもあとで知らされて、驚いたんだけどね。まともに報告すると、役所の承認や修理に時間を取られて、点検期間が長引くから、やっちゃったんだな」

「うーん……。しかし、それ、法令とか通達違反にはなりませんか？」

石垣が訊く。

「これねえ、ちょっと微妙な部分があるんだけど……」

赤羽の渋みのある声が流れてくる。「一応、シュラウドヘッドボルトの交換時期は事業者（首都電力）の自主的判断に委ねられている自主点検項目だろ？」

「そうですね」

「自主点検項目の故障に関しては、炉規法では『原子炉の運転に支障を及ぼす故障があったとき』、（通産）大臣通達では『原子炉の運転に関する主要な機器に機能低下又はその恐れのある故障があったとき』報告することが義務付けられているわけだよね」

「はい」

「けれども、報告が必要な故障に関して具体的な基準は何も示されてないから、古閑君がいうように、修理・交換で安全性が確保できたなら報告しなくてもいいと解釈することもまったくできないわけでもないんだ」

「うーん……そうですか」

「ただねえ、報告しなかったこと自体が、あとで問題になるかもしれないと思うんだよ。怖いのは、役所より、地元やマスコミだよ」

「……」

「これだけ反原発運動が盛り上がっているご時世に、不具合があったのにその状況や顚末をあえて報告書から落としたりしてたなんてことが知れると、何をいわれるか分からないからねえ」

二年前のチェルノブイリ原発事故があまりに深刻だったため、それまで大きな話題にはならなかった原発の危険性や放射性廃棄物の処理問題などが一気にクローズアップされ、反原発運動が全国各地で展開されるようになった。

「しかし、一号機に関しては、もうやっちゃってるわけでしょう？」

「そうなんだ。一応、本部長には、こういうことが起きているってことで話して、了承はしてもらっているんだけどねえ」

現在の常務取締役原子力本部長は、奥羽第一原発のGEとの契約や建設に課長として携わった原子力部門の草分けで、いつも気難しい顔をした酒好きの議論好きである。外国人からは「ファイター」と呼ばれ、現場に対して愛着と理解がある。

「本件については、どう思われますか？」

石垣が電話機に向って訊いた。

「今聞いた三点なんだけれども……」

宮田がいった。「シュラウドのひび割れは、絶対に要報告」

富士と石垣がうなずく。

「シュラウドヘッドボルトとジェットポンプの計測用配管のひび割れは、事業者の自主的判断で対応が可能だけれども、報告書には入れておくこと」

「分かりました。そのように対処します」

「奥一の所長と古閑君は相当強硬なようだけど、抵抗できるかい？」

「まあ、我々が判子をつかなければ、報告書はできないわけですから。なあ、富士」

「はい。そのとおりです」

「そうか。そういってくれると僕らも安心なんだけど……」

赤羽はほっとした声。「とにかく、コスト削減・稼働率アップのかけ声の中で、全社的になりふり構わない雰囲気になってきてるんで、僕らとしては非常に心配なんだ」

「赤羽さん、それともう一つ問題は、いまだに『維持規格』がないことだと思うんですが」

石垣がいった。「今は、国の検査方法についてだけ規定があって、検査結果をどう評価して、その評価にもとづいてどんな補修や交換をするかという基準がないわけですよね。これ、何とかなりませんか？」

「まあ、基準がないから、『何いわれるか分からないから隠せ』となりがちなんだろうねえ」

赤羽が悩ましげにいった。「この点に関しては、もう十年くらい前から発電設備技術検査協会とか通産省に申し入れているんだけど、先方の動きが鈍くてねえ」

発電設備技術検査協会は通産省系の財団で、火力・原子力発電所の定期検査の立会いや確認作業を行ったり、溶接関連規格などを作ったりしている。原発の維持規格を作るには、同協会が案を作成し、それを法令化しなくてはならない。

「動きが鈍いというのは、やっぱりお役所だからですか？」

「それもあるけれど、スリーマイルとかチェルノブイリの事故が起きてるから、今、管理基準を緩めると世論の批判を受けるって思ってるらしいんだ」

「はあー、役人の発想ですねえ……」

翌週の日曜日――

富士祥夫は、仙台市内の大学に勤務する長田俊明を訪ねた。

長田の研究室は、市街地の西寄りにある広大なキャンパスの中にあった。富士は、エレベーターで建物の四階に上がり、長田の研究室のドアをノックした。

「よう、長田ぁ、久しぶりやなあ」

サングラスに革ジャン姿の富士は、ドアの間から一八四センチの長身をぬっと現わした。

「うわ、誰かと思うたわ！」

デスクで書類を読んでいた長田が驚いた顔をした。

「なんや、えらい貫禄ついたなあ」

「俺もサラリーマン十年目やからね。ちょっとは修羅場も経験したぜよ」

富士は悪戯っぽく笑う。

「こっちが学生の部屋か……」

入ってすぐ左手の広めの部屋を覗くと、低いパーティションで仕切られた机が十五くらいあった。普段は、日本人学生のほか、津波の多いインドネシアやペルーからの留学生が研究をしているという。

「やっぱり助教授の研究室やなあ。ぎょうさん本がある」

長田の部屋は、左右の壁がぎっしりと内外の本や書類で埋まり、調査や学会で訪れた欧米やアジアの国々の民芸品などが飾られていた。

「ん？　これ何や？　古文書《こもんじょ》？　こんなもん読んどるんか？」

富士が長田のデスクの上に広げられた書類に目を留めた。薄茶色に色褪せた毛筆書きの和紙の綴りで、水分による灰色の染みがところどころにでき、ページの端がぼろぼろに破れかけていた。

「仙台市内の農家の納屋で見つかった文書や。そっちのは、中学校の古い図書館の奥に眠っとったやつやな」

長田が、デスクの横に積み上げられた和綴じの本を目で示す。

「津波の研究に古文書なんか読むんか？」

「うん。結構、色んなことが分かるんや。たとえば、堆積物を調べただけやと、数百年から千年単位の誤差が出てくるけど、地震や津波のことを記録した古文書見れば、月日まで把握できるとかな」

「なるほどなあ……。しかし、こんな崩し字で漢文みたいなもん、よう読めるもんやね」

「何ヶ月か四苦八苦しながら読んでると慣れてくるわ。せやけど、地名とか、言葉とか、当時の社会的背景とか、地理なんかは、僕らでは無理やね。歴史専門の先生に教えてもらわんと」

「ふんふん」

「たとえば、津波がこれこれのところまで来たと書いてあっても、その地名は当時どのあたりを指してたんかとか、地形はどんなんで、高さはどんなんやったんかとかが分からんと、津波の範囲や高さも推定できんわな」

「なるほど」

「これ、平安時代の貞観津波に関する最近のレポートや。読んでみ」

長田がホッチキスで留められたＡ４サイズの書類を差し出した。


〈……貞観十一年（八六九年）の津波についての記録は『日本三代実録』（平安時代に編纂された歴史書）に限られており、次のような記載がある。『貞観十一年五月廿六日、陸奥國地大震動、流光如晝隠映、頃之、人民叫呼、伏不能起（貞観十一年五月二十六日、陸奥の国で大地震があった。昼のような光が流れて、光ったり陰ったりした。しばらくして、一般の人たちは大声を出し、地面に伏して起き上がることができなかった）（中略）城墩倉庫門櫓墻壁、頽落顛覆、不知其數（城郭や倉庫、門、櫓《やぐら》、土塀、壁が崩れ落ちたり倒れたりしたが、その数は数え切れないほど多く）……〉

十三ページのレポートは、ここでの城下とは多賀城市（仙台平野北方）のことで、当時多賀城は丘陵地帯に築地塀をめぐらして外城としていたが、塀の高さは約五メートルであった等、当時の社会的背景や地理を説明し、それらを堆積物の科学的分析と突き合わせ、貞観津波の浸水域は海岸線から三キロメートルぐらいの範囲で、痕跡高は一般の平野部で二・五〜三メートルくらいであったと推定していた。

「……ふーん、まさに歴史学と科学の融合みたいなレポートやなあ」

「それ、誰が書いたと思う？」

「え？　長田か学生ちゃうんか？」

「ちゃう。それなあ、東北電力の原子力部門の人らが書いたんや」

「と、東北電力の原子力部門……？　ほんまか⁉」

富士が目を丸くし、長田がうなずく。

「やっぱり東北ゆうんは、津波文化の土地やで。東北電力の人に話聞いたら、発電所造るときに津波のこと考えんかったら、社内で何やっててんねんて雰囲気やそうや」

「ふーん……」

「女川原発も原子炉ごとに、想定される最大の津波を何度もシミュレーションして、敷地の高さなんかを決めてるそうや」

長田の言葉を反芻するような表情で、富士はうなずいた。

その日、二人は富士のマツダ・ルーチェで仙台の北東二八キロメートルほどの松島まで走り、日本三景の一つ、松島湾の風景を堪能し、伊達政宗が五年の歳月をかけて再建した臨済宗瑞巌寺を見物した。瑞巌寺は約二〇〇メートルの参道の杉木立と金箔をふんだんに使った襖絵が見事であった。昼食は、地元の店で焼き牡蠣などを食べた。ぽってりとした名産の牡蠣は、海の塩味が付いていて、クリーミーな味わいだった。富士がビールを飲んだので、長田が運転を代わった。

「……そうか、所長命令を拒否したんか。富士らしいなあ」

ワイン色のルーチェのハンドルを操りながら、長田がいった。

「まあ、俺一人やったらしんどかったけど、石垣さんていう発電部長がいてたから、何とか頑張れたわ」

助手席にすわった富士がいった。

車は、木々の葉が赤や黄色に色づいた山中のカーブと起伏の多い片側一車線の舗装道路を走っていた。太平洋に向って突き出したブドウの房のような形の牡鹿半島を縦断する「牡鹿コバルトライン」という有料道路だった。

「しかし、日本の原発規制は遅れてるんやな」

「うん。アメリカとはえらい違いやで。あっちは日本みたいな定期検査やのうて、原子炉の性能をモニターしながら、必要に応じて検査をして、その評価にもとづいて、必要ならさらに検査をするそうや」

「なるほど」

「しかも維持規格がちゃんとあって、それも米国機械学会が定めたもんを使うてるから、日本みたいに役所や国会や内閣法制局がいちいちあだこうだと条文の文言を議論して法令にする必要もない」

「実質やのうて形式を重視するんは、日本のお役所文化やな」

「形式っちゅうより、ペーパーやな、ほんまに」

富士がうんざりした顔でいった。

「おっ、この辺、鹿が出るんか？」

道路脇に跳ねている鹿を描いた黄色い標識が立っていた。

「ぎょうさんおるらしいわ。駆除してるけど、しきれんそうや」

「そうか……。しかし、きれいなとこやなあ」

眼下で、女川湾が秋の日差しを受けてコバルトブルーに輝いていた。

「ちょっと停めよか」

長田は見晴らしのいい場所に車を停め、二人は降り立つ。

「きれいやろ？　これ見せたかったんや」

湾の左右から、紅葉した半島部分が突き出し、波間に金華山や出島《いずしま》へ行き来する連絡船や白い小型の漁船が浮かび、大小の島影も見える。

「ちょっとギリシャっぽいやろ？」

「おお、似てる、似てる！　こんな感じやったな」

二人は五年前に訪れたギリシャのクレタ島を思い出して笑う。

「あの半島部分の手前側の集落が塚浜ゆうて、その向こう側に女川原発があるんや」

長田が前方彼方の半島を指差す。

「うん。高圧鉄塔があるから分かるわ」

右手から海上に延びる半島の向こう側の斜面に二本の高い高圧鉄塔が鬼の角のように建っていた。

女川原発は、四年前（昭和五十九年六月）に運転を開始した東北電力の原子力発電所である。沸騰水型（ＢＷＲ）で出力は五二万四〇〇〇キロワット。

「そやけど波打ち際に結構集落があるんやな。津波でも来たら一発ちゃうか？」

女川湾に面した波打ち際には塚浜のほか、桐ヶ崎、竹浦、東の方角の出島には寺間といった集落がある。

「そうなんや。過去にも津波の被害を受けてるけど、漁師の人らはやっぱり浜辺に戻ってくるんやな」

東北地方は、貞観津波（八六九年）のほか、慶長津波（一六一一年）、明治三陸津波（一八九六年）、昭和三陸津波（一九三三年）、チリ津波（一九六〇年）など、過去、何度も大きな津波に見舞われている。このうち最大と考えられているのが慶長津波だ。

二人は再び車に乗り込み、いったん塚浜の集落近くまで坂道を下りたあと、別の坂道を上って、小高い丘の上に出た。

「ほー、よう見えるなあ」

革ジャン姿の富士が車から降り立ち、海の方角を眺める。

緩やかに下る斜面の木々は紅葉し、その先に高圧鉄塔や排気筒が聳え、緑色がかったクリーム色の四角い建屋の一部が見えた。その先はコバルトブルーの太平洋で、いくつかの島影や大小の岩が見え、左手から半島が延びていた。

「あれが一号機の原子炉建屋やなあ」

富士が女川原発の建屋群の中でもひときわ高い建物を指差す。

その周囲に、タービン建屋、廃棄物処理建屋、制御建屋などが集まっており、背後の三方向からカラ松林が迫っている。排気筒の上のほうで銀色の航空障害灯がチカッ、チカッとフラッシュのように点滅し、原発が息づいているようだ。

「原子炉の先の海寄りの整地された空き地が二号機の予定地、左奥が三号機の予定地やろな」

東北電力は二号機と三号機（各八二万五〇〇〇キロワット）を建設する計画で、二号機のほうは来年夏くらいに着工される見通しである。

「やっぱり結構高い場所に建設しとるんやなあ」

富士がいった。

「敷地の高さは一四・八メートルあるそうや。平井弥之助ちゅう元副社長が、敷地の高さは絶対に一五メートルないとあかんゆうて、社内の反対派を押し切ったそうや」

当時、平井は東北電力を退いて電力中央研究所理事に転じていたが、東北電力社内の海岸施設研究委員会のメンバーだった。

「やっぱり津波のことが頭にあったわけか？」

「うん。平井氏の実家の近くに千貫神社ゆうのがあって、そこは今の海岸線から七キロ以上内陸にあるんやけど、仙台藩の記録によると、慶長津波はそこまで来たっちゅうこっちゃ」

千貫神社は、仙台市の南一八キロメートルほどの岩沼市にあり、同市には、高さ六〜八メートルの慶長津波の痕跡が残っている。

「そういう生育環境にあったから、津波の怖さが心に刷り込まれてて、社内の研究委員会で頑として譲らんかったそうや」

「一四・八メートルか……よう決断したもんやな」

富士が感じ入った口調でいった。

原発は大量の冷却水を海から取り込む必要があり、また核燃料、使用済み燃料、放射性廃棄物入りドラム缶などを専用桟橋から船に積み下ろしする。そのため、敷地が高いほどコストがかさむ。

2

翌年（昭和六十四年）元日——

富士祥夫は家族と一緒に大阪市内の実家に里帰りした。

実家は、東横堀川を挟んで瓦屋町の西側にある中央区島之内のマンションに引っ越していた。道幅が広い、ゆったりとした住宅・商業地区で、松屋町筋近辺に店舗を構える会社や問屋の事務所、天理教の教会、花屋、筆・硯屋、シャツ仕立て屋、喫茶店などがあちらこちらにある。

年末の日経平均株価は三万一五九円の史上最高値を付け、松屋町筋の人形店のショーウィンドーには豪華な羽子板や破魔弓が飾られ、高津宮には数多くの初詣客が訪れていたが、天皇陛下の容体が思わしくないため、巷《ちまた》は全般的に自粛ムードだった。

「……祥夫、元日から仕事か？」

昼食前に、富士が食卓で資料を読んでいると、企画会社を経営する父親がやって来て微笑した。

由梨は台所で富士の母親と一緒におせち料理の盛り付けをし、三人の男の子たちは居間でテレビを観ている。

「うん、ちょっと気になることがあってなあ」

富士は手にしていた資料を父親に手渡し、タバコに火を点ける。

「ほう、女川原発？　宮城県の女川か？」

品のよい面長の顔に黒縁眼鏡の父親が、資料を見ていった。

「うん。東北電力の発電所なんやけど、えらい津波対策をやってるんや」

「ふうん……。東北は地震や津波が多いらしいなあ」

「調べてみると女川原発は、敷地が高いだけやのうて、リアス式海岸特有の波高のかさ上げを防ぐのに、外海に開かれた場所を敷地に選んでるし、海水ポンプ室を原子炉建屋と同じ高さのところに造って冠水リスクを低うしたり、海水の取水口の内部に段差を設けて、波が引いても冷却用の水を確保できるようにしたりしてるんや」

「首都電力の発電所はそういうふうにはなってへんのか？」

「うん。敷地は三メートルから五メートル低いし、そういう津波対策もしてないわ。……これで大丈夫かなあって、なんかちょっと心配でなあ」

富士は思案顔でタバコをふかす。

「お前も色々大変やな。せやけど、正月からそないに根詰めんと、(吉本) 新喜劇でも観たらどうや？　ビデオ録《と》っといたで」

父親がVHSビデオを何巻か差し出した。

「録っといてくれたん？　嬉しいなあ。おっ、花紀京と岡八郎の共演やん！　こら、豪勢や」

「この『泥棒と鈴』ゆうんが、最高やで」

父親がくすくす笑う。「花紀京と岡八郎が空き巣狙いなんやけど、見張り役の花紀が鈴鳴らすと、岡八郎が条件反射で踊り出しよるねん」

「ははは、そりゃ、面白そうや」

富士がビデオを手に目を輝かせていると、台所から母親と由梨が料理を運び込み始めた。

「パパ、お母さんがイカ焼き作ってくれたよ。ほら、あなたの大好物」

由梨が湯気の立つイカ焼きの皿を富士の目の前に置いた。


同じ頃——

福島県にある奥羽第一原子力発電所の五号機と六号機の中央操作室では、いつものように運転員たちが、制御盤の数字を読み上げたり、報告書を書いたりしていた。

発電所内は正月休みを取っている職員が多く、中央操作室にもどこかのんびりした空気が漂っている。壁にはいつものように、当直員たちの顔写真入りのプレートが掛けられ、運転員の一人が椅子の上に乗って、壁の上のほうにある神棚のお神酒を取り換えていた。

ピロン、ピロン、ピロン、ピロン……

突然、六号機の警報音が鳴り始めた。

「ん、何だ？」

運転員たちが一斉に、制御盤の上のほうにずらりと並んだ長方形の系統別一括警報に視線をやる。

細かく区画分けされた縦四〇センチ、横八〇センチほどのランプのいくつかが赤や黄色に点滅していた。

ピロン、ピロン、ピロン、ピロン……

「PLR（primary loop recirculation system＝再循環系）Bポンプモーター振動大！」

制御盤の前に立った運転員が叫んだ。

再循環系は原子炉冷却系統設備の一部で、圧力容器内の冷却水を再循環ポンプによって炉心へ送り込み、炉心の熱を除去するほか、冷却水の流量を変化させて、熱出力を調節する機能を持っている。

「X方向四八〇マイクロメーター、Y方向オーバースケール！」

圧力容器の外側（格納容器内）にある再循環ポンプには、X方向（前後）とY方向（左右）の振動計が各一個取り付けられており、警報値はそれぞれ三八〇㎛（マイクロメートル〈＝百万分の一メートル〉）に設定されていた。

二台あるポンプのうちBのポンプの振動が警報値を超え、左右の振動については、測定最大値も超えたということだ。

「ええっ、振動大⁉　何でだ？」

青い作業着姿の当直長が首をかしげながら立ち上がった。

六号機は、一月八日から定期検査に入る予定で、燃料を使い切るため、定格電気出力一一〇万キロワットを下回る一〇三万キロワットで運転中である。

「まさか、ポンプが壊れたりなんかしたんじゃねえだろうなあ……」

ピロン、ピロン、ピロン、ピロン……

禍々《まがまが》しい警報音が鳴り止まぬ中、当直長は制御盤の計器類を見詰め、原因を探ろうとする。

原子炉の状況を示すモニターは制御盤の中央に集まっており、炉心水位、炉心圧力、冷却水循環量、冷却水温度などが薄オレンジ色の数字で表示されていたが、大きな異常はない。

「とりあえず、モーターの回転数落としてみろ」

回転数を下げれば、振動値は下がる。

「はい。Bポンプモーター、回転数落とします」

運転員の一人が、制御盤のスイッチをひねる。

「よし、下がってきたな」

当直長が、制御盤の上のほうにある電気出力や再循環流量のモニター表示を見てうなずく。

黒い背景に大きな緑色の電光文字で表示されている電気出力は一〇二万キロワット台に落ち、なおも少しずつ下がり続ける。ポンプの回転数が下がると、再循環流量も下がり、出力も低下する。

警報音が止《や》んだ。

「お、とりあえず、止まったか」

当直長がほっとした声を出し、再循環ポンプの振動値を示すモニターの数字に視線をやる。

「やっぱり、まだ不安定だな……。何が起きたのかなあ？」

再循環ポンプの振動は、警報音が鳴る前は二〇〇㎛前後で安定していたが、現在は三〇〇㎛台で上下している。

「チッ、八木がいりゃあなあ」

富士が入社した頃、二号機の運転員だった八木英司は、その後、奥二や本店の原子力保修課勤務を経て、現在、奥一の五・六号機の原子炉主任運転員を務めている。しかし、一月八日（日曜日）まで休暇を取っていた。

その日、いったん収まった警報音が十二分後に再び鳴り、二分間続いた。ポンプの振動はX方向が四〇五㎛、Y方向が二八〇㎛だった。ポンプを回転させるモーターに取り付けられた振動計はオーバースケール（測定最大値超で測定不能）していた。

当直長は、原子炉を停止することも考えたが、稼働率にこだわる所長から、来週の定期検査開始まで何とか保《も》たせてくれといわれ、その後、五日間にわたって、再循環ポンプの回転数を上げ下げしながら、出力九九万キロワットで運転を続けた。


一月六日金曜日――

夕方、休暇を途中で切り上げて福島に戻って来た八木英司が、取るものも取りあえず、中央操作室に駆け付けた。

「遅くなってすいません。家族で北海道にスキーに出かけていたもんで」

富士祥夫と同い年の八木は、昔と変わらぬ精悍な身体に青の作業服がよく似合っている。

「ご苦労さん。休みを中断させて悪かったな。とにかくちょっと見てくれ」

恰幅のよい当直長がいった。

そばに第二発電部長の石垣茂利と第二保全部原子炉グループ副長の富士祥夫も顔を揃えていた。

「……これは駄目です。すぐに原子炉を（手動）停止しましょう」

電話で状況を聞いていた八木は、制御盤の表示をひととおり見ると、険しい表情でいった。

「やっぱり、そんなにひどいと思うか？」

作業服姿の石垣が訊いた。

「こんな振動の仕方は異常です。ポンプが破損して、部品か金属片が、どっかに引っかかったりしてるんだと思います」

「本当か⁉」

「しかも、流量のわりには、出力が上がっていません。原子炉の中でも異常が起きてるんじゃないでしょうか」

「異常っていうと？」

「ポンプから飛んでった部品か金属片が冷却水と一緒に原子炉の中に流れ込んでいる可能性があると思います」

「う、うええっ……！」

三人の口から、悲鳴とも呻《うめ》き声ともつかぬ声が上がる。

「もしかすると、例の軸受けリングが破損して、さらにボルトが取れたり、部品が損傷したりしてるかもしれません」

例の軸受けリングというのは、再循環ポンプのシャフト（回転軸）の周りに取り付けられている、剣道の竹刀のつばのような形の平たい輪のことだ。昨年、奥二の一号機の定期検査の際に溶接部に応力割れ（耐久力以上の負荷によるひび割れ）が発見され、奥一や柏崎越後の原子炉の同型の再循環ポンプも点検したところ、三基について取り換えの必要があった。

「例の軸受けリングか……」

当直長が表情を曇らせる。

「もし原子炉の中に金属片が流れ込んでたら、燃料を大量に損傷することになるだろうし、（制御棒）案内管の中に入ったりなんかしたら、制御棒を差し込めなくなるぞ」

石垣の言葉に一同の顔面が蒼白になった。

六号機に使われている燃料集合体は七百六十四体で、一体五千万円〜六千万円という高価な代物だ。もし大量破損すれば、百億円単位の損失が出る。また、燃料の損傷は放射能漏れや局部的な空焚きを引き起こし、制御棒を挿入できない事態になれば原子炉の暴走を止められなくなる。

「部品とか金属片ならまだしも、再循環ポンプのインペラ（羽根車）が折れて飛んでって、炉心と直結してる二四インチの配管のラプチャー（破断）を引き起こしたりしたら、ＰＣＶ（primary containment vessel＝原子炉格納容器）圧が一気に上がって、ぶっ壊れますよ」

八木がいった。

炉心と二四インチ配管の間には塞止弁《そくし》がなく、破断すると高圧高温の蒸気が炉内から格納容器内に一気に噴出し、格納容器内の圧力が設計圧の二、三倍になって容器が壊れる。そうなれば放射性物質がまき散らされる大惨事だ。

ピロン、ピロン、ピロン、ピロン……

再び警報音が鳴った。

「Bポンプモーター振動大！　X方向、Y方向ともオーバースケール！」

制御盤の前の運転員が怒鳴った。

「もう駄目だ。手動停止しよう。こんな状態じゃ、稼働率もクソもない！　俺が所長に電話する」

石垣が当直長のデスクの電話の受話器を取り上げ、ダイヤルを回す。

手動停止は、所長が状況を十分把握して決断すべき重大事態だ。

「あー、すいません。発電所の第二発電部長の石垣茂利です。所長はご在宅でしょうか？」

所長夫人が電話に出たようだ。

「ちょっと、六号機の具合について、ご報告したいことがありまして……。ええ、はい。ちょっと急ぎで」

そういって石垣は受話器の音声に耳を澄ませ、なぜか眉間に縦皺を寄せた。

（ん、所長は社宅にいないのか？）

富士や八木も、怪訝そうな表情で石垣を見詰める。

「あ、ああ、そうですか……」

十五秒ほどの間を置いて、石垣がいった。「それじゃ、所長がお戻りになりましたら、電話がありましたとお伝え下さい。……はい。では、失礼致します」

石垣は丁重にいってから、苦虫を嚙み潰したような表情で受話器を置いた。

「留守だったんですか？」

「留守じゃねえ、居留守だよ」

石垣は忌々しげにいった。

「えっ、居留守⁉」

「電話の向こうで『あなた、電話に出る？　いないことにする？』って訊いてんだよな」

「えーっ⁉」

「サイト（発電所）に来るのが面倒臭いんだろう。まったく信じらんねえ！　あれが所長か⁉」

「絶句ですね……」

富士や八木も呆れる。

「もういいよ、停めようや。どうせおっさんは放射線管理が専門で、ハード（機器）のことはいっても分かんねえんだから」

その日、奥羽第一原発六号機は、手動停止作業に入り、六時間五十五分後にBポンプを停止し、十二時間後に発電機解列（送電系統との接続切断）、十五時間四十七分後に原子炉を停止した。

原子炉が停止したのと同じ一月七日の朝、天皇が崩御し、元号が平成に変わった。

二週間後——

石垣と富士は、ヘルメットに防護服姿で六号機の格納容器の中に入り、再循環ポンプの分解作業を見守っていた。

目の前に圧力容器の下部があり、灰色に塗装された大小のパイプ、鉄製の階段、支柱、電気ケーブル、計測器などが密林のように絡み合い、作業員たちが再循環ポンプのケーシング（鋼鉄製のカバー）の一部を外し、油圧工具を使ってボルトを取り外していた。

「これは、想像以上にひどそうだな……」

防護マスク越しに石垣が呻くようにつぶやいた。

「金属粉が相当ありますね……」

隣りに立った富士がポンプ内部を見詰めながらいう。

高さ一メートル弱の円筒形のポンプの中心部に、モーターで回転する銀色に輝く太いシャフト（回転軸）が垂直に延び、その周囲にシャフトの軸受け（重量約一〇〇キログラム）をケーシングに取り付けている大型のボルト十六、七本が円を描いて並んでいた。

その一段下に、水流を付けるための羽根車があるが、羽根車に金属粉が付着しているのが見てとれた。

「あんなところに金属粉があるってことは、原子炉の中にもあるってことだろうな……」

「そうですね」

富士の声が喉元で引きつる。

冷却水を循環させる羽根車は、一分間に千三百九十五回というものすごい速度で回転し、羽根車の下部から取り込んだ水をポンプ側面から延びる配管に吐き出し、原子炉内へと送り込む。

ガチンという重い金属音がして、何かが羽根車の下から床に落ちた。

「ん、何が落ちた？」

石垣が作業員に訊く。

「ボルトです」

作業員の一人がいった。

「ボルト……軸受けのボルトか？」

シャフトと羽根車の間に円筒形の軸受けがあり、それを水中でケーシングの下部に固定しているボルトが八本ある。

「そうだと思います」

「うーん、そんな物までとれているのか……」

石垣が重苦しい声でいった。「はあーっ、早く停めときゃあなあ」

八木からは、どうしてもっと早く停めなかったんですかと散々嘆かれた。

「外れました」

作業員から声が上がり、小型クレーンが平たい丸型の羽根車を吊り上げ、引っ張り出した。

「うえーっ！」

「ぐえーっ！」

鈍い銀色の光を放つ羽根車を一瞥した石垣と富士は悲鳴を上げた。

八木が危惧したとおり、水中軸受けリングがほぼ真っ二つに割れ、羽根車に咬み込まれていた。

羽根車はほぼ全面にわたって折れるか削れるかしており、夥しい金属粉、金属片、ボルト、ボルトとナットの間に入れる直径六センチの座金などが絡みついていた。

「こ、こんな状態で五日間も運転を続けていたのか……！」

二人は呆然と立ち竦《すく》んだ。


十ヶ月後（平成元年十一月）――

福島県に秋が訪れ、阿武隈高地にあでやかな紅葉の絨毯が敷き詰められていた。

「……このたびは、地元の皆様方の長年のご信頼を裏切る結果となってしまい、誠に申し訳ございませんでした」

福島県庁内の会議室に口の字形に並べられたテーブルで、首都電力原子力発電部長の赤羽修三、新任の奥羽第一原発所長、同第二運転管理部長、同第二発電部長・石垣茂利らが立ち上がって、頭を下げた。

彼らを取り囲むように、福島県議会原子力発電安全対策等議員協議会のメンバーたちがすわり、むっつりした顔つきで話を聞いていた。

「今般の六号機の事故に関しましては、すでに新聞等で各種の報道がなされておりますが、詳細につきましては、お手元に配布致しました報告書のとおりでございまして……」

学者を思わせる風貌の赤羽は手元の資料のページをめくる。

「事故の原因は、羽根車の回転による水圧と水中軸受けリング固有の振動のために大きな力がかかり、溶接部にひび割れが発生して同リングが脱落し、回転中の羽根車に咬み込まれたことです。これによって水中で軸受けを固定しておりましたボルトの座金にも繰り返し負荷がかかり、座金とボルトの脱落に至りました」

流出部品は再循環系配管、ジェットポンプ、原子炉圧力容器、発電タービン用蒸気配管などの中から数ヶ月かけて回収された。また、羽根車と脱落したリングが擦《こす》れるなどして発生した金属粉の量は三〇〜三三キログラムに達した。

「金属粉につきましては、機器や配管を丹念に洗浄し、除去致しました。燃料集合体も丹念に洗浄致しましたが、金属粉が集合体内部に残っている可能性も考慮致しまして、二百九十体の燃料集合体を新しいものと交換することに致しました」

交換費用は百四十五億円〜百七十四億円と見積もられている。また、運転再開までに二年近くを要するため、運転停止による損失は年間約百八十億円に上る。

「今回の事故の責任を取りまして、社長は減給六ヶ月、原子力本部長は常務取締役から取締役に降格、所長は依願退職、そのほか三名を一ヶ月から三ヶ月の減給処分と致しました。事故の再発防止策でございますが……」

赤羽が、水中軸受けリングの強度や溶接方法の改善、運転マニュアルの見直し、異常徴候への対応強化といった対策について説明したあと、質疑応答となった。

「発電部長さん、あなたの今の説明では、ちょっとはっきりしないんですが、原子炉の中にまで金属片が入ったということですよね？」

鼈甲縁の眼鏡をかけた年輩の議員が訊いた。

二年前にも関西電力の大飯原発一号機で原子炉内に金属片が入り込む事故が起き、同原発の二号機や美浜原発の三号機まで停止する事態となったため、福島県の人々も神経質になっている。

「そのとおりでございます」

「それで、燃料は破損したんですか、しなかったんですか？」

「今のところ燃料の破損は見つかっておりません」

「ああ、そうですか。じゃあ、放射能漏れもないわけですね？」

「ございません」

「燃料に異常はなかったんですか？」

「全部で七百六十四体の燃料集合体のうち、金属粉等の異物が付着しておりましたものが百二十二体ございました。しかし、今申し上げましたとおり、被覆管の損傷等は見つかっておりません」

質問した議員がうなずく。

「元日に異常が起きて、それから五日間も運転を続けたというのは、どういう理由によるものなんですか？　結局、安全性よりも稼働率を優先させたということなんですか？」

中年の議員が問い質す。

「安全よりも稼働率を優先するというようなことは決してございませんが、これまで順調な運転をして参りましたので、油断があったのではないかと反省致しております」

赤羽は神妙な顔つきで答える。

しかし、順調な運転をしてきたというのは表向きで、奥一の六号機は、昨年十二月三日に中性子密度の上昇で原子炉が自動停止し、同十一日にもタービンに蒸気を送る配管の隔離弁が作業ミスで破損していた。

「今回、わたしどもが一番けしからんと思うのがですねえ、一ヶ月も経ってから事故の発表がされたことですよ」

恰幅のいい五十代と思しい議員が口を尖らせた。

資源エネルギー庁が事故のことを発表したのは二月三日だった。

「こういう事故があった場合はですねえ、速やかに知らせて頂かないと、地元では安心して暮らせないわけですよ」

福島県は今般の事故に関し、県の保健環境部長が佐藤栄佐久知事の要望書を資源エネルギー庁と科学技術庁に持参し、監視強化などを求める異例の申し入れを行った。

「事故の発表が遅くなりましたことを、重ねてお詫び申し上げます」

赤羽が丁重にいった。「事故を隠すというような意図は毛頭ございませんでしたが、原因の究明等の調査を次から次へと継続して進めております中で、判断に迷いが生じ、発表が後手に回りました次第で……」

赤羽は顔に滲む汗をハンカチで拭いながら、苦しい説明を続けた。


同じ頃——

奥羽第一原発の敷地内にあるＧＥの事務所で、同原発の点検業務を請け負っているＧＥＩＩ（General Electric International, Inc.）社の社員であるマイク・タグチが、深刻な表情で上司の米国人に話をしていた。

「……I think this will be a serious violation of relevant regulations.What do you think?（これ、重大な関係法規違反になると思うんですけど、どう思われますか？）」

頭髪にパーマをかけ、鼻の下に髭をたくわえた三十代後半のタグチは、山口県にルーツを持つ日系三世だ。ＧＥの原子力事業本部があるカリフォルニア州サンノゼの出身で、地元の学校を卒業し、ガソリンスタンドや半導体メーカーで働いたあと、二十一歳でGEに就職。原発の点検技術を身に着け、米国、イタリア、日本などで原発の点検に従事している。

「ふーん、ドライヤ（蒸気乾燥器）の位置の付け違えに、六ヶ所のひび割れねえ……」

書棚と電話と作業用のヘルメットくらいしかない殺風景な事務所のデスクで、裸足にサンダル履きの脚を組んだ上司の白人が、タグチの作成した報告書に視線を落とす。

現在、自主点検が行われている奥一・一号機の蒸気乾燥器の位置が百八十度間違って取り付けられており、六ヶ所にひび割れ（最長一・七メートル）も見つかったという報告書だった。

蒸気乾燥器は圧力容器内のシュラウドの上に設置されており、炉心で発生した気水混合物を蒸気と水に分離し、蒸気を発電タービンに繋がる配管に送り込み、水はシュラウドの外側を下降させ、再循環系の冷却材（水）として使われるようにする機能を持っている。

「メプコ（Metropolitan Electric Power Company＝首都電力）の担当者は、この点検記録を書き直して、ビデオ映像も消せってか？」

面長の顔に太い口髭をたくわえた海賊風の上司が、マグカップのコーヒーをすすって訊く。

「ええ。位置の付け違えは大きな機能上の問題はないし、六本のひび割れのうち三本は水中溶接法で修理済みで、残りの三本は放置しても何の問題もないといってます」

皺の寄ったジーンズの上着とズボン姿のタグチは、アクセントの強いアメリカ英語で話す。
水中溶接法はまだ日本では認められておらず、認可申請しても、認可が下りるまで数年かかる。役人の反応はいつも、「その技術の実績はあるんですか？　自分が担当の間は、話を持ってこないでほしい」である。

「首都電の担当者は強硬なのか？」

「イエス。こんな報告書をＭＩＴＩ（通産省）に出して、シュラウドの全取っ換えなんかになったら、コストが莫大だし、稼働率も下がって、目も当てられない、データの改ざんといか修正については、所長や原子力本部の了解も取ってるから、どうしてもやってくれと喚《わめ》いてます」

シュラウドは一基百億円～二百億円する。

「所長と原子力本部の了解ね……。まあ、奴らのいうとおりにしとけよ」

上司の男は、報告書をタグチに返していった。

「えっ、点検記録も書き直して、ビデオ映像も消すんですか⁉」

「日本の役所も電力会社も変わってるんだよ。いちいち気にしてたら、付き合っていけないぜ」

「……」

「メプコ（首都電力）は、うちにとっちゃあ、金の卵を産む鶏なんだ。黙っていうこと聞いときゃいいんだ」

上司の男は、話はもう終わりだとばかりにデスクに向き直り、読みかけの『PLAYBOY』のヌードグラビアのページを開いて、熱心に眺め始めた。

翌日——

奥一・一号機の検査担当者である首都電力の社員がGEの事務所にやって来た。

「Mike, have you revised the maintenance report?（マイク、点検報告書は書き直してくれたかい？）」

普段は事務本館で勤務している背広姿の中年社員は、日本語訛りの英語で訊いた。

「ええ、直してありますよ」

目が細く、鼻が低く、一目でアジア系と分かる風貌のタグチは、データ・シートを差し出す。

蒸気乾燥器の位置の付け違えとひび割れについての記述を削除し、自分のサインがしてあった。

「サンキュー。これでオッケーだ」

首都電の社員は満足そうな表情でいった。

タグチはやり切れない気分だった。

「あと、映像のほうも見せてもらいたいんだけど」

「こっちです」

タグチは浮かない表情で、そばにあったブラウン管式のパソコンを手で示す。

「ふーん、これねえ……」

首都電力の担当者が、ビデオ撮影された蒸気乾燥器の映像に目を凝らす。

蒸気乾燥器は、細かい格子穴を持つ王冠のような形のステンレス製構造物で、上下や周囲から念入りに撮影された映像は、位置の付け違えや、配管部などのひび割れを明瞭に示していた。

「ここからここまでね……」

何度か映像を見て、該当箇所を確認したあと、首都電力の担当者はキーボードを叩いて削除した。

「Now it's perfect!（これで完璧だ）」

にんまりと嗤《わら》った。

「じゃあ、これにサインしてよ」

ビデオが真正なものであることを証明する書類にタグチのサインを求めた。

二ヶ月後——

米国に帰国したタグチはGEの上級指導員に日本で起きたことを打ち明けた。

「何だって⁉ 記録を改ざんしただって⁉ アメリカでそんなことをやったら刑務所行きだぞ、マイク！ もう二度とやるな」

「は、はい……」

上級指導員の愕然とした様子にタグチは驚き、それ以降、データの改ざんを求められても拒否した。

しかし、この件についてGE社側から特にアクションを取ることはなく、奥一・一号機のデータ改ざんは放置された。

第八章　裏街道の男

1

平成三年一月中旬――

福島県浜通りは底冷えのする寒さで、奥羽第一原発は、真っ白な雪に覆われていた。

事務本館の広々とした社員食堂で、富士祥夫は、第二保全部原子炉グループの同僚と一緒にカツ丼を盆に載せ、テーブル席の一つに向った。

「あ、石垣さん、どうも」

第二発電部長の石垣茂利が食事を終え、青い作業服姿でタバコを吸いながら新聞の紙面に二色ボールペンで熱心に〇や×を付けていた。

「センター試験ですか？」

富士と同僚は椅子に腰を下ろしながら、石垣に訊いた。

「おう、今、採点してるんだけどさ。……お前、やった？」

目鼻の大きい顔を上げていった。

富士と石垣は、毎年、大学入試のセンター試験を解くのが共通の趣味である。

「いや、まだです。（問題と正解が掲載された）新聞は確保したんで、週末の楽しみにとってあります。……どうでした、今年は？」

「うーん、数学とか物理はいいんだけど、やっぱり俺は社会はあかんな。高校の授業時間に内職してたクチだからさ」

石垣は、早稲田大学理工学部機械工学科卒で、受験科目にない社会の授業中は英語の単語カードをめくっていたという。

「富士、こんなの分かるか？」

そういって石垣は世界史の問題を読み上げる。

「次の史料は、前漢のある人物が中央アジア旅行で見聞したことについて、時の皇帝に報告したときの記録である。（『史記』大宛《だいえん》列伝より）大宛は、匈奴の西南にありまして、漢の真西に当たります。漢からの距離は一万里ほどです。その習俗は定着して農耕をいたし、稲と麦を植え、葡萄酒があります」

富士はカツ丼を頬張りながら耳を傾ける。

「烏孫《うそん》は大宛の東北二千里にありまして、遊牧民の国で、家畜のあとについて移動します。

風俗習慣はおおかた○○と同じです」

「ああ、それは張騫《ちょうけん》が武帝に報告したときの記録で、○○は匈奴ですね」

富士は質問される前に答えた。

「げっ！　お前、相変わらず理系とは思えない博識ぶりだね」

石垣は目を丸くする。

「へーえ、日本史のほうは、中尊寺、永平寺、円覚寺、伊勢神宮の由来なんかが出てるんですか。こりゃあ、楽勝ですね」

紙面を覗き込んで富士が微笑した。

趣味の一つが仏教で、旅先で有名な寺に行くと、寺務所に頼んで特別に中を見せてもらったりする。生も死もあるがままに受け入れる独特の死生観を持ち、妻の由梨に感心されている。

「地学は、中央構造線とか糸魚川・静岡構造線の問題が出てるんですねえ」

富士の同僚の男が紙面を見ていった。それぞれ日本最大級の断層系で、巨大地震を引き起こす可能性があるといわれる。

「このあたりは俺たちの仕事にも関係してくるよな。……日本の高校は、結構いいこと教えてるんだなあ」

石垣がいい、三人は笑った。

「ここ、いいですか？」

かたわらで声がした。

三人が視線をやると、一号機から四号機までを担当する第一保全部タービン・グループの課長だった。

「いやあ、もう大変なことになりましたよ」

大学で電気工学を専攻した四十歳前後の課長は、席につくと猛烈な勢いでカレーライスを食べ始めた。

「何かあったんですか？」

ただならぬ様子に軽い驚きを覚え、富士が訊く。

「一号機のタービン建屋で水漏れが起きて、原子炉建屋まで浸み出したらしいんだ」

「えっ⁉」

「俺もこれ食ったらすぐ課に戻って、本店に連絡しないと」

課長はコップの水をがぶりと飲み、カレーライスを流し込む。

「おい、富士、行ってみよう。もしかすると、かなりヤバいぞ」

石垣が厳しい顔つきで立ち上がった。

二人は事務本館を出ると、降り積もった雪を踏みしめながら、すぐそばにある一号機の出入り口に向かった。彼方の太平洋は鉛色の弧を描き、冷たそうな白い浪が立っていた。

二人は、入退域がコンピューター制御で管理されている放射線管理区域のチェックポイントで、B服と呼ばれる軽作業用の白い防護服に着替え、係員に入域カードを渡し、APDと呼ばれる胸ポケットに入れる線量計などを受け取る。

ステンレス製の厚い扉を開けて入域すると、タービン建屋につうじる地下通路を急いだ。

タービン建屋は地上二階、地下一階建てである。太い配管をとおって高温の水蒸気がタービンに送り込まれているので、室温は二十八度もあり、一分間に千五百回転するタービンの騒音が空気を震わせている。

「うわっ、こりゃ、ひどい！」

建屋の一階から階段で地下一階に下りた二人は思わず声を上げた。

地下一階全体が、膝上の高さの水にどっぷりと浸かっていた。フロアー中央にある容量三〇〇〇トンの大型復水器や複雑に絡み合った配管類や計器類も水没ないしはその寸前だ。

「おい、何が起きたんだ⁉」

石垣がそばにいた首都電工業の社員に訊いた。

同社は首都電力の一〇〇パーセント子会社で、火力・原子力発電所の保守管理業務を請け負っている。

「地下にある復水器系の海水パイプに穴が開いたみたいです」

下請け企業用の青い防護服を着た男が、マスク越しにいった。

復水器は、タービンを回した蒸気をパイプの外側から海水で冷やし、蒸気を水に換え、ポンプで炉心に送り込む装置だ。

「これじゃあ、ＤＧ（非常用ディーゼル発電機）も水浸しだろう？」

地下一階には、非常用ディーゼル発電機が二台あるが、厚いコンクリート壁に遮られて見えない。

「はい、一台は完全にアウトです」

「（原子炉の）手動停止作業は始めてるのか？」

「いえ、それが、まだのようで……」

「ええっ、まだ⁉　何でだ⁉」

「それが……原子炉の冷却系の海水なので簡単に止められないし、稼働率も下がるということで……」

二年前の六号機再循環ポンプ軸受けリング脱落事故の責任を問われた当時の所長は依願退

職したが、後任の所長も、稼働率向上・コスト削減という本店の方針に忠実な人物である。

「馬鹿かぁ⁉　こんな状態で、何か起きたらどうするんだ⁉」

原子炉が動いている間は、二台の非常用ディーゼル発電機は常にスタンバイの状態でなくてはならない。

「もういい、俺が電話する」

カンカンカンと足音を立てて一階に上がり、中央操作室に通じる館内電話の受話器を取り上げた。

「もしもし、第二発電部の石垣だけどね……」

一号機担当の当直長に話しかける。

「これ、今すぐ停めないとヤバいぜ。……うん。今見たけど、水がどっぷりだ。このままいくと、建屋全体が水槽状態んなるぞ」

石垣が電話を終えると、二人はタービン建屋を出て、チェックポイントにつうじる通路を戻る。

狭い地下道のような通路の壁には、非常用の酸素ボンベや酸素マスクが入った箱が備え付けられている。

「しかし驚くよなあ。この期におよんで、まだ稼働率のことといっててんだからさ」

歩きながら石垣が呆れたようにいった。

「もう病気ですね。そのうち大事故起こすんじゃないですか」

「だよな。……ところで富士、ＤＧが地下一階にあるって、おかしいと思わないか？　しかも海側にあるタービン建屋の」

「といいますと？」

「これだと、津波でも来たら、一発でアウトだぜ」

「あっ、確かに！」

「これなあ、結構重大な問題だと思うんだよな」

石垣は厳しい表情でいった。

「だけどな、この話はタブーなんだ」

「えっ、タブー？」

「今さら機器の設置場所の話を蒸し返して、ＤＧをどっか高い場所に移すなんて、本店では絶対にとおらない」

「……」

「実は俺も本店にいたとき、この話を何度かしたことがある。けれど、『来るか来ないか分からない津波のために、余計な金なんかかけられるか』って、もうまるで狼中年扱いだ」

「狼中年ですか……はあーっ」

富士は歩きながらため息をつく。

「しかし、よりによって、何でこんなレイアウト（設備の配置）にしたんですかね？」

「うちの会社が、ＧＥの設計を丸呑みしたからだよ」

石垣は面白くなさそうにいった。

「ＧＥはアメリカの会社だから、竜巻やハリケーンは頭にあるけど、地震のことは詳しくない」

「ですよね」

「ましてや津波なんか、考えたこともない。向こうの原発は内陸部の大型河川沿いにあるからな」

富士がうなずく。

「そこにもってきて、政治的要請や関電への対抗心で、うちも早く原発を造ろうとした。ＧＥはＧＥで、東洋の黄色い猿が、自分たちの技術に嘴《くちばし》を挟むのを許さなかった」

当時、ＧＥは「我が社の軽水炉は完全に実証された原子炉（demonstrated reactor）で、研究・開発の余地はない」と豪語し、ネジ一本代えることも禁じた。技術的な質問に対しては、「Because GE think so（なぜならＧＥがそう思うからだ）」という傲慢な答えで応じた。

しかしいざ運転を始めると、応力腐食割れや燃料破損などの深刻なトラブルが続出し、首都電力はＧＥ神話が幻想にすぎなかったことを思い知らされた。

首都電力は西ドイツ製のＰＷＲ（加圧水型原子炉）の導入を検討したが、ＧＥはモンデール元米副大統領をつうじて圧力をかけ、日立・東芝の「ＧＥファミリー」も経団連元会長の土光敏夫（元東芝社長）らを動かして首都電力の上層部に働きかけた。結局、ＰＷＲの採用は見送られ、本店の原子力設計課で導入の研究をしていた長野真らは発電の現場に戻った。

「川鉄が千葉製鉄所を造ったときは、西山弥太郎（社長）が、『こういう大計画はあとでしまったといってもやり直せないから、レイアウトは何度でも描き直せ』といって、図面を六十回以上描き直させたそうですよ」

昭和二十八年六月に火入れされた川崎製鉄千葉製鉄所（現・ＪＦＥスチール東日本製鉄所千葉地区）は、戦後初の大型製鉄所で、視察に来た世界銀行の調査団もその効率的なレイアウトに感心したという。

「それがほんとの民間企業だよな。……親方日の丸のうちとはえらい違いだよ」

2

十二月——

日経平均株価は三年前の三万八九五七円のピークから二万二〇〇〇円前後まで下落し、静信リースがバブル崩壊後ノンバンクとして初めて倒産したが、平成不況の足音はまだ遠く、多くの日本人は景気の回復を信じて呑気にかまえていた。

〽　はるばるきたぜ　函館へ
　さかまく波を　のりこえて
　あとは追うなと　言いながら……

師走の都心を走る黒塗りの高級セダンの中で、自称「東北の坂本竜馬」の自民党商工族のドンが、タバコをくゆらせながら、上機嫌で北島三郎の『函館の女《ひと》』を口ずさんでいた。

電力業界を大きな利権とし、過去、党の電源立地等推進本部事務局長、商工部会長、衆議院商工常任委員会委員長などを歴任し、先月、念願かなって宮澤喜一内閣の通産相に就任したところだった。

歌手の北島三郎とは親しく、北島の芸能生活三十周年の記念コンサートなどで挨拶に登壇したこともある。

車が港区虎ノ門二丁目の老舗ホテルの地下駐車場に到着した。

助手席にすわった秘書官がいった。

「大臣、到着致しました」

ホテルの会議室に並べられた中央のテーブルを前に立った議員が、東北訛りを抑え気味に話し始め、矩形のテーブルを囲んだ二十六人の男たちの視線が注がれる。

原子力等立地推進懇談会を兼ねた通産相と電力業界の懇談会だった。

「えー、本日《ほんヅつ》は、ご多忙の中、皆様にお集まり頂き、誠に有難うございます」

「えー、昨年八月《はッ》から今年にかけまして、湾岸紛争という未曽有の事態が発生したわけでありますが、電力供給の面で国民生活に支障が出なかったことは、第一次石油危機以来、官民一体となって原子《ス》力発電推進に努力して来た結果であると思います」

オールバックの頭髪は黒々として精気に溢れ、来年還暦とは思えない。

ずらりと顔を揃えたのは、十電力会社の社長のほか、電源開発社長、日本原子力発電社長、電気事業連合会の専務理事や事務局長だった。

「昨今の地球環境問題の顕在化も踏まえまスて、今後とも原子力の重要性は高まっていくものと信《ス》ずるところであります」

通産省側からは二人の政務次官、事務次官、大臣官房長、大臣官房総務審議官、資源エネルギー庁長官など十人が出席していた。

「電力各社の皆様には、原子力発電推進の具体策とスまスて、地域振興の一層の拡大をお願いしたいと思います。地元の振興なくスて、原子力の推進はありえません」

言葉に一段と力が入る。

議員は、昭和五十年代に原発所在地の電気料金を割り引く地域別料金制を提唱し、全国の原発立地帯の自民党議員の賛同を取り付け、最終的に、原子力周辺地域交付金制度を創設し、これを財源に原発周辺地域の電力料金を実質的に割り引いた実績がある。

「住民の方々が、孫子《まごこ》の代まで原発を造ってよかったと思えるような地域振興が必要であり、そのためには電力各社のご協力が不可欠であります」

地元への利益誘導は、議員にとって選挙に勝つための必須条件だ。

「当然のことながら、地域の振興《スんこう》は原子力の安全確保と表裏《ひょうり》一体でなくてはなりません」

東北訛りで飄々《ひょうひょう》と話しながら、リムの上部が黒い眼鏡越しに一同を見回す。

「美浜原子力発電所の事故についての通産省の調査報告書もまとまりました。皆様には、原発の安全確保に向けて、引き続き最大限の努力をお願いスたいと思います」

去る二月九日、福井県美浜町にある関西電力の美浜原子力発電所二号機（ＰＷＲ＝加圧水型、定格電気出力五〇万キロワット）で、格納容器内にある蒸気発生器の伝熱管（直径二二・二㎜、肉厚一・二七㎜）の一本が破断し、原子炉が自動停止、ＥＣＣＳ（緊急炉心冷却装置）が作動する事故があった。原因は、伝熱管の振動を抑えるための振れ止め金具の施工ミスだった。外部への放射能漏れも起こし、ＩＡＥＡ（国際原子力機関）の評価尺度でレベル２に分類された。

大臣の挨拶が終わると、テーブルを挟んで目の前にすわっていた首都電力の第七代社長が立ち上がり、挨拶を始めた。東大法学部卒、総務・秘書畑の出身で、七年前から社長を務めており、天皇陛下主催の園遊会などでも大臣と親しく話をする間柄だ。

首都電力の社長は、電事連会長として、大臣や通産省に対して日頃の指導の礼を述べたあと、原子力を大規模電源の柱と位置付けて全力で推進し、原発立地の初期段階から地元の産業振興に協力していくつもりであること、湾岸紛争の多国籍軍への資金提供を目的とした「湾岸税」（法人臨時特別税）の延長には反対することなどを述べた。

「じゃあ、皆さん、一年ぶりの懇談の機会ですから、ざっくばらんにお話ししましょう」

ヘビースモーカーの大臣が笑って、タバコに火を点け、美味そうに一服ふかした。

一時間ほどの懇談会が終わり、出席者たちが帰り始めたとき、通産大臣が首都電力の社長を呼びとめた。

「ちょっど——君《くん》」

「湾岸税のこどはね、心配しねぐっでいいがら。延長はねぇがら」

大臣は畏《かしこ》まる社長に顔を近づけていった。二・五パーセントの湾岸税は来年三月三十一日までの一年間の時限立法である。

「その代わりっつうわけでもねぇんだが、今年度の設備投資を前倒スにスてほしいって話《はなス》を、近々、させてもらうから。政府とスても、何とか景気を浮揚させんとならんもんでね」

二年前に三万八九一五円の史上最高値を付けた日経平均株価は二万二〇〇〇円前後まで暴落し、不動産価格の下落も始まり、政府は景気対策に本腰を入れなくてはならなくなっていた。

「かしこまりました。各社にも話をとおしておきます」

「うん、よろスくたのむよ。おたぐらの協力がありば、わたスも心強い」

沖縄電力を除く電力九社の設備投資額は年間四兆数千億円に達し、このうち三分の一が首都電力によるものだ。

「それと、例の区議候補の件も、ひとつよろしぐな」

「もちろんでございます。首都電不動産のほうでしかるべきポジションを用意させて頂きます」

「うむうむ、結構、結構」

この大臣の元秘書で、現在は東京都に住んで、区議会議員を目指している福島県出身の人物を首都電グループに入社させるという話だった。

首都電不動産は東京・上野に本社があり、不動産賃貸業などを行っている一〇〇パーセント子会社だ。

「今日は、立ち話で悪がっだな。大臣になって、色々忙しぐで、時間もとれんで。そのうち一杯やりましょ」

新任通産大臣は、首都電力の社長の肩を抱くようにしていった。

3

二年後（平成五年）の秋——

五年間の奥羽第一原発勤務を終えた富士祥夫は、千代田区内幸町の本店に戻り、原子力発電部の原子力保修課長として勤務していた。

「課長、三号機の再循環系の配管修理なんですけど、メーカーからだいたいのところが上がってきましたて」

六人の課員からなる島の一番上座にすわった富士のところに、副長の一人が見積もりを持って来た。

「ふーん、ＶＭでやるってか……」

見積もりのページを繰りながら、富士がつぶやく。

ＶＭ（vacuum manipulator）は、内面研削《けんさく》装置の一つで、パイプ内面のひび割れがある箇所を削り、ひび割れの進展を防止する補修技術だ。削った箇所は表面仕上げをして再発を防止する。

「これで十分かな？　ＷＯＬのほうがよくない？」

ＷＯＬ（weld overlay）は、外面肉盛溶接のことで、パイプの外側に、ひび割れに強い高フェライト（磁性材料）の溶接金属を帯状に肉盛溶接し、パイプを包み込む。

「ひび割れの程度からいって、内面研削で大丈夫だとメーカーがいってます。それに、コストもだいぶ違いますから」

「コストねえ……」

富士は浮かない表情になる。

去る六月に第八代社長が就任して以来、社内でコスト削減の号令が一段と高まっていた。新社長は、四代連続の東大法学部卒、総務・秘書畑出身者で、就任した途端、「兜町のほうを見て仕事をする」、「首都電力を普通の民間企業にする」と、コスト削減の大号令を発した。

その目玉が「VE（バリュー・エンジニアリング）」という米国流の手法で、機能を低下させずにコストが安い手段がほかにあれば、それを積極的に活用していくというものだ。社内には「設備投資抑制ワーキング・グループ」が設置され、VEの活用、既存設備の有効利用、競争入札の増強等により、年間五百億円から七百億円のコスト圧縮を目指している。また、原子力発電の稼働率向上、送電系統の効率化、低利の社債発行といった施策も打ち出され、DG（非常用ディーゼル発電機）を高い場所に移設したいなどといったら、確実に狼中年扱いされる状況だ。

「分かった。そしたらこれ、内面研削でやろ」

富士は見積もりを副長に返す。

「それから、例の一号機の原子炉建屋の修繕計画と見積もりも上がって来まして……」

副長が別の書類を差し出した。

コンクリートに海砂を使ったと思われる一号機建屋の補強は、富士が奥羽第一原発にいた頃からの懸案事項だ。担当部署は原子力発電部土木課だが、富士は安全性への懸念から積極的に関与していた。

「ん、なんやこれ？　十八億四千万？　……十六億の間違いちゃうの？」

富士は怪訝そうな表情になった。

「いや、それが、ちょっと……どうも政治がらみらしくて」

「政治がらみ？」

書類のページを繰ると、大手ゼネコンが元請け、名古屋に本社がある岩水《いわみず》建設という中堅ゼネコンがサブコン（下請け）で、孫請けに東京・新宿区の無名の建設業者が入っていた。

「福島県の工事で、名古屋の建設会社がサブコン？　……これ、どういう会社なの？」

富士が訊くと、副長は雑誌の記事のコピーを差し出した。

それによると、岩水建設は昭和八年の創業で、社長自ら牛に砂利を運ばせ、細々と食いつないでいた同族零細業者だったが、バブル前夜の昭和五十年代初頭に社長が亡くなり、長男が後を継ぐと、営業部長になった四男（現・副社長）が、政官界、建設業界、果ては暴力団にまで人脈を張り巡らし、汚れ仕事の「前捌き」を積極的にこなす「政商」としてのし上がっていったという。

た「奥一の二神《ふたがみ》課長が関わっているようです」

種子島出身の富士の同期で、現在は奥羽第一原発の総務部で地元対策をやっている男だ。

「二神案件か……。ちょっと聞いてみるわ」

富士は見積もりを手に立ち上がった。。

廊下に出て、使用されていない会議室の一つに入り、部屋の隅の電話の受話器を取り上げ
「もしもーし、本店原子力発電部の富士ですが」

少し鼻にかかった声で呼びかける。

「おお、富士か。久しぶりだなあ。お前に負けた麻雀の借り、まだ返せてないなあ」

二神照夫は明るく答えたが、原発の裏社会を生きる男独特の底知れなさとしたたかさが声に漂っていた。

「二神さぁ、今、一号機の原子炉建屋の修繕計画見たんだけどさ、この岩水建設と新宿の建設業者が、なんで入ってんの？」

富士は単刀直入に訊いた。

「富士、その部分は政治がらみだ。黙って判子を押してくれ」

福島にいる同期の男は、諭すような口調でいった。

「これ、二億四千万円くらい膨らんでるような感じがするんやけど、地元対策費か何か？」

関西弁でざっくばらんに訊く。

「まあ、そんなところだ。原発には裏の世界があって、色々な金が動いてるんだ」

「そうか……」

「この件は、（原子力）本部長にも話がとおってる。書類を回せば、みんな黙って判子をついてくれるはずだ。……お前はこれ以上首を突っ込まないほうがいい」

強い口調でいって、電話を切った。

（こりゃ、どうしようもないな……）

富士は原子力発電部に戻り、窓を背にしてすわっている宮田匠の席に行った。

宮田は保修担当の副部長になっていた。少し離れた席に発電担当副部長の石垣茂利がすわり、部下に八木英司がいる。

「宮田さん、これ、奥一の一号機の修繕計画書なんですが……」

一八四センチの長身を猫背にして、宮田に書類を差し出す。「この岩水建設と孫請けのところで、二億四千万円くらい膨らんでるらしいですわ」

「えっ、裏金づくり⁉」

「しーっ！」

富士が唇に人差し指を当てる。

「今、二神照夫に確認しました。社内で話はとおってるそうです」

「ああ、そう……」

小柄な宮田は、片手で眼鏡の位置を直し、書類をめくって凝視する。

「分かった。仕方ないか」

宮田はデスクの引出しから印鑑を出し、律儀に判子をつく。

「ところで富士、赤羽さんが、日本原電に出るらしいよ」

「ええっ、本当ですか⁉」

富士は愕然となった。

「なんで赤羽さんを出すんですか？　首都電力にとって大きな損失やないですか！　ほかに出すべき人、ぎょうさんいてると思いますけど」

学究肌で現場を大切にし、深い洞察力を持つ赤羽修三を、富士は心から尊敬していた。赤羽が二年前に取締役に昇進したときは、東工大有志による祝賀会の幹事役を買って出た。

「やっぱりうちの会社は東大出が保守本流なんだろう」

宮田は、東大工学部機械工学科卒の役員が新たに原子力本部の副本部長に就任するといった。

「糞ーっ！」

富士が珍しく感情を露わにした。

「課長、富士課長、大変です！」

保修課の部下があたふたとやって来た。

「奥一の二号機がスクラム（緊急停止）しました！」

「ええっ⁉」

富士と宮田が驚く。

「原因は、何なんや⁉」

「HPCPの誤信号で、原子炉の水位が、TAF《タフ》（top of active fuel＝燃料頂部）から二・二メートルのところまで下がったそうです」

HPCP（high pressure condensate pump＝高圧復水ポンプ）は、復水器で水蒸気から作られた水を原子炉給水系に送り込む装置である。

「誤信号⁉　なんで、そんなことが……！」

富士は慌てて自分の席に戻った。

翌日の夕方――

原子力発電部の会議室に約二十人の男たちが集まった。

奥羽第一原発二号機緊急停止の原因究明と対策立案、資源エネルギー庁への報告、マスコミ対応などを話し合うための会議で、原子力発電部長や、同部の宮田、石垣、富士、八木らのほか、広報室員も出席していた。

「……事故の詳細につきましては、以上のとおりでして、予備用のＨＰＣＰの配電盤に連結棒を置き忘れたままシステムの復帰操作をしたために誤信号が発生し、ＥＣＣＳ（緊急炉心冷却装置）の作動につながったという次第です」

東京に出張して来た、奥一の第一発電部長が恐縮の態でいった。

事故の発端は、予備用の高圧復水ポンプの作動を示す表示ランプが故障したため、作業員がランプの修理に当った。このとき、「連結棒」という、ポンプを止めたまま中央操作室にポンプ作動中の信号を送る鉄製の用具（長さ約四〇センチメートル）を使った。その後、連結棒を置き忘れたままシステムを復帰させたため、予備用高圧復水ポンプから実際には水が送られていないにもかかわらず、水が送られているという誤信号が発せられた。

高圧復水ポンプは三台あり、通常二台が稼働しているが、予備用ポンプが稼働したという信号が出たため、自動的に停止し、水が送り込まれない状態になった。

これにより原子炉内の水位が急激に低下。炉内水位は、通常、燃料頂部より約五・三メートル高い位置にあるが、約四・四メートルまで下がった時点で「原子炉水位低」の信号が出て、原子炉が自動停止した。

しかし、燃料棒が発する高熱で炉内の水は気化を続け、燃料頂部から約二・九メートルのところまで水位が下がった時点で「原子炉水位低低」の信号が発せられ、ＥＣＣＳが作動した。

この間、「原子炉水位低」から「原子炉水位低低」まで十秒、ＥＣＣＳが作動するまで一秒という、電撃的な速さだった。

「原因は、一応理解できたんですが……」

生真面目そうな風貌の宮田がいった。「こういうランプの単なる接触不良の修理に、わざわざ連結棒を使う必要があるんですか？」

奥一の第一発電部長、第一保全部長、第一運転部長、実際に作業に当った作業員の四人は、気まずそうに沈黙した。

「そうだよなあ。俺もランプの修理の仕方までは知らないけれど、こんなのに連結棒は要らんだろ？」

石垣茂利も首をかしげる。

「はあ、それが……」

四人は、戸惑ったように顔を見合わせる。

（ん？　こりゃ、何か隠してるな……）

富士は、じっと四人を見詰める。

「検査対策だろ？」

それまで黙って話を聞いていた八木がいった。

（検査対策？）

「はあ……実は……」

若い作業員が観念したようにうなずいた。

八木以外の人間は、なぜ検査対策なのか理解できない。

「ランプの修理が間に合わなかったんだろ？」

八木が再び訊くと、作業員の男はこくりとうなずいた。

（ああ、なるほど……！）

富士にも事情が呑み込めた。

原発には資源エネルギー庁の検査官が一人常駐していて、週に一度、色々なところを検査している。

高圧復水ポンプの検査を前に、作業員はランプの故障を発見したが、修理が間に合わなかったので、検査官に指摘されるのを避けようと、常に作動の表示ランプが点灯する連結棒を入れた。しかし、置き忘れたままシステムを復帰させたため、一連の制御システムが動き出し、ＥＣＣＳが起動したのだった。

その晩――

宮田、石垣、富士、八木の四人は、会議のあと、銀座七丁目の「銀座ライオン」に出かけた。

昭和九年創業の日本最古のビヤホールは、一階が天井の高い煉瓦造りの内装である。正面奥には古代ギリシャ風の服装の女性たちが麦を収穫している二百五十色のガラス壁画があり、黒い蝶ネクタイのバーテンダーたちが働いている。

「……しかし、『原子炉水位低』の信号が出て、そっから炉水位が一・五メートル下がってＥＣＣＳが作動するまで十一秒っていうのは、ちょっと衝撃的だったねえ」

ビールのジョッキを手に宮田がいった。

「水位の低下って、そんなに速いんだなあ……。俺もそこまでとは思ってなかったよ」

ワイシャツ姿の石垣が、唐揚げをつまんでいった。

「しかし、これ、どう新聞発表しますかねえ。検査をごまかそうとしたなんて、いえないでしょう？」

八木が悩ましげにいった。

事故はすでに報道され、この日、福島県原子力安全対策課の立ち入り調査が入った。県議会の原子力発電安全対策等議員協議会からも説明を求められている。

「そりゃいえないよ。役所にもどう説明するかなあ」

宮田も悩ましげ。

「それにしてもなんかこう、情けないことばっかりですねえ」

富士が珍しくぼやいて、チーズを齧る。

「コスト削減で補修費用も削られ、赤羽さんは原電に出され、事故ばっかり起きて、検査のごまかしが横行し……」

「富士、長いサラリーマン人生、こういう時期もあるわな」

石垣が励ます。

「よし、今日はいっちょう、カラオケでも行って、厄落としするか」

店を出ると、中央通りはネオンの光が煌めき、サラリーマンやホステスが行き交っていた。

四人は新橋駅近くのカラオケ店に行った。

「富士、お前から歌え」

個室のソファーにどかりとすわり、石垣がいった。

「はい。ではわたくし、今の心境を歌に託したいと思います」

マイクを手に、富士がいった。

選んだのは、鶴田浩二の昭和四十六年のヒット曲『傷だらけの人生』だった。

〽何から何まで　真っ暗闇よ　すじの通らぬ　ことばかり
右を向いても　左を見ても　ばかと阿呆の　からみあい
どこに男の　夢がある

表情たっぷりに歌う富士に、他の三人は噴き出した。

4

四年後（平成九年）一月——

バブルの完全崩壊で地価が暴落し、約七千億円の公的資金を投じて、住専（住宅金融専門会社）の破たん処理が始まった。山一証券や北海道拓殖銀行など、体力の弱まった金融機関の経営不安も囁かれるようになった。エネルギー関連では、十二月に京都で開催される予定の国連気候変動枠組（温暖化防止）条約の締約国会議（COP3《コップ》）に向け、各国の駆け引きが始まっていた。

首都電力本店原子力発電部で仕事をしていた富士祥夫は、三年前に原子力発電部長になった宮田匠に呼ばれた。

「富士君さあ、今度、電事連《でんじれん》に行ってもらうことになったから」

デスクにすわった宮田がいった。

「えっ、電事連？　ほんまですか？」

電事連（電気事業連合会）は昭和二十七年に電力九社の業界団体として発足し、当初は、戦後の左翼ブームの中で激しい労働争議を行っていた日本電気産業労働組合（略称・電産）に対する労務対策をやっていた。

その後、電力各社の労働組合が労使協調型になる一方、原子力発電が始まるにしたがい、原発に関する各種対応や宣伝活動に比重が移り、労務部に代わって、広報部、立地環境部、原子力部、原子燃料サイクル事業推進本部、地層処分推進本部などが重要性を増した。

職員数は数百人で、その多くは加盟各社からの出向者である。会長は首都電力の社長、原子力部門担当副社長、原子力部長、同副部長も揃って首都電力出身者だ。

「富士君の所属は、原子力部の研究企画班で、原子力政策や海外輸出なんかが仕事になる。業界全体を大所高所から見る仕事だから、勉強になると思うよ」

「分かりました。……原子力政策っていうと、当面はプルサーマルですかね？」

「うん。『もんじゅ』の事故のあとで、色々風当たりが強いと思うけど」

動力炉・核燃料開発事業団（略称・動燃）が五千八百億円もの巨費を投じて建設した高速増殖原型炉「もんじゅ」（福井県敦賀市）は、政府が目指す核燃料サイクル（使用済み核燃料の循環再利用）実現の鍵だが、約一年一ヶ月前（平成七年十二月）に冷却材であるナトリウム漏れによる火災事故を起こした。その際、動燃が事故のビデオ映像の存在を二週間隠していたため、世論の厳しい指弾を受けた。

「それと維持規格の早期策定も頑張ってほしいな」

「はい。あれがないと、宙ぶらりんのままで仕事をしないといけないですもんね」

同じ頃――
千代田区霞が関一丁目にそびえる通産省の十一階にある大臣室で、新任の通産大臣が、資源エネルギー庁の長官を叱責していた。

「……きみは、電力業界から金でも貰っているのかね⁉」

ラルフ・ローレンの眼鏡をかけ、英国製の背広を着た六十代半ばの通産相は、山口県選出の自民党議員で、父親も伯父も戦後史に名を残す大物総理大臣である。

「電力会社の経営者連中は、二言目には『我々は装置産業だからコストがかかる』とほざく。そのくせ、自分たちのサービスは一流だと思っている。……ああいう驕り高ぶった奴らは、発送電分離で一掃してやる！」

通産大臣は、二ヶ月前に就任するやいなや、発送電分離を検討するとぶち上げ、電力業界を震撼させた。

「大臣、お言葉ではございますが……」

東大法学部卒で前職は通産省生活産業局長だった長官が恐る恐るいう。「おととし、三十一年ぶりに電気事業法を改正して、ＩＰＰ（independent power producer＝独立系発電事業者）の電力卸売り参入や、特定規模電気事業者の小売りを認めたばかりでございます。一気に発送電分離まで進むというのは……」

特定規模電気事業者は、特定の地域で自社の発電設備や電力会社の電線路を用いて契約電力五〇〇キロワット（のち五〇キロワットに改定）の需要家《ユーザー》に対して電力を供給する業者のことだ。

「だからお前らは駄目なんだ！」

日の丸の旗を脇にすわった大臣が吼える。

「アメリカやイギリスじゃあ、発送電は完全に分離されてるじゃないか。日本も早く発送電を分離して、電力料金を下げないと、メーカーの国際競争の足を引っ張り続けるんだぞ」

日本の電力料金は欧米各国の一・三〜一・九倍で、世界一高い。

この通産相は慶応義塾大学法学部を卒業後、日本鋼管で二十年近くサラリーマン生活を送ったので、発想がメーカー贔屓《びいき》である。

「だいたい、『(通産相は）株主に責任を持つ経営者じゃないから、勝手なことがいえる』とは、いうに事欠いて何事だ⁉」

電事連会長である首都電力の社長は「電力料金を値上げしてほしいぐらいなのに、蛮勇をふるってコストを削減し、値下げしてきた。発送電分離は不可能だし、メリットもない」と、通産大臣と真っ向から対立している。

「物流やエネルギーのコストを国際水準まで引き下げるのは、政府の経済構造改革プログラムの柱じゃないか。そのつもりでしっかりやってもらわんと困る！」

前年十一月に発足した第二次橋本龍太郎内閣は、「行政改革」、「経済構造改革」、「金融システム改革」など、六つの改革の推進を提唱している。

それから間もなく――

電事連原子力部研究企画班に課長待遇で出向した富士祥夫は、霞が関一丁目の通産省ビルの裏にある別館の四階で、資源エネルギー庁の役人相手に説明をしていた。

「……シュラウドの補修についてはですね、まず、NDT（非破壊検査）である超音波探傷試験と渦流《かりゅう》探傷試験を行って、クラック（ひび割れ）の大きさと形状を把握するわけです」

打ち合わせ用の机の上に色刷りのプレゼンテーション資料を広げ、富士は猫背になって熱心に話す。昨年三月に、日本機械学会が策定した原子力発電所の維持規格案に関する説明であった。

富士や宮田ら現場の技術者たちが待望していた維持規格案は、富士の恩師である東工大の一ノ瀬京助教授らが中心になって作業をし、原子炉の機器や部品ごとに、点検や損傷の評価や修理の方法を詳細に定め、A5判サイズで七百四十六ページの冊子にまとめ上げた。

「クラックの状態が把握できたらですね、運転応力（運転によりかかる負荷）、残留応力、応力拡大係数などにもとづいて、次回点検時までの進展量を算出します。それが許容範囲内に収まるのであれば継続使用し、収まらない場合は補修を行うということになります」

灰色の背広の下に毛糸のチョッキを着た中年の役人は、理解しているのかいないのか、よく分からない表情でうなずく。

「それで補修方法ですが、それぞれのケースに応じたやり方を用いるわけでして……」

富士はプレゼン資料のページをめくる。「クラックを除去するときは、ＥＤＭ（放電加工）とか研削加工といったやり方があります。クラックを残したまま補修するときは、肉盛溶接、レーザー溶接、ＴＩＧ《ティグ》溶接（電気溶接）といったやり方です」

煮ても焼いても食えなそうな役人の男は、気のない表情でうなずく。

「それから次がＣＲＤハウジング（制御棒駆動装置収納器）の点検評価ガイドラインで……」

「ええと、富士さんねえ、ちょっと申し訳ないんだけどねえ」

相手が腕時計を見ていった。

「俺、これからちょっと昼飯の約束があってねえ」

「あ、ああ、そうなんですか」

「これちょっと、次回までに勉強させてもらいますわ」

そういってプレゼンテーション資料のページを閉じた。

「そうですか。分かりました。とにかく、よろしくお願いします」

富士は内心がっかりしながら、頭を下げた。

大手町の電事連に戻るため、コート姿で書類鞄を提げ、地下鉄霞ケ関駅から電車に乗ると、見知った顔にばったり遇《あ》った。

「よう、富士。オフィスに戻るのか?」

吊革につかまった、ひょろりと背の高い男は同期の二神照夫だった。

富士とほぼ同時期に電事連に出向し、政治家対策や地元対策をやっていた。

「うん。メシでも食って気分を変えようかってな」

「そうか。……維持規格の話だな、この辺りに来たってことは」

頭髪が後退した二神は、少し血走った二重瞼の両目をぎょろりとさせた。

「ご明察だ。エネ庁の動きが相変わらず鈍くて、いつになったら法制化できるのか、まったく目処が立たんわ」

富士は一ノ瀬京助教授とも相談しながら、法制化の働きかけをしていた。新たな知見の発見や技術の進歩、想定していなかったトラブルの発生などで、維持規格は常に改定する必要があるため、改定作業を行う仕組みも作ろうとしていた。

「もうこんな立派な規格案ができて、あとは法律にするだけだっていうのになあ」

書類鞄の中から、緑色のビニールカバーに金色の文字で『原子力発電設備維持に係る技術基準について』というタイトルの英和辞典のようなぶ厚い冊子を取り出して見せる。

「役所は駄目だぜ」

二神が吐き捨てるようにいった。「おおかた、『今さら原発に傷があるなんていったら、反原発運動に火を点けるだけだ』って発想なんだろう」

「うむ……。安全神話の呪縛だよ。原子力業界って、昔のボタンのかけ違えが改められないままなんだよ」

富士は、やり切れない顔つき。

日本の原発は、政府も電力会社も「危険性は一切ない」と、地元や国民にいい切って建設を推し進めてきたため、今さら傷や故障があるとはいい出せない極めて特殊な状況に陥っている。

「ちょうど今、橋本行革だから、何とかそれに関連づけてやるようにしたらどうだ？」

「うん。俺もそれを考えてる」

「あとは、『うちの先生』に頼んで、国会に法制化の働きかけをしてもらうことだな」

「うちの先生」というのは、首都電力が全社を挙げて応援し、自民党公認で参議院議員に当選させた元副社長のことだ。東大法学部卒の企画畑だが、取締役原子力本部副本部長を務めたことがあり、首都電力と原子力業界の国会における代弁者になっている。

「ところで、そっちは通産大臣対策か？」

「ああ。まったく余計な仕事を作ってくれたもんだぜ。いきなり発送電分離なんて、ふざけてるわな」

二神は、不快感も露《あら》わにいった。

「お互いストレス溜まるな」

電車に揺られながら富士が苦笑いする。

「バブル崩壊で街は不景気一色だし……。今、日本で明るい話題は、野茂の活躍くらいじゃないか」

「トルネード投法」の野茂英雄（元近鉄バファローズ）が二年前から大リーグに挑戦し、ロサンゼルス・ドジャースの投手として一年目に十三勝、二年目に十六勝を挙げ、日本中を驚かせていた。

「ところで、二神……」

富士がふと思い出したようにいった。「動燃の西村次長って、本当に自殺なのか？」

「もんじゅ」のビデオ隠し問題の社内調査やマスコミ対応をしていた動燃総務部次長の西村成生《しげお》が、昨年一月十三日未明に、東京・日本橋のビジネスホテル八階の非常階段踊り場から身を投げて自殺した。しかし、遺書の一部が本人の筆跡でない、死ぬ直前に動燃本社から受け取った五枚のファックスや遺書を書いた万年筆などが消えている、頭がい骨を含め遺体に目立った損傷がない、といった不審点が多く、遺族が動燃に真相究明を求めている。

「いや、俺も知らん。他殺かどうかは分からんが、少なくとも額面どおりの自殺じゃないだろう」

「というと？」

「第一発見者が同じホテルに泊まっていた動燃の人間だからな。遺書の改ざんや、遺品隠しをやっている可能性は十分あるだろう」

科学技術庁の強い影響下にある動燃は、隠ぺい体質が染みついた旧態依然とした組織だ。

「そうか……。しかし、この業界は不審死が多いな」

「まあ、お互い、畳の上で死にたいもんだ。特に、俺のほうはな。ははは」

その言葉が将来現実になるとは、二人とも夢想だにしていなかった。

午後——

二神照夫は、電事連で政界工作を担当している専務理事と一緒に、千代田区平河町二丁目の砂防会館を訪れた。

「……彼も、大臣《だいズん》になって張り切り過ぎてんのかもスらんねえ」

個人事務所の応接室で足を組み、タバコをくゆらせながら、六十代半ばになった「東北の坂本竜馬」がいった。四年前に、派閥の仲間と一緒に自民党を出て保守系新党を結成し、幹事長などを務めたあと、現在は衆議院副議長に収まっている。

「橋本総理が経済構造改革を掲げておられるので、(通産)大臣が張り切られるのは一応分かりますし、まあ、ＮＫＫ(日本鋼管)のご出身でございますから、ユーザー目線で電力業界をご覧になるだろうなとは予想しておりましたが……」

一見腰の低そうな電事連の専務理事がいった。首都電力で総務畑を歩み、役員も務めた人物だ。

「もしがすっと、中国電力が地元《ズ》であんまりいい扱いをしてくんにがった恨みが、あんのがもしんねなぁ」

白いものが交じり始めたオールバックの議員は、思案顔でタバコをふかす。

「あそこは、ほり、竹下登(島根県)、宮澤喜一(広島県)、橋本龍太郎(岡山県)と、きら星がずらっと揃ってっから」

現通産相は、選挙の票と金の支援で、それら大物議員より格下に扱われた可能性がある。

「まあ、僕からも、あんまり性急なことはやんねほうがいいよと、いっぺん話しどきましよ」

「有難うございます。よろしくお願い致します」

専務理事と二神は頭を下げる。

「要は、こりの問題ですよ」

議員は、親指と人差し指で丸を作ってにんまり笑う。

「パー券を大量に買ってやることだべ、パー券を」

電力会社から政治家への資金提供は役員個人による献金とパーティー券の購入だ。電事連では、各議員の業界への貢献度を綿密に査定し、各電力会社に割り振って、一回百万円から数百万円のパーティー券を購入している。その費用は、総括原価方式の下、電力料金として国民が負担する。

「そりから、梶山《かずやま》さん（静六、官房長官）のとごにも、挨拶さ行っておくことだね」

「はい」

「龍ちゃん（橋本龍太郎首相）の命を受けて、通産省の今井君（康夫、大臣官房審議官）と電力改革の絵を描《か》いてんのは梶山さんだから」

専務理事と二神はうなずく。

「龍ちゃんも、あれで、結構執念深《ぶけ》からな」

橋本龍太郎が幹事長として臨んだ九年前（平成元年）の七月の参議院選挙で、自民党は同年四月に導入した消費税が不人気で大敗した。このとき、電力総連（電力各社の労働組合が加盟する全国組織）が消費税に反対していたのは有名な話だ。

「まあ、わたスの目の黒いうぢは、発送電分離なんか、やらせねぇがら」

眼鏡の奥の両目に老獪な光が宿る。

「落とスどころとしては、あんたがたも小売りなんかでちょっと譲歩スて、あツらの恰好がつくようにしで、発送電分離は葬り去ると。こんなとこでねえかな、うん」

ゆったりと構え、タバコをくゆらせる。

「そりと、プルサーマルには協力すっことだな。プルトニウムが溜まっちまって、政府も通産省も頭を悩ませてっから」

日本は、原爆の材料になるプルトニウムを持たないことを国際公約に掲げているが、英国とフランスに委託して取り出したプルトニウムが約三〇トンも溜まっている。それを減らすために考え出されたのがプルサーマルだ。

「有難うございます。引き続きよろしくお願い申し上げます」

専務理事と二神は立ち上がって、深々と頭を下げた。

陳情を終えると、電事連の専務理事と二神はオフィスに戻るため黒塗りのセダンに乗り込んだ。

「あの人は相変わらず頼りになるな」

リアシートにすわった専務理事がいった。

「まあ、こちらも相当、『実弾』を供給していますからね」

隣りにすわった二神がいった。

「奥一の一号機建屋の補修がらみでも大盤振る舞いしましたし」

岩水建設というサブコンを使い、二億四千万円の裏金を作った案件だ。

「ところで、最近の反原発派の動向のとりまとめが終わりました」

二神が書類鞄の中から数十ページの報告書を取り出した。

電事連の職員と各電力会社の総務部、各社の雇った興信所などが、反原発グループや反原発ジャーナリストを徹底的にマークし、講演会、集会、私生活などを克明に記録した報告書だった。

「動燃の失態で、また反原発派が勢いづいているようだな」

専務理事は面白くなさそうにつぶやき、レポートの記述を追う。

「高速増殖炉なんて、実現不可能な役人のおもちゃのおかげで、迷惑も甚だしい」

5

二年後（平成十一年）――

九月初旬の日曜日、電事連原子力部に勤務する富士祥夫は、妻の由梨と三人の息子を連れて、「Jヴィレッジ」を訪れた。

奥羽第二原発から南に約七キロメートル、首都電力広野火力発電所のすぐ西側の丘陵地帯に首都電力が二年前に建設し、福島県に寄付した施設で、五千人収容のスタンドと天然芝のサッカー場、十一面の野外練習場、雨天練習場、フィットネス・クラブ、二五メートル・プール、九十室二百六十人収容のホテル、レストランなどからなる。佐藤栄佐久知事が社長の第三セクターだ。

空は抜けるように青く、真っ白な綿雲がところどころに浮かんでいた。

「……あっ、中田だ！」

スタンドで見ていた中学三年の富士の長男が歓声を上げ、二人の弟たちも目を輝かす。

目の前のグラウンドに、中田英寿（伊・ペルージャ）が姿を現わした。ナイフを思わせるすらりとした身体を青いユニフォームに包んだ姿は、あたりを払うように威風堂々としている。

フィリップ・トルシエ監督率いる、U―22（二十二歳以下）の日本代表候補の合宿練習だった。

青いユニフォーム姿の選手たちは大きな円陣を作って、身体をほぐす体操をしたあと、ボールを蹴りながらフィールド内に散った。

「は、速《はえ》えっ！」

中田を司令塔に、中村俊輔（横浜F・マリノス）、稲本潤一（ガンバ大阪）など、選手たちが練習を始めたのを見て、富士の息子たちが驚きの声を上げる。

「すげえなあー、やっぱ日本代表だぁー」

代表チームは、来月一日から始まるシドニー五輪アジア最終予選に出場する。

報道陣以外には非公開だったが、首都電力の社員と家族である富士たちは特別に入場を許された。

「……シュン（中村）は、ヒデ（中田）をバックアップして、攻撃の起点を多く作ること！」

ジャージー姿の男性通訳が大声で怒鳴る。

選手たちの中で、栗色の長髪のトルシエ監督が、バレエでも踊っているような大きな身振りで指示を飛ばしていた。

「今のは、オフサイド取れないけど、手を挙げてアピールすること！　そうやって、ボールを持った相手をかく乱する！」

男性通訳の声が、秋の涼しい風に乗って聞こえてくる。

「ねえ、ここ、立派なところねえ。これ本当に首都電が造って、ぽんと寄付したの？」

スタンドの青いベンチで、選手たちを眺めながら由梨が訊いた。

「うん、そうや。総工費百三十億円やて」

「百三十億円……！」

「奥一の七、八号機建設と、奥一・三号機のプルサーマルのために、佐藤栄佐久福島県知事にごますったんや」

由梨と話しながら富士は、先日、二神照夫と飲んだときの会話を思い出した。

〈……Jヴィレッジは、知事選のタイミングに合わせたんだ〉

新橋駅近くにある首都電力社員専用のレストラン・バー「首都友クラブ」のラウンジで水割りのグラスを傾けながら二神がいった。

〈うちが奥一の七、八号機の建設計画と一緒にJヴィレッジの計画を発表したのが平成六年

だろ。知事選が平成八年に予定されていたから、そのための手土産だ。おかげで佐藤栄佐久知事は三選できたってわけだ〉

胡蝶蘭が飾られ、落ち着いた高級感のあるラウンジの客は首都電力の社員や取引先で、妙齢の女性たちが酒をサーブしていた。

〈うちが奥一と奥二を造り始めた昭和四十年代から五十年代にかけて、電源三法の交付金や固定資産税が毎年、十億円単位で地元にどかどか落ちただろ？〉

地元の町では、財政全体に占める交付金と固定資産税の割合が六〜七割に達し、役場や図書館も真新しく立派な建物に建て替えられた。

〈ところが、交付金は原発の着工から完成時ないしは五年後ぐらいまでだし、各原発の固定資産税も十五年間で終わる。平成に入ったあたりから、地元が息切れしてきて、別のおねだりを始めたってわけだ〉

〈そうか……麻薬みたいやな〉

富士がため息をつく。

〈まさにな。交付金の用途は公共事業に限定されてるから、図書館とか市民ホールとか、「ハコモノ」を造るしかない。ただし、その維持管理費には使えない。固定資産税も毎年減価償却で額が減る。交付金でハコモノを造った自治体は、「また新しい原発を造ってくれ」

といってくる〉

〈よくできてるというか……恐ろしい仕組みだな〉

〈恐ろしいよ、俺たちにとっても。麻薬漬けになった自治体から、急に補助金を取り上げることはできん。金をやるか、新しい原発を造るか。一蓮托生だ〉

二神は、悟りきったような口調でいい、水割りのグラスを傾けた。

〈ここだけの話だがな、福島にエルミタージュ美術館の分館を造る話もあったんだ〉

〈エルミタージュ美術館……⁉〉

ロシアのサンクトペテルブルクにある世界屈指の美術館だ。

〈旧ソ連が崩壊したあとロシアは金に困っていて、向こうも乗り気だった。うちは五億円の保証金も積んで交渉したけど、途中で上手くいかなくなって、保証金は（ロシアに対する）寄付金として処理した〉

〈本当か……⁉〉

富士は、荒唐無稽な詐欺話を聞かされたような気分で二神を見詰めた。

「……アレ・ブジェ・ブ！（もっと動け！）」

グラウンドでは、「KIRIN」というスポンサー名が入った黒いジャージー姿のトルシエ監督が、手にボールを持って走っていた。

「はい、カバーしろ！」

「こっち、こっちーっ！」

青いユニフォームの選手たちは声を出しながら、クサビの位置の中田英寿にボールを戻し、そこからの展開を何度も練習していた。


九月二十七日月曜日――

戸外はまだ真っ暗な午前二時四十五分、奥羽第一原発の事務棟二階にある所長室に蛍光灯が煌々と灯っていた。

「……当地は、海上の波高〇・九五メートル、風速三メートル、視界一・五キロメートル超で、天候は良好です」

大きなデスクで、青い作業服姿の宮田匠が本店と電話で話していた。

宮田は、昨年六月に取締役に昇進すると同時に、奥羽第一原発所長になった。

「県警のほうもスタンバイしてくれています。……はい、その点も打ち合わせは済んでいます」

室内の壁の出力表示板が、デジタルの数字で一号機から六号機までの出力を示していた。

「分かりました。それでは、本日、午前五時半を目途に、受け入れの準備をします。……はい、では、よろしくお願いします」

いったん電話を切り、再び受話器を耳に当て、所内の内線番号をプッシュする。

「宮田です。今、受け入れが決まったから。……うん。関係方面への連絡を頼む」

短く指示を出すと、緊張した面持ちで受話器を戻した。

奥羽第一原発三号機で、プルサーマル用MOX燃料（Mixed Oxide Fuel）の受け入れをいよいよ実行するときがきた。

MOX燃料は、ベルギーのベルゴニュークリア社が、日本の原発の使用済み核燃料中に一パーセント程度含まれているプルトニウムを取り出し（これを「再処理」という）、二酸化プルトニウムと二酸化ウランを混ぜてプルトニウム濃度を高め、焼き固めたものだ。

輸送船は、約二ヶ月前の七月二十一日にフランスのシェルブール港を出港し、喜望峰経由で、五日前に奥羽第一原発の沖合に到着したが、台風十八号による悪天候で、海上での待機を余儀なくされていた。

「警備員、警察とも、配置完了しました」

まもなく所内の総務部から宮田に連絡が入った。

敷地の内外に福島県警の警察官約三百人が配置され、正門付近には警備会社の警備員数十人がずらりと並んでいた。

午前四時、宮田は、奥羽第一原発の広報部長らとともに記者会見に臨んだ。

場所は、敷地の南西の端にある見学者用の展示施設「サービスホール」だった。

「……関西電力高浜原発のMOX燃料でデータ改ざん事件がありましたが、御社は、どのようにお考えでしょうか？」

詰めかけた記者の一人が訊いた。

二週間ほど前に、高浜原発のMOX燃料を製造したBNFL社（イギリス核燃料公社）の関係者の内部告発で、燃料棒の中に入れる燃料ペレット（直径八・二ミリ、長さ一一・五ミリ）の外径寸法の抜き取り検査をやらず、嘘のデータを提出していたことが発覚した。寸法が規格と異なると、燃料棒の破損事故を引き起こすおそれがあり、関西電力のプルサーマル実施は大幅な遅れを余儀なくされる見込みだ。

「我が社のMOX燃料は、ベルギーのベルゴニュークリア社という、まったく別の会社で製造されたものですから、問題はないと考えています」

質問を予想していた宮田は落ち着いて答えた。

「プルサーマル実施は、来年二月の予定で、変更はないわけですか？」

「はい」

奥一の三号機は、来年二月に定期検査を終え、その後、MOX燃料を装荷し、プルサーマルを開始する。

「通常の原子力発電よりコストのかかるプルサーマルをあえてやる理由は何でしょうか？」

MOX燃料の価格は通常のウラン燃料の数倍といわれる。

「ウラン資源の有効活用と核燃料サイクルの確立に資するものと考え、実施します」

宮田は淡々と建前で応じた。本当は、高速増殖炉実用化の目処が立たず、増え続けるプルトニウムに頭を悩ませる政府が考え出した弥縫策《びほう》だった。

記者会見が終わると、宮田らはサービスホールを後にし、車で太平洋に面した敷地東側の専用港に向かった。

埠頭では、暗い太平洋から冷たい風が吹き付けてきていた。

頭上を見上げると、北の高い位置で北極星が輝き、西の阿武隈高地の上空にはアンドロメダ座が瞬《またた》いていた。その下のアンドロメダ銀河はぼうっとした光を放ち、その南に、満月に近い丸い月が煌々《こうこう》と浮かんでいた。

やがて東の水平線が暗い赤紫色を帯び、低空が白み、太陽が昇り始めた。

朝日が降り注ぐ海上で、MOX燃料を積んだ「パシフィック・ティール号」が徐々に近づいて来た。全長一〇四メートルの核燃料専用の武装輸送船で、船橋部分は白、船体はネイビーブルーで黄色いラインが入っている。核ジャックに備え、三〇ミリ機関砲三門を装備し、英国の武装警察隊が乗り込んでいる。

周囲で海上保安庁の巡視船やゴムボートなど二十隻以上が警戒に当たり、上空で海上保安庁や報道機関のヘリコプターが爆音を立てて舞っていた。

「プルトニウムをー、福島にぃ、持ち込むなー！」

ヘルメットに作業服姿で埠頭に立ち、輸送船の到着を待つ首都電力の関係者や作業員約百人の耳に、マイクをとおしたシュプレヒコールの声が風に乗って聞こえてきた。反核団体が敷地のすぐ外側で抗議行動をしているのだ。

「福島はぁー、核のゴミ捨て場じゃ、ないぞぉー！」

専用港からクワガタムシの大あごのように延びている二つの防波堤の外側には、グリーンピースの専用船「アークティック・サンライズ号」が緑色の姿を現していた。全長五〇・五メートルの船体には、「ストップ・プルトニウム」など、三種類の横断幕が掲げられている。輝く朝日をバックに、「パシフィック・ティール号」が、防波堤の外側まで近づいたとき、グリーンピースの専用船から、黒いゴムボート三艇が勢いよく飛び出した。

それぞれ数人が乗り込んだゴムボートは船尾のモーターで白い浪を立てながら「パシフィ

ック・ティール号」の進路に先回りし、入港を妨害しようとする。

「進路を空けなさい。進路を空けなさい」

海上保安庁の巡視船から、スピーカーで警告が発せられる。

「輸送船の進路妨害を止め、退去しなさい」

埠頭で宮田らが緊張した面持ちで見守る中、マイクの警告が朝の冷たい海上に繰り返し響き渡る。

シャーッ、シャーッ……。

「パシフィック・ティール号」が、三艇のゴムボートに対して放水を開始した。甲板上の放水器から激しく水が噴き出て、ゴムボートを直撃する。ライフジャケット姿の乗組員たちは身体を伏せ、黒いゴムボートは海上で木の葉のように揺れる。

午前五時四十五分、「パシフィック・ティール号」は、タグボートに先導され、無事専用埠頭に接岸した。グリーンピースの二艇のゴムボートは、防波堤の内側には入って来なかった。

埠頭では日の丸のほかに、出港地であるフランスの国旗と、「パシフィック・ティール号」の船籍国である英国の国旗が翻っていた。

フランスと英国の国歌が繰り返し流される中、資源エネルギー庁の検査官が船内に入り、

ＭＯＸ燃料を密封したキャスク（円筒形容器）の表面放射線量を測定し、核物質防護のために必要な検査をする。

続いて、荷役作業をするヘルメット姿の作業員たちが続々と乗り込んでゆく。

辺りはすっかり明るくなり、頭上の月や星はほとんど姿を消した。

やがて埠頭に設置された大型クレーンが回転し、ＭＯＸ燃料の陸揚げが始まった。

焦げ茶色のキャスクは長さ約六メートル、直径約二メートル、重量約七六トンで、胴体の太い棺《ひつぎ》のような形をしている。キャスク一基にＭＯＸ燃料が八体収められている。

周囲でヘルメット姿の男たちが見守る中、最初のキャスクが白い台の上に載せられ、大型クレーンで吊り上げられる。クレーンが重機特有の重たい音を立てて回転し、埠頭で待機する緑色のトレーラーにキャスクを下ろすと、トレーラーはやっとという感じで重量に耐えながら走りだし、徒歩に近い速度で約五〇〇メートル離れた三号機の建屋へ向かう。

（原子力発電所はコンパクトで、都会の地下室にも造ることができる、か……）

冷たい朝の風の中で、二基目のキャスクが吊り上げられるのを見上げながら、宮田の脳裏にふと学生時代に聞いた言葉が蘇った。

昭和三十年代後半から四十年代にかけて、原子力は夢のエネルギーともて囃され、小さな設備で無尽蔵のエネルギーを産み出すといわれた。大学の原子力学科には成績優秀な学生が集まり、宮田自身も志を抱き、家業の建築設計事務所を継ぐ道を捨て、原子力の世界に進んだ。

しかし、首都電力に入社して原子力発電に携わってみると、次々と事故が起き、都会の地下室の原子炉など夢のまた夢だということを思い知らされた。

（そして、今、自分は、プルサーマルの陣頭指揮を執っている……）

眩い朝日の中で吊り上げられた焦げ茶色のキャスクを見詰めながら、宮田は、政治家と官僚の利害に搦《から》め捕られていくような気分だった。

三日後（九月三十日木曜日）――

東京は好天で、九月の終わりにしては蒸し暑く、季節外れの真夏日になりそうだった。

午前中、東京地裁で、四年前に起きた地下鉄サリン事件に関連し、元オウム真理教信者の横山真人被告に、同事件では初の死刑判決がいい渡された。

富士祥夫は、電事連が入居している大手町の経団連会館から歩いて数分の神田錦町にある喫茶店で、業界紙の記者とお茶を飲んでいた。

そろそろ昼時で、店内にはスパゲティを食べているサラリーマンなどもいた。

「……Y2K《ワイツーケー》に関しては、各社とも三年くらい前から真剣に取り組んでるし、電事連でも海外の情報を取りまとめて提供したりしてきたから、まあ、大丈夫でしょう」

　ワイシャツの襟元を緩めた富士が、タバコをふかしていった。前年に電事連原子力部の副部長に昇進し、貫禄が出てきていた。

　コンピューターの「西暦二〇〇〇年問題」（略称・Y2K＝year two thousand）は、従来のコンピューター・プログラムでは西暦を下二桁で認識するため、二〇〇〇年を一九〇〇年と誤認し、システムに不具合を生じさせる可能性がある問題だ。

「電力会社さんは、送配電とか、電気料金の徴収とか、原発の制御とか、膨大な数のプログラムを使ってますから、大変ですよねえ」

　角刈りの中年の記者もタバコをふかす。

「サイクル機構のほうは、もう落ち着いたんですか？」

「うん。新組織になって一年やから、あとは自分たちで頑張ってもらわんとなあ」

「もんじゅ」のナトリウム漏れとビデオ隠しで世論の批判を浴びた動燃（動力炉・核燃料開発事業団）は、二年前にも東海村の再処理工場で火災・爆発事故を起こし、その際も虚偽の報告を行ったため、昨年、核燃料サイクル開発機構に改編された。この間、富士は電事連原子力部の要として、動燃が手がけていた新型転換炉「ふげん」の廃炉、ウラン濃縮と海外ウラン探鉱事業の整理・縮小といった電力業界側の提案を取りまとめ、実現させた。また、動燃を支配する科学技術庁が動燃の事業の一部を電力会社に引き取ってほしいと要請してきたが、業界を結束させて阻止した。

「ところで、エンロンて、日本で何をやろうとしてるんですかね？」

米国のエンロン（本社ヒューストン）が、世界的な電力自由化の波に乗り、欧米で電力のトレーディングを積極的に展開し、英国、インド、中国、ドミニカ、トルコ、インドネシアなどで発電所の建設を進めていた。日本では二年前に、三池炭鉱跡地（福岡県）に発電所を建設する計画を発表し、電力各社が「黒船来襲か⁉」と身構える一幕があった。

「いやあ、あの会社、よう分からないんだよねえ」

富士はタバコを片手に首をかしげる。「エンロンに関してはさ、たぶん首都電力が一番研究してると思うけど、サハリンのガスを引っ張って来て青森で発電事業をやろうとしてるとか、小規模のＩＰＰを買い集めて一つの会社にして、上場しようとしてるとか、電源開発の発電所を買収しようとしてるとか、色んな情報があるんだけど、まあ、彼らが一番やりたいのは、最も得意な電力のトレーディングなんだろうなあ」

「うーん。たぶん、そうなんでしょうねえ」

「ただ、発送電分離は当面ないから、トレーディングは無理だよな」

二年ほど前に、日本鋼管出身の通産相がぶち上げた発送電分離は、電力業界の激しいロビイングによって葬り去られた。去る五月に電気事業法が改正されたが、電圧二万ボルト・電力二〇〇〇キロワット以上を使用する「特別高圧」需要家《ユーザー》向けの小売りが自由化されただけだ。

「あっ、ちょっとすいません」

記者がスーツの内ポケットの中で振動した携帯電話を取り出し、耳に当てる。

「はい。……ええ、今ちょっと、神田方面で取材を……。えっ、何⁉　臨界事故⁉」

記者が驚いた表情になる。

「JCO《ジェーシーオー》でですか⁉　ええ、はい……」

深刻な表情で話を聞く記者を見ながら、富士は表情を曇らせる。

株式会社ジェー・シー・オー（旧・日本核燃料コンバージョン）は、茨城県東海村にある住友金属鉱山の一〇〇パーセント子会社で、ウランを精製し、粉末や溶液として、核燃料の製造会社に納めている。社長は住友金属鉱山の元常務である。

「……分かりました。これからすぐ社に戻ります」

記者は緊張した面持ちで携帯を切った。

「JCOで、臨界事故が起きたの⁉」

「はい。作業中に核分裂反応が起きて、臨界に達したそうです」

「本当かよ……！」

精製工場には、制御棒も圧力容器も格納容器もないので、臨界は、制御不能の裸の原子炉が突如出現することを意味する。

「作業員三人が被曝して、住民が避難を始めたそうです」

業界紙の記者は、勘定書きを摑んで立ち上がった。

富士が電事連のオフィスに戻ると、テレビの前に人だかりができていた。

「……茨城県に入った連絡によりますと、今日午前十時三十五分頃、茨城県東海村の民間のウラン加工施設で放射能漏れ事故があり、作業員三人が被曝し、救急車で病院に運ばれたほか、この施設の周辺の風下では、通常の七倍から十倍の放射線が測定され、警察が周辺二〇〇メートルを立ち入り禁止にしています」

ＮＨＫのアナウンサーが読み上げるニュースを、電事連の職員たちが深刻な表情で聞いていた。

ＪＣＯの臨界事故は、ウラン溶液を製造する過程で発生したものだった。原因は、国に認可された製造工程に違反する「裏マニュアル」を長年にわたって組織ぐるみで使用し、作業員たちが「裏マニュアル」からさらに逸脱した手順で作業を行ったという、救いようのないものだった。

正規の手順では、最初に、八酸化三ウランの粉末を硝酸と一緒に入れる「溶解塔」という筒状の容器（細長い形状で表面積が大きく、中性子を容器の外に逃がし、核分裂を抑える）を使わずに、作業後の洗浄が簡単なステンレス製のバケツで代用したり、工程の後半で、精製後の八酸化三ウランを再度硝酸に溶かし、筒状の容器に小分けして混合を均一化すべきところを、漏斗を使って、大量の溶液を桶のような沈殿槽に投入したりしていた。

臨界事故は、直径五〇センチ、深さ七〇センチの沈殿槽で起きた。沈殿槽を包む、中が空洞になった厚さ二センチの冷却用ジャケット（カバー）内の水が中性子の反射体として作用したため、中性子がウランにぶつかって核分裂反応を起こし、青い光を発して臨界した。決死隊が編成されて、水抜きをし、沈殿槽に中性子を吸収するホウ酸水を注入し、約二十二時間後に臨界を終息させた。

作業をしていた三人は大量に被曝し、うち二人は東大病院で集中治療を受けたが、放射線で染色体が破壊されたために新しい細胞を生成できなくなり、免疫機能も失った。やがて全身の皮膚が剝がれ落ち、真っ赤に火傷したような状態になって死亡した。

臨界終息に取り組んだ決死隊員二十四名や駆け付けた救急隊員三名なども大量に被曝し、

ＪＣＯの他の従業員や周辺住民を含め、被曝者総数は六百六十七名に達した。
杜撰な作業の理由は、手間と労力を省くためだった。その背景に、核燃料の国際的な価格競争激化があり、コスト削減に血まなこの電力会社から「値引きしなければ、外国製品を使う」と迫られ、三年前から大規模な人員削減を行い、作業員が過剰労働状態にあったことが指摘されている。

首都電力では、プルサーマル実施計画の再度の延期を余儀なくされた。ＪＣＯの事故で原子力の安全体制に対する批判が高まり、また、ベルギーに社員を派遣して、ＭＯＸ燃料の安全性を確認しようとしたが、奥羽第一原発の定期検査終了に間に合わなかった。

同じ頃――

カリフォルニア州サンノゼは、サンフランシスコから南に七〇キロメートルあまりのところにある人口約八十七万人の都市である。西の太平洋と東のシエラネヴァダ山脈に挟まれた、地中海性気候の風光明媚な土地柄で、果樹や野菜の栽培などが盛んだが、近年は、シリコンバレーの中心地としてハイテク産業が存在感を増している。
同市の南東郊外にあるＧＥの原子力事業本部で、日系人技術者マイク・タグチが、人事部のマネージャーと激しく口論していた。

「……何の前触れやウォーニング（警告）もなしに、レイオフ（解雇）なんて、やり方が滅茶苦茶だ！　断じて承服できない！」

パーマの頭髪で、日焼けした顔に口髭をたくわえたタグチは憤然といった。

「マイク、残念だが、これはもう決まったことなんだ。退職金も規定どおり出るし、健康保険も引き続き使える。だから納得してくれ」

ガラス張りの個室の執務机の前に椅子を持って来てすわった白人のマネージャーがいった。

カリフォルニア州では、期間の定めのない雇用契約の場合、特段の理由なく、いつでも労働者を解雇できる。

「決まったも糞もあるか！　半年分かそこらの給料で、そのあとどうやって食ってくんだ⁉　俺には年老いた母親もいるんだぞ！」

タグチは、巻き舌気味のアメリカ英語で激しく反論する。

「俺は、GEのために二十五年以上身を粉にして働いてきたんだ。それをいきなり放り出すってか⁉」

二十一歳でGEに就職したタグチは四十代半ばを過ぎていた。原発の点検という特殊な仕事のため、再就職は容易ではない。

「だいたい、どうして点検部門で俺だけがレイオフになるんだ⁉　俺とほかの連中のどこが違うっていうんだ⁉」

「おととしから去年にかけてアジアで通貨危機なんかがあっただろ？　アジアの原発ビジネスが当初計画より縮小見込みなんだ。そのために適正な人員配置に……」

「冗談じゃない！」

タグチは相手を遮る。「点検は既存の原発に対して行うもので、新規の建設とは関係ない！　俺だけが解雇になるなんて、納得できない！」

「申し訳ないが、きみのレイオフは、原子力本部のマネジメントが総合的に判断して決めたことなんだ。人事部としては、どうしようもない」

「ふーん、そうか……」

タグチは腕を組み、相手を睨み付ける。「俺がメプコ（首都電力）のいいなりにならないから、上の連中は、気にくわないってわけか」

首都電力では、原発の点検記録の改ざんが続いており、ＧＥは見て見ぬふりをしていた。しかし、タグチは、十年前に奥一・一号機に関する点検記録を改ざんしてからは、不正への関与を拒んでいた。

「俺をレイオフするってことは、ＧＥもそれ相応の覚悟をしてるってことなんだろうな、え